中国古典诗词
名家菁华赏析丛书

婉约词赏析

王建忠 主编　彭薇 副主编

商务印书馆国际有限公司
中国·北京

图书在版编目(CIP)数据

婉约词赏析 / 王建忠主编；彭薇副主编 . — 北京 : 商务印书馆国际有限公司, 2022.10

(中国古典诗词名家菁华赏析丛书)

ISBN 978-7-5176-0940-7

Ⅰ. ①婉… Ⅱ. ①王… ②彭… Ⅲ. ①婉约派—词(文学)—诗歌欣赏—中国—古代 Ⅳ. ① I207.23

中国版本图书馆 CIP 数据核字 (2022) 第 157761 号

WANYUECI SHANGXI

婉约词赏析

主　　编　王建忠
副 主 编　彭　薇
出版发行　商务印书馆国际有限公司
地　　址　北京市朝阳区吉庆里 14 号楼
　　　　　　佳汇国际中心 A 座 12 层
邮　　编　100020
电　　话　010-65592876（编校部）
　　　　　　010-65598498（市场营销部）
网　　址　www.cpi1993.com
印　　刷　三河市紫恒印装有限公司
开　　本　710mm × 1000mm 1/16
字　　数　300 千字
印　　张　18.5
版　　次　2022 年 10 月第 1 版第 1 次印刷
书　　号　ISBN 978-7-5176-0940-7
定　　价　39.80 元

总　目

说　明

一、本书选取了唐至清朝58位词人的婉约词作共84首。

二、所收作品以《全宋词》等权威版本为底本。

三、所收词作按照创作年代的先后顺序排列。

四、作品以作者分类，词作原文前有作者简介，内容涉及词人的生卒年、名号、籍贯、主要仕历或人生经历、代表作品、创作特点等。

五、原文后列有对一些难解字词、生僻字、历史词、方言词、古地名、出典、重要事件等的注释。

六、每首作品都设有题解，内容包括词作类型、写作背景、思想内容以及其他需要交待的内容等。

七、每首作品都设有赏析，主要阐述词作所蕴含的文学性和思想性，一般有逐句翻译式的串讲，有名句的，大都予以点出。

八、本书使用简化字和现代汉语标点，在可能有歧义时，酌用繁体字或异体字。

九、行文中涉及的年份，一般用旧纪年，在其后括注公历纪年，“年”字从略。

十、行文中如涉及与今地名不一致的旧地名时，在旧地名后括注今地名或其归属地。

前言

王建忠

词是中华民族所独有的一种文体，又有“乐府”“长短句”“诗余”“琴趣”等别称。词萌芽于隋唐之际，与燕乐的盛行有关（一说萌芽于南朝），定形于中晚唐，兴盛于两宋，衰落于金、元、明，复兴于清代。

词萌芽之初，原指合乐歌唱的歌词，故而亦称为“曲”或“曲子词”等。随其发展，后依一定的乐谱声律节拍而写新词，便称之为“填词”或“倚声”。再后，写作者依照前人作品的字数、句数、声律、韵律等而“填词”完成。此时，方与音乐分离，成为一种句子长短不齐的形式如格律诗一般的独有文体。词有许多不同的词调，每种词调各有特定的名称，这就叫词牌。如《西江月》《如梦令》等。不同的词牌，其段数、句数、韵律，每句的字数、声律等，均有各自的规格。填词时必须严格遵守。词按字数的多少，又可分为小令（58字以内）、中调（59—90字）和长调（91字以上）。

我们说，词之肇始，其文脉依然源于《诗经》和《楚辞》的现实主义传统。因为词是表现苦难幽怨、凄凉愤懑之情的（当然也有抒写歌功颂德、淫逸享乐等其他内容的）。唐五代时期，闺怨、春愁、离情和边塞、怀古等题材的词作蔚为大观，李白、张志和、刘禹锡、白居易等一大批词家先后涌现，再加之以晚唐词人温庭筠为鼻祖的“花间词派”和以李璟、李煜为代表的“南唐词派”的推波助澜，逐渐形成了一派波澜壮阔的图景。

到了宋代，时代为词之兴盛又创造了极好的契机：外忧与内患、入侵与偏安并存。于是，国家不幸词家幸，怒涛排空，宋代词潮便汹涌而至，使词这种文学形式达到了思想内容和艺术成就登峰造极的程度，形成了“婉约派”和“豪放派”相对举的两大词派（此说因明人张綖有“少游多婉约，子瞻多豪放”之语而得名）。

婉约派以柳永、秦观、李清照为代表，继承南唐词之风韵，发扬柳永词《雨霖铃》铺叙、描写之特色，又汲取东坡词个性鲜明之长处，融为一体，形成“词人之词”之特征。在内容上坚持“诗庄词媚”之主张，多以艳情为题材；在形式上则以蕴藉雅正见长，严守音律，讲求含蓄，语言精丽而清新，情思曲折而真切，带有缠绵之意味。柳永《雨霖铃·寒蝉凄切》《凤栖梧·伫倚危楼风细细》等和秦观《满庭芳·山抹微云》《望海潮·梅英疏淡》等及李清照《声声慢·寻寻觅觅》《永遇乐·落日熔金》等为代表作。当然，豪放派词人亦有一些极有特色的婉约之作，如苏轼《江城子·十年生死两茫茫》《水龙吟·似花还似非花》等和辛弃疾《摸鱼儿·更能消、几番风雨》《青玉案·东风夜放花千树》等。

词衰落于金、元、明，复兴于清代。清代的吴伟业、朱彝尊、纳兰性德等词家，又把词推向了一个仅次于宋代的高度。

鉴于此，我们编写了这本《婉约词赏析》。在编写中，着重突出了以下几点：一是选词的典型性。书中所选的词章，皆是久经历史检验的、极富婉约特色的脍炙人口的佳作。亦有一些大多读者较为陌生但思想性、艺术性皆为上乘的婉约词作。二是赏析的深刻性和新颖性。书中鉴赏皆紧扣原作，语言精美，生动形象且不乏诙谐幽默；见解独到，富有创新，旁征博引之中又不乏厚重犀利。尤其是各种典籍或文章中回避或解释不清或有意滑过的问题，在本书中皆有明确的解释或看法，且合情合理，令人信服。三是赏析具有极为鲜明的时代特征。所写内容既有政治方面的，又有科技和文化方面的，极易为广大读者，尤其是青少年朋友所接受。

由于时间、水平所限，本书纰漏在所难免，恳请广大读者批评指正。

目录

白　居　易

白居易（772—846），字乐天，晚年居香山，自号“香山居士”“醉吟先生”。又曾官太子少傅，后人又称他为“白香山”或“白太傅”。我国唐代伟大的现实主义诗人，有“诗魔”之称，与“诗仙”李白、“诗圣”杜甫合称唐代三大诗人。在中国文学史上负有盛名，且影响深远。在他人生的七十五年里，历经八个皇帝的统治，在艺术上，尤其是在诗歌创作上取得了杰出的成就。其诗题材广泛，形式多样，语言平易质朴，通俗而不浅薄，晓畅而不失流丽，因而雅俗共赏，流传极广，在中外影响很大。与元稹友谊甚笃，与之齐名，世称“元白”。晚年与刘禹锡唱和甚多，人称“刘白”。

长　相　思①

汴水流②，泗水流③，流到瓜洲古渡头④，吴山点点愁⑤。　思悠悠⑥，恨悠悠，恨到归时方始休，月明人倚楼。

注　释

① 长相思：词牌名。调名取自南朝乐府“上言长相思，下言久别离”句，多写男女相思之情。

② 汴（biàn）水：源于河南郑县，东南流入安徽宿县、泗县，与泗水合流而入淮河。

③ 泗（sì）水：源于山东泗水县，四源并发，故而得名。

④ 瓜洲古渡：位于今江苏扬州南长江北岸。泗水汇入淮河入运河，经此入长江。瓜洲本为江中沙洲，沙渐长，状若瓜字，故而得名。

⑤ 吴山：位于浙江杭州，春秋时为吴国南界，故而得名。此处泛指江南古吴地的山。

⑥ 悠悠：深长之意。

题 解

白居易的词作留传甚少，但此词是怀人词，亦是抒写闺怨的名篇，也是中唐时期较为正规、成熟的词作。此词通过一位闺中少妇月夜倚楼眺望情景的描写，表达了她对丈夫深切的思念之情。

此词言简意丰，语浅味深。巧用寓情于景和直抒胸臆之手法，把少妇对丈夫的思念之情写得极为动人。

赏 析

此词是以少妇的角度来写的，可分为上、下两片。

词的上片，明似写景，实则将少妇无尽的思念之情寓于其中。前三句直接写流水：汴水长流啊，泗水长流，一直流到那古老的瓜洲渡口。这三句，看似写流水，实则以“水”托情、以“水”喻人：既说自己的丈夫随着汴水、泗水之流动的方向而外出南行，去了那遥远之地，又将少妇之心亦如那流水一般，追随丈夫而远去之意喻含其中，表现了她“思君如流水，何有穷已时”（汉·徐幹《室思》）的无限思夫之情。第四句是用拟人的手法来写的：江南的群山，点点都似愁恨凝聚而成。这一句是写少妇眼中的群山，似乎亦懂得少妇的思念之苦，满含哀愁，默默同情。由此可见，前三句是借景写情、寓情于景：用“流水”这一意象，既是暗喻，又含象征，既喻指如流水一般远去的丈夫，又象征少妇对丈夫的思念如流水一样悠长，还含有“水带离声入梦流”（唐·罗隐《绵谷回寄蔡氏昆仲》）的伤感。后一句是景中点情，“吴山点点愁”是少妇眼中之景，山亦通人情，亦含有“山将别恨和心断”（唐·罗隐《绵谷回寄蔡氏昆仲》）的怨恨，它那重重叠叠、高高低低不都是衔“愁”含“恨”吗？！由此可见，上片这四句，句句写景，句句含“愁”。

词的下片，直抒胸臆，景外的少妇直接站出来，表达对丈夫长期离家不归的怨恨之情：思念呀，怨恨呀，哪儿是尽头！丈夫呀，除非你归来，“我”的思念、怨恨才会休止，那时候，让“我”紧紧地依偎着你，倚楼望那明亮的月亮。“悠悠”二字，写出了少妇内心的思念之深长、怨恨之深重。尤其是“恨到归时方始休”一句，是少妇真情柔肠之流露：思也罢，恨也罢，只要丈夫归来，一切皆可顷刻一扫而光、灰飞烟灭！足可见出思妇之明事理、识大体，对爱情忠贞不渝又温柔体贴，乃性情中人也！实乃情真意笃！末句“月明人倚楼”，是少妇的美好憧憬。明是画景，实为情语：只要人月同圆，一切思念、怨恨皆会化为乌有！自然是“雨后却斜阳”（唐·温庭筠《菩萨蛮》）、“花外早莺啼歇”（宋·魏夫人《好事近》）了！

此词手法精妙，意旨深厚而感人。全词运用寓情于景、以景写情和直接抒情的手法，用语浅显而明了，意旨却委婉而深厚，把少妇对丈夫的深切思念和深重的怨恨之情写得真实、真切而动人，极有人情味，确如前人所言：“乐天此调，非后世作者所能及。”（《删补唐诗选脉笺释会通评林》）

温 庭 筠

温庭筠（约812—约866），原名岐，字飞卿。唐代诗人、词人。少时文思敏捷，精通音律。据传，每次应考押宫韵，能八叉手而成八韵，故时称“温八叉”“温八吟”。又因晚年任方城尉和国子助教，故世有“温方城”“温助教”之称。与李商隐友善且以诗齐名，故世称“温李”。其词与韦庄并称，人号“温韦”。名列“花间派”之首，后世称之为“花间鼻祖”。

菩 萨 蛮①

玉楼明月长相忆②，柳丝袅娜春无力③。门外草萋萋④，送君闻马嘶。　画罗金翡翠⑤，香烛销成泪⑥。花落子规啼⑦，绿窗残梦迷⑧。

注　释

① 菩萨蛮：词牌名。原为唐教坊曲名。又名“菩萨鬘”“子夜歌”“重叠金”等。

② 玉楼：华丽的楼阁，此为美称。

③ 袅娜：轻柔细长的模样。春无力：亦即春风无力，用以形容春风之柔软。

④ 萋萋：形容草长得十分茂盛。

⑤ 画罗：这里指有画饰的罗帐，亦或指灯罩。金翡翠：指画罗上金色的翡翠鸟。

⑥ 香烛：对烛的美称，指精美的蜡烛或掺有香料的蜡烛。销成泪：蜡烛燃烧时垂下的蜡滴如同眼泪。

⑦ 子规：即杜鹃鸟。因其鸣声凄厉，据说啼时口中流血，且声似“不如归去”，故而易触动离愁和归思而常以喻凄婉之音。

⑧ 绿窗：绿色的纱窗，这里借指女子的居室。

题　解

这首送别词是以女性的口吻来写的，是唐代著名的“花间派”桂冠词人温庭筠所写。大约写于唐宣宗大中后期，是词人撰写并由相国令狐绹进献于唐宣宗。

本词抒写一位女子送别情人之后，在玉楼苦思忆想的情景。以清丽的语言、精美的意象，将深情蕴于景中，给人以情景交融、含蓄隽永的美之感受。

赏　析

此词被前人誉为“字字哀艳，读之魂销”（清·陈廷焯《云韶集》）、“已成绝响”（《白雨斋词评》）的上佳之作。

词的上片，重在回忆往昔。

开篇“玉楼明月长相忆，柳丝袅娜春无力”，描写女子所在的环境：明亮的月亮照彻玉楼，我在玉楼中想着远在千里的心上人。这时候，只见那柔美而细长的柳丝，在那和煦的春风中，娇柔地轻舞着。“玉楼明月”，直入正题，点明时间和地点：女主人公正在那玉楼之上、明月之下。“柳丝”和“春无力”，以女主人公之感受写她所见之景：春风轻拂着那柔美的柳枝。“长相忆”三字，既是点题，又是全词的词眼。因为全词内容皆围绕此三字展开。尤其是“明月”这一意象，最易引人相思，加之“柳丝”本就寓含离情（因“柳”与“留”谐音，“丝”与“思”谐音），再用“春无力”三字，将“柳丝”轻拂的柔媚之态传神地描写出来。这样，词人巧用反衬手法，把女主人公思念之深切、之悲苦暗示出来。这就让读者明白：这是女主人公在离人去后的“明月”之夜，立于“玉楼”之上的所思所想。

接着的两句“门外草萋萋，送君闻马嘶”，是女主人公对送别情景的回想：

门外那繁茂的芳草，却不知道我内心的离情之苦；我送他远别，直到马的嘶鸣声消逝在天际。“萋萋”二字，词人巧用反衬的手法，以草的茂盛来写女主人公内心的凄凉和凄伤。正如古人所云：“萋萋总是无情物，吹绿春风又一年。”（唐·唐彦谦《春草》）“送君”二字，直陈其事，点明送别之意，亦有凄楚蕴含之中。“闻马嘶”三字，是女主人公对离人远去情景的忆想，那“马嘶”之声似乎仍在耳边回响，而离人却早已远去，至今未还。此两句，紧承上句，写女子对心上人的日思夜想，甚或是她入睡后的梦中情境。显而易见，有一种“梦为远别啼难唤”（唐·李商隐《无题四首》之一）的凄苦。

词的下片，重在描写眼前情景。

过片“画罗金翡翠，香烛销成泪”，描写女子在玉楼之中长夜思念之悲苦：如今长夜漫漫，与我相伴的只有那画屏之上的翡翠鸟；我常常看着那香烛的滴滴烛泪，情不自禁地泪流潸潸。这里，实则是两个细节描写：一是独伴“金翡翠”。如果“金翡翠”是笼中活鸟，也许还会慰藉女子孤寂的相思之心，在鸟儿的鸣叫声中或许还能得到些许的慰安，不至于那么的寂寞。可这翡翠鸟却是画中之物，不能消愁反而添愁，这就使她愁上加愁。二是泪眼看烛泪。这里，词人巧妙化用“蜡烛有心还惜别，替人垂泪到天明”（唐·杜牧《赠别二首》之二）之诗意，描写出女子长夜难眠的情景。一“销”一“泪”，运用拟人手法，把女子的独守之苦、思念之悲，用眼泪与烛泪共滴的悲苦之境况描写了出来。

词末“花落子规啼，绿窗残梦迷”两句，描写女主人公梦醒之情景：落花时节，她愁听那子规鸟的声声哀啼；当晨曦映亮绿窗纱之时，残乱的梦却已模糊迷离。这里，又是两个细节描写：落花听鸟啼和晨曦梦迷离。前者用“花落”之凄切之景和“子规啼”之凄哀之声，正衬女主人公内心的凄苦；后者用“绿窗”之丽景，与“残梦迷”之凄楚相映衬，使“绿窗”之下的悲更悲、哀更哀、凄更凄。这样，词人就把女主人公的思人之悲愁推向了高潮。

此词最突出的特点：构思精妙，细节传神。全词以“长相忆”为中心，以“梦”为线索展开。全篇以首二句写入梦，三、四句写梦中；过片二句插叙长夜难眠（即无梦）之情景，词末二句写梦醒，成为浑然一体的圆合结构。且又将独伴“金翡翠”、泪眼看烛泪、落花听鸟啼和晨曦梦迷离这四个传神的细节描写融汇其中，把“梦魂纵有也成虚，那堪和梦无”（宋·晏几道《阮郎归》）的深挚的相思之情表达了出来。

韦　庄

韦庄（836—910），字端己。唐末五代时期的诗人、词人。韦应物四世孙。于长安应举时，正值黄巢攻破长安，饱受兵燹之苦。五十九岁方中进士，授校书郎。其诗以律绝为主，多表达流离、怀古、伤时之情，圆稳整赡，包蕴丰富，但流露出凄婉感伤之情调，《台城》为其代表。其词多为“流连光景，惆怅自怜”之作，虽亦为花间派代表作家，却能寓浓于淡，以清丽见长。尤善用白描手法刻画人物形象，以清朗自然的语言，表现婉曲缠绵的情致。与温庭筠齐名，世称“温韦”。

菩　萨　蛮

红楼别夜堪惆怅①，香灯半卷流苏帐②。残月出门时，美人和泪辞③。　琵琶金翠羽④，弦上黄莺语⑤。劝我早归家，绿窗人似花⑥。

注　释

① 红楼：红色之楼。指富家女子所居之楼。白居易《秦中吟》诗中有“红楼富家女”之句。别夜：离别之夜。堪惆怅：这里指因失意或失望而伤感、懊恼。堪，“那堪”的省略，意为“怎能忍受”。

② 香灯：即指长命灯。通常用琉璃缸盛香油燃点。流苏：用五彩羽毛或丝线制成的穗状饰物，多用来装饰床帐。

③ 美人和泪辞：这里指女子流着眼泪与心上人辞别。

④ 金翠羽：这里指琵琶上的捍拨。捍拨乃一金属片，或涂金点翠，嵌于拨弦处的面上，以防金属拨子挥拨之时伤损乐器的表面。

⑤ 黄莺语：这里形容琵琶弦上弹奏出的乐声如黄莺鸣啼般的婉转动听。

⑥ 绿窗：绿色的纱窗。此指贫女的闺室。与词首的“红楼”相对。

题 解

这是韦庄写的一首离别词，是词人所作的《菩萨蛮》五首之中的第一首，是他流寓于长江中下游地区时的作品。

这首词抒写了词人与一位江南青楼女子的恋情。语言清丽，尤其是善用白描手法，写出了这位风尘女子的痴情和善良、忠诚。

赏 析

此词分为上、下两片。

词的上片，着重描写离别时依依不舍之情景。

开篇二句“红楼别夜堪惆怅，香灯半卷流苏帐”，词人直入正题，描写别时之情景：在那红楼的离别之夜，令人惆怅万分，只见那香灯隐隐约约地映照着半卷的流苏帐。“红楼”二字，置于篇首，点出地点。“别夜”二字，点示词旨。“堪惆怅”三字，描写词人之心情。“惆怅”本已令人感伤、失落，再用“堪”来修饰，就把此刻的别离之感伤的程度描写出来：已经无法忍受了！与“不堪风树作离声”（宋·胡直孺《赠刘邦直》）、“人堪几回别”（唐·顾况《上湖至破山赠文周萧元植》）之诗意有异曲同工之妙。“香灯”本寓“长命”之意，对词人来说，又含有情意长久之意味。然而，面临离别，却增加了反讽之意味：看来“长命”的“香灯”也无法保佑情意之久长！“半卷流苏帐”五字之中，亦蕴含着词人内心无法言说的苦悲：原本平平展展的帷帐，给人一种舒展、舒畅的快感，而此刻却是“半卷”，让这快感大打折扣，甚或消失殆尽，甚至走向反面，有一种“半掩柴门人不见”（宋·吴潜《绝句》）的苦悲含于其中。

接下来的两句“残月出门时，美人和泪辞”，描写词人与女子相别时刻的场景：残月将落、天刚破晓之时，“我”就要出门远行了，美人她含泪为“我”送行。这里，词人用“残月”的景色，衬托出其内心的无比伤悲，亦有一种情爱残破之意寓含其中。“和泪辞”三字，用白描手法写出了一个极为感人的细节：

美人满含珠泪，悲伤难忍，实在不忍相别，只能“执手相看泪眼，竟无语凝噎”（宋·柳永《雨霖铃》），柔肠寸断。着一“辞”字，把她不忍相别又不得不别的伤痛描写出来。那“泪”那“辞”，那情那爱，感人至深。

词的下片，着重写不舍相别的原因。

过片处“琵琶金翠羽，弦上黄莺语”，是词人永难忘怀，记忆犹新的美人演奏琵琶的场景：临别之时，你为“我”演奏了一曲如泣如诉、饱含情意的乐章，那琵琶杆拨上装饰着用金制成的翠羽，雍容华贵；那琵琶弦上弹奏着娇柔的莺语，婉转而动人。词人用“金翠羽”三字，看似写琵琶之华美，实则以物烘托，写女子的美丽。“弦上黄莺语”，是用比喻的手法，写出女子弹技之高，弦音极为动人。亦可见出女子是把她的一腔真情皆融于琵琶的弦声之中。真可谓“闻听弦语谁泣多？填词之人青衫湿”啊！

词末“劝我早归家，绿窗人似花”，是女子别时的相劝之言：你早该回去了吧，那碧绿的纱窗之下，有你如花似玉的心爱妻子等你回家。“劝我”二字，看似简单平直，实则是蕴满情意的细节描写，那垂泪而泣、吐露真情的情景如在眼前，可见女子是真心实意、深明大义的。虽是只语片言，可那真情真爱，确实令人动容。作为封建社会一个文人笔下的风尘女子，能有如此情怀，确为难能可贵。

此词虽写的是与一位风尘女子的别离，但写得“深情苦调，意婉词直”（清·陈廷焯《词则雅集》），不仅有形象之美，而且有心灵之美，以真情而感人、动人。这与词人简洁、朴实而不事雕饰的白描手法的运用是分不开的。那“美人和泪辞”的凄楚，那“弦上黄莺语”的凄凉，还有那“劝我早归家”的凄婉，皆让人动情动容动心。

牛希济

牛希济（872？—？），陇西（今甘肃）人。唐末五代词人。词人牛峤之侄。少有文名，唐末动乱，流寓蜀地。为前蜀主王建所赏识，任起居郎。后主王衍时，累官翰林学士、御史中丞。后唐同光三年（925），随蜀主降于后唐。其才思敏捷，不谤君亲，而被唐明宗称之为“迥存忠孝”。其词多写情爱，风格清淡自然。《花间集》称之为“牛学士”。

生查子①

春山烟欲收②，天淡稀星小。残月脸边明③，别泪临清晓④。　语已多，情未了，回首犹重道⑤。记得绿罗裙，处处怜芳草⑥。

注释

① 生查子：词牌名。原为唐教坊曲名。

② 烟欲收：这里指山上的雾气正开始收敛。

③ 残月：指下弦月。

④ 临：这里是“接近”的意思。

⑤ 重（chóng）道：再一次说。

⑥ “记得”二句：化用南朝江总妻《赋庭草》诗：“雨过草芊芊，连云锁南陌。门前君试看，是妾罗裙色。”罗裙：丝罗制作的裙子。这里泛指女子的衣裙。怜：怜惜。

题 解

这首词是抒写别离的，是唐末五代词人“牛学士”（牛希济）所作。词人运用自然浅白的语言，委婉而又生动形象、细致入微地描写了一对情人别离之时难分难舍的场景，表现出一种缠绵婉转、深沉悱恻的“人生自古伤别离”的思想情感。确是“五代词中希见之品”（清·俞陛云《唐五代两宋词选释》）。

赏 析

这首词可分为上、下两片。

词的上片，重在描写别时之景。

开篇两句“春山烟欲收，天淡稀星小”，描写情人相别时的环境和景色：远处那连绵起伏的春山之上，白茫茫的雾气在渐渐地散去，依稀显现出黑黝黝如画一般的剪影；在那高远的东方天边，已渐露出鱼肚白色，那几颗稀疏且又极小的晨星，也眼看着慢慢黯淡下去。词人用精练而又饱含情感的十字，就将一个天将破晓、美好春日将要到来之景描绘出来，达到了“一切景语皆情语”的艺术效果：因为在又一个美好春日到来之时，一对相亲相爱的情人却面临那无情的离别。词人用“欲收”“淡”“小”等极富动感和色彩的字眼，描写出情人别离时天色由朦胧、暗淡到渐渐明朗的过程，巧妙地暗示出“执手相看泪眼”（宋·柳永《雨霖铃》）又时而抬望天色之时的一对恋人愈来愈加伤悲的心情。真的是“别语缠绵难出口（原句是‘不成句’），已断离肠能几许”（宋·黄大临《青玉案》）啊！起首二句，在描写环境和景色中，还巧妙点明了别离的季节（“春”）、时间（清晨）、环境（“山”“烟”“天”“星”）等内容，为情人的伤别创造了丰富的内涵，留下了广阔的想象空间。

上片后两句“残月脸边明，别泪临清晓”，紧承开篇两句，由天色写到了伤痛难忍的离别之人：清晓的晨光之下，一对情人脸上那一串串伤别泪水，不断地流落。在西斜的残月之下，显得是那样的明亮。此时，天色已经接近黎明。

这里，词人以“别泪”为重点，既点明词旨，又隐含了诸多的内容：他们由夜里室内的话别对泣，直到黎明路边相别的难舍难分、缠缠绵绵。词人巧用“残月”“明”相映衬，表达了“月残”人不圆的伤悲和愁苦。

词的下片，重在抒写别时之情。

过片三句“语已多，情未了，回首犹重道”，是对话情景的描写：他们二人执手相别，泪眼不干，嘱语难以说尽，知心的话儿已经说了很多，但情意却无有尽头，一次次地回过头来，把叮嘱的话儿说了一遍又一遍。这三句，词人运用细节描写，表达了一对情人离别时刻的情景。用看似矛盾的“语已多”和“情未了”来表明他们的真情真意、情深意长；纵有千言万语、万语千言，也难以“道”尽深厚的情意，真的是“无限离情似杨柳”（唐·无名氏《题水心寺水轩》）、千条万缕在心中啊！“纵有千种风情，更与何人说？”（宋·柳永《雨霖铃》）故而再三叮嘱，不忍离分。

词末两句“记得绿罗裙，处处怜芳草”，是女子反复叮嘱情人的话语：你要把我永远记在心上，千万不要忘了我啊！当你看到萋萋芳草之时，一定不会忘记身着如芳草一般颜色的绿罗裙的我呀！这里，词人妙用联想的手法，由女子见芳草而触动情思，以眼前的芳草与罗裙同色的巧妙链接，生动、形象而又真切地表达了女子与情人相别之时的复杂心理和无比眷恋的情思。化用巧妙而无有痕迹。

这首词最显著的特点有二：一是语言浅白自然而不乏文采和色彩。词人笔下之物皆是常见之物（如“天”“月”“星”“烟”“草”等），用语亦朴朴实实，却把真挚的恋情融于物中，取得了丰富多彩的艺术效果。二是手法精妙，不落窠臼。词人妙用以景融情、以景写情及细节描写、联想和化用等多种手法，表达了含蓄隽永、意味深长的词旨。读之，让人耳目一新。

冯 延 巳

冯延巳（903—960），一名延嗣，字正中。广陵（今江苏扬州）人。五代南唐词人。性诙谐，喜饮酒，又善谄媚逢迎，甚得南唐中主李璟宠信。曾官谏议大夫、翰林学士、户部侍郎，后至宰相。其词多写相思离别之情，表现封建官僚的享乐生活。善用比兴手法刻画人物内心活动，又能寓情于景，词意缠绵悱恻，语言清丽流畅，对北宋晏殊、欧阳修等颇有影响。

鹊 踏 枝①

几日行云何处去②？忘却归来，不道春将暮③。百草千花寒食路④，香车系在谁家树？　泪眼倚楼频独语，双燕来时，陌上相逢否⑤？撩乱春愁如柳絮，依依梦里无寻处。

注 释

① 鹊踏枝：词牌名。原为唐教坊曲名。

② 行云：本指神女。战国楚辞赋家宋玉《高唐赋序》记巫山神女云："旦为行云，暮为行雨。"这里指行踪不定、冶游不归的荡子。亦即女子所思的丈夫。

③ 不道：不知。

④ 百草千花：此以闲花野草喻指其他的女子。

⑤ 陌：这里指道路。

题 解

这是五代南唐词人冯延巳以女子的口气写的一首闺怨词。以清丽而又婉约的语言，塑造了一位极有个性的思妇形象，融哀怨凄楚与深情挚意于一体，表现出自信不疑、果毅有守的性格特征。其不渝其志的美德令人感动、钦佩。尤为可贵的是，词人借闺怨之意，涵纳了自己的人生体验，将政治上的失意情绪融汇其中，旨意颇为深厚。确为古往今来不可多得的难能可贵之佳作。

赏 析

这首词可分为上、下两片。

词的上片，着重哀怨、指责浪荡不归的丈夫。

起首“几日行云何处去？忘却归来，不道春将暮”三句，是闺中思妇深重的幽怨：这几天，他又像流云一般，不知飘游到了哪里？把回家的路都已忘了，也不知道美好的春天即将逝去。这三句，虽是以深重的怨恨口吻说的，但站在我们面前的，却是一位忠于爱情、深明大义、有情有义的深爱着丈夫的妻子。尽管丈夫“士贰其行，士也罔极，二三其德”（《诗经·卫风·氓》），但是她还是希望丈夫回心转意。由此可见，她是一位情深义重、始终惦念丈夫的“日月有盈亏，妾心无改移”（宋·蜀中妇《菩萨蛮》）的好妻子。词人以“行云”作比，形象地描写出丈夫四处游荡的行径，十分贴切。“何处去”三字，既是埋怨、幽怨，又是深深的体贴与牵挂。“何处去”三字，不难想见，她体贴、牵挂之中，不无担心和忧悒，那种泪眼簌簌的无奈形象就出现在我们眼前，不能不让人洒下一掬同情之泪。“不道春将暮”一句，可说是思妇情感爆发的第一个高潮，幽怨、挂念和悲叹等多种复杂的情感融于其中，是她悲叹大好的春光即将逝去之时，发出的“我为女子，薄命如斯！君是丈夫，负心若此！韶颜稚齿，饮恨而终”（唐·蒋防《霍小玉传》）的哀叹！

上片后二句“百草千花寒食路，香车系在谁家树”，是思妇对丈夫浪荡不归原因的推想：那寒食之时的路上，长满了野草闲花，他四处浪游，他的车马又不知在谁家的树上挂系？这里，词人用“百草千花”来喻指那些招蜂引蝶的女子，将一种鄙视、嫌恶之意蕴含其中。“寒食路”三字，不仅点明了时令，而且绘出了一幅画面，将“寒食清明都过却，最怜轻负年时约”（宋·张元干《满江红》）的深重的怨愤蕴寓其中。故而，“香车系在谁家树”的推想就合情合理：佳节之时，本是亲人团聚之时，可信马由缰的“香车”（这里代指丈夫），却不知浪荡到何处？春节已过，暮春又至，竟然仍不见踪影？！这能不让她担心、忧心和伤心啊？！这可说是高潮之二。

词的下片，着重描写闺中思妇的孤独与凄苦。

过片处三句“泪眼倚楼频独语，双燕来时，陌上相逢否？”是闺中思妇倚于楼上的自思自想：她泪眼蒙眬，倚靠于楼上，不由得自言自语：“当那燕子双双归来之时，我在路上能不能与他相遇啊？”这三句，真实、真切、真率地刻画了思妇的内心世界，极为感人：尽管丈夫浪荡不归，她内心的怨恨极其深重，但是她挚爱丈夫之心如“磐石”（汉·无名氏《古诗为焦仲卿妻作》）般坚定：怨也罢，恨也罢，忧也罢，只要他能回心转意，回到自己的身边，就会云开雾散、花好月圆！那种“倚楼”“频独语”的伤心欲绝欲狂的悲哀皆可抛之于九霄云外！这可说是高潮之三。

词末“撩乱春愁如柳絮，依依梦里无寻处”二句，更进一步地抒写思妇对爱情的忠贞：她内心思念丈夫的纷乱的春愁，就如那柳絮一般，即使寻他不着，我哪怕到那梦里，也要把他寻觅得见！尽管她的内心纷乱如柳絮，尽管丈夫一去不归，但她真情真意在，痴情痴心在，哪怕是梦中相见，她亦同样感到宽心和慰悦！她可真的是中国文学画廊中独一无二的痴情女子！这可说把她的痴情推向了极致。

这首词最突出的特点，就是词人运用多种艺术手法，成功地刻画了一位真性真情的痴情女子的形象。全词三处设问，掀起了三次高潮，加之比喻与想象相衬，自语与梦境相合，“双燕来时”与“陌上相逢”相比对，一个活脱脱的以心感人的真性情的、“蔼然动人”（清·陈廷焯《白雨斋词话》）的女子形象便树立在我们眼前。

李 璟

李璟（916—961），本名景通，改名瑶，后名璟，字伯玉。五代南唐中主、词人。好读书，多才艺。其词仅存四首，以抒写怀人惜别、感时伤秋为内容，情调低沉哀怨。但用语清新，情感真实。他在政治上平庸无能，恣意享受，荒于国事。周世宗南征，迫近扬州，他乃去帝号，割江北诸地请降，奉表称臣，以求偏安一隅。后人把他及其子李煜（后主）的词，合而为《南唐二主词》。

摊破浣溪沙①

菡萏香销翠叶残②，西风愁起绿波间③。还与韶光共憔悴④，不堪看。　　细雨梦回鸡塞远⑤，小楼吹彻玉笙寒⑥。多少泪珠何限恨，倚阑干。

注　释

① 摊破浣溪沙：词牌名。又名“山花子”“南唐浣溪沙”“添字浣溪沙”。

② 菡萏（hàndàn）：这是荷花的别称。

③ 西风愁起：指西风从绿波之间而起。又因花叶在风中凋零，故而称之为“愁起”。

④ 韶光：指美好的时光。

⑤ 鸡塞：本指鸡鹿塞，亦称鸡禄山。此处泛指边塞。

⑥ 彻：指大曲中的最后一遍。“吹彻”是说吹到最后一支曲子。玉笙寒：笙因吹久而凝水，笙寒而声咽。

题 解

这首写景抒怀之词，是南唐中主李璟所作。本词以一个女子的悲秋念远为内容，充满了感伤的哀愁和悲苦。那消歇的馨香，那摧败的残叶，更有那绿池的西风愁波，皆令美人憔悴自伤，从而熏染出一种凄美绝伦之境界，尤其是那一声“不堪看”之轻叹，便让几度梦回、多少笛怨，皆化作潸然之泪。词中的“细雨梦回鸡塞远，小楼吹彻玉笙寒”二句，境界清幽，蕴含不尽之意，为人称颂，成为千古名句。

赏 析

此词可分为上、下两片。

词之上片，以写景为重。

起首二句“菡萏香销翠叶残，西风愁起绿波间”，开门见山，直写秋景：荷花已经落尽，香气也已消散，先前那翠绿的荷叶，此时也已凋零；深秋时节的西风，吹拂着绿水，那荡起的绿波引起人心头的愁绪。词人乍一落笔，便着一“香”字，写出了荷之味，表达出那个“荷风送香气”（唐·孟浩然《夏日南亭怀辛大》）的清幽之境已消逝，成为昨日。着一“翠”字，写出了荷之色，亦表达了那个“翠叶藏莺”（宋·晏殊《踏莎行》）的美好景致也已不再，只剩寥寥几片难以“藏莺”之“残”叶。这样，词人就从色和味两个方面写出了荷花味去、荷叶干枯的衰败景象，使人油然而生感伤之情。这一句明是写景，实则蕴含词人的伤感之情。第二句巧用拟人手法，似乎那秋风（“西风”乃秋风之谓也）亦满含着愁怨，在莹莹的秋水之中荡起绿波。这里，词人着一“愁”字，把“西风”和“绿波”亦拟人化了。这样，就使外在的景物和词人内在的情感融为一体，达到了“一切景语皆情语”的艺术效果，在那萧瑟的秋景之中，又平添了一种凄清、悲凉的气氛。

上片后二句“还与韶光共憔悴，不堪看”，是词人由眼前之景而生发的情感：美好的人生年华一年一年地消逝，与韶光一同憔悴的人，自然不忍亦不敢去看这满眼萧瑟的秋景。这里，词人把自己独特而深刻的人生体验和人生感受皆融于其中。作为一代帝王、一个请降称臣之人，心中那“青鸟不传云外信，丁香空结雨中愁”（李璟《摊破浣溪沙》）的哀怨当然难以言尽，故而用“不堪看”三字以写内心之感受，可说言少意丰，有一种言已尽而意无穷的深意在！万千愁苦，以三字出之，极有表现力。正如古人所言：“沉之至，郁之至，凄然欲绝。”（清·陈廷焯《白雨斋词话》）

词之下片，以抒情为重。

过片处二句“细雨梦回鸡塞远，小楼吹彻玉笙寒”，词人托梦以诉哀情，吹笙以衬凄清：细雨绵绵，梦境中那塞外的风物是那样的缈远；一觉醒来，寒笙那呜咽之声回荡在小楼之中。此二句，远近相兼，虚实结合，声情并茂，对仗工巧，比喻、通感兼具，意兴清幽，故而成为千古名句。

词末二句“多少泪珠何限恨，倚阑干”，词人直抒胸臆：想起那些故人旧事，她珠泪涟涟，倚靠栏杆，心中含有无穷无尽的幽怨。此二句用语看似平平淡淡，其实却蕴含了极其深重的情感。“多少”“何限恨”五字之中，含有词人说不完、道不尽的怨恨，可说凄清、凄凉、愁苦到极点。可用词人之子的词句来概括：“问君能有几多愁，恰似一江春水向东流。”（五代南唐·李煜《虞美人》）“倚阑干”这一特定动作的描写，虽未写出人物之神情，但人物内心之凄楚皆含于这三字之中，说出者只三字，不说出者则有万千。

此词最突出的特点是情景交融。词人假托一个悲秋思远的女子，把自己内心的悲愁怨恨皆融景中。那眼见之景皆含词人之情，那“香销”“叶残”的荷花、荷叶，那含“愁”蕴“恨”的秋风、秋水，还有那“细雨”绵绵，寒笙声声，皆蕴含了词人无尽的愁恨。

此词还有一个显著的特点：用词精巧，蕴意深厚。“细雨梦回鸡塞远，小楼吹彻玉笙寒。”乃千古名句，前已论及，不再赘述。就“西风愁起绿波间”一句，亦写得不同凡响，巧用拟人之手法，使“西风”“绿波”皆因有“愁”而起、有“愁”而流。此句又让词人之子南唐后主李煜发挥到极致。

李 煜

李煜（937—978），初名从嘉，字重光，号“钟隐”“莲峰居士”。南唐中主李璟第六子。北宋建隆二年（961）嗣位，世称“李后主”。五代南唐后主、词人。擅长诗文，精通书画，洞晓音律，尤以词名世。前期词作，多写宫廷享乐的腐化生活，表现伤时怀人、离愁别恨的情调，风格柔靡。被俘后所作，一变而为“故国之思”“亡国之痛”，主要抒写对昔日帝王生活的眷念和对眼前囚徒生活的哀叹。善用白描和比喻手法直抒胸臆，构成新鲜的意境，突破了晚唐五代“词为艳科”的藩篱，被誉为“千古词帝”，对词的发展有一定影响。

乌 夜 啼①

无言独上西楼，月如钩。寂寞梧桐深院、锁清秋②。　剪不断③，理还乱，是离愁④。别是一般滋味、在心头⑤。

注 释

① 乌夜啼：词牌名。原为唐教坊曲名。又名“相见欢”“秋夜月”“上西楼”等。

② 锁清秋：指被那深深的秋色所笼罩。

③ 剪：一作“翦”。

④ 离愁：这里指去国之愁。“剪不断”三句，以乱丝喻离愁。

⑤ 别是一般：这里指另有一种意味。

题 解

此词是登楼抒怀之作，写于词人被囚宋廷之时。此作借景抒发了离乡去国的悲怆哀痛之情。全词情景交融，情感极为真实、深沉。语言明净、自然，亦不乏情感。尤其是比喻精巧形象、生动别致，言浅意深，“摄尽凄惋之神”（俞平伯《论诗词曲杂著》）。

赏 析

此词分为上、下两片。

词之上片，着重于写景。

开篇二句“无言独上高楼，月如钩”，词人勾画出这样一个画面：“我”默默无语、独自一人登上那空空荡荡、寂然无声的西楼。默然抬头望去，见那天上只有一弯如钩的残月与“我”相伴。“无言”二字，置于词首，极形象地勾勒出词人孑然一身、独自登楼的画面，词人那愁苦的神情动态跃然纸上，可见出其内心的悲苦是多么的强烈和深重。“独上”二字，有一种“独上高楼（原句是‘江楼’）思渺然”（唐·赵嘏《江楼感怀》）的空虚、孤寂和悲伤蕴含其中。昔日的人上人，前呼后拥，花天酒地；如今的阶下囚，孤寂一人，愁恨满腹。“月如钩”三字，既写出抬头所见月之形象，暗示时令，又蕴含词人的几多感慨：月有阴晴圆缺，人有悲欢离合。此时的“如钩”之月，引起了词人“春花秋月何时了，往事知多少”（李煜《虞美人》）的联想，勾起了词人无尽的伤感和离恨。

上片的末句“寂寞梧桐深院、锁清秋”，词人用长达九字的句子写景寓情：“我”低头望去，只见那梧桐树寂寞地孤立于院中，而那幽深的庭院此刻已被清冷凄凉的秋色所笼罩。我们说：景语皆情语。词人笔下的“梧桐”和“清秋”皆寓含深情。“寂寞”的不是“梧桐”，而是词人自己。想那“四十年来家国，三千里地山河”（李煜《破阵子》）沦落他人之手，国破家亡，词人亦成为阶下之囚，悲哉、痛哉！着一“锁”字，表面言其“清秋”，实则是词人自己眼下处境的真实描写：亡国落魄，孤单寂寥，高墙深院，院门紧锁，度日如年，此种亡国之恨、怀乡之苦和思家之痛，一直啮咬着词人的心！他的心，一直在流血！在词人眼里，人无情，“清秋”亦如人一样的势利、无情！词人借“清秋”倾吐心中之郁结，可见词人心中的怨之深、恨之厚、愁之长。

词的下片，着重于抒情。

过片处三句“剪不断，理还乱，是离愁”，词人以丝喻愁：那如丝一般剪也剪不断，理也理不清，让人心乱如麻的，正是亡国之痛、去国之愁！词人化愁思为形象，用“剪不断，理还乱”来言说堆积于心的千愁万恨极为贴切，把那种沦为亡国奴、阶下囚的痛楚、怨恨、愁苦、悲伤等诸多感受写出来了。

词末一句“别是一般滋味、在心头”，写出词人最深切、最真实的体验与感受：那悠悠不尽的愁思缠绕于心头，却又是另一种无法言说的苦痛。这里，词人以“滋味”喻愁，既新颖、别致，又极为形象，化无形之“愁”为可品可尝的有形之物，妙用通感，感受真切而独特。我们说，没有特别、特殊、特有的经历和体验，是难以写出如此形神兼备的极有表现力的词句的。

此词情景交融，感情深沉。那如钩之“月”，那“寂寞梧桐”、无情秋色，还有那如丝般的“离愁”，都融注了词人郁积心头的万千愁恨。

此词比喻、拟人等手法运用精妙。比如，“月如钩”这一比喻，看似常见，却蕴意深厚。又如，“剪不断，理还乱”的比喻，化无形之“愁”为有形之物，“凄凉况味，欲言难言，滴滴是泪”（清·陈廷焯《云韶集》）。“寂寞梧桐深院、锁清秋”一句，着一“锁”字，妙用拟人，明言“锁”景，实指“锁”人，准确无比，精妙之至。

虞 美 人①

春花秋月何时了②，往事知多少③。小楼昨夜又东风④，故国不堪回首月明中⑤。 雕栏玉砌应犹在⑥，只是朱颜改⑦。问君能有几多愁⑧？恰似一江春水向东流。

注 释

① 虞美人：词牌名。原为唐教坊曲名。其取名于项羽宠姬虞美人。又因李煜填此词之名句，又名“一江春水”。此外，又名“玉壶冰”等。

② 春花秋月：此为“春花开秋月圆”之省语，常用来比喻人生最美好的时刻。了：了结，完结。

③ 往事：此指过去为帝王之时寻欢作乐的宫廷生活。

④ 小楼：词人被俘降宋之后在汴京（今河南开封）所居之楼。

⑤ 故国：本指旧国，此指已被宋朝灭了的南唐。南唐的故都在金陵（今南京）。堪：禁得起，受得住。

⑥ 雕栏玉砌：本指雕花的栏杆和白玉一样的台阶。这里代指帝王的豪华宫殿。砌，台阶。

⑦ 朱颜改：指红润的脸色改变了，已变得苍白、憔悴。

⑧ 问君：问问你。君，你。这里是假设的问话，词人把自己作为第二人称来发问。

题 解

这首词是五代十国时期南唐后主李煜被毒死前所作的绝命词。作于北宋太宗太平兴国三年（978）。此词通过词人凭栏远眺、梦中重归的情景，表达了词人对故国往事的无限怀念和留恋之情，极为沉痛地抒写了内心的悲哀。

这首词直陈其事，直抒胸臆。自然而又平浅的语言，似信手拈来，毫无雕饰、造作之痕迹，有李太白“清水出芙蓉，天然去雕饰”（唐·李白《经乱离后天恩流夜郎忆旧游书怀赠江夏韦太守良宰》）之风格。比喻自然贴切，既富含形象，又意旨深远。

赏 析

这首词可分为上、下两片。

词之上片，重在缘景而生情。

本词乍一开篇，便从眼前的自然景物落笔：“春花秋月何时了，往事知多少。”囚禁将近四年，词人度过了多少个“林花谢了春红，太匆匆，无奈朝来寒雨晚来风”（李煜《相见欢》）的日日夜夜，无尽的慨叹便从心底生起：这春花开秋月圆的美好时光，什么时候才能了结，过去的难以忘怀之事不知道该有多少！这两句之中，蕴含着词人无奈而挥之不去的万千辛酸：“春花”“秋月”并不因时序的更迭而消亡，可是人之年华、权势一旦流失，就难以追回了！可见，这“知多少”之中，那历历往事犹在眼前，从声色犬马的赫赫帝王生活到长歌当哭、斑斑血泪的阶下囚生涯，人生的跌宕、剧变太出人意料了，使词人的内心引起了非同一般、从未有过的强烈震动，陷入无尽的痛苦和悲哀的深渊，整日整夜以泪洗面，嗟叹不已：“流水落花春去也，天上人间！”（李煜《浪淘沙》）

上片后二句“小楼昨夜又东风，故国不堪回首月明中”，紧承上句，进一步表达词人内心的悲哀：昨夜东风又吹进了小楼，在这皓月当空的夜晚，“我”怎能承受得了回忆故国的伤痛。这里，词人触景生情，万千愁绪骤然堆积心头，无法抑止。着一“又”字，把景同而心境已全然天壤之别而无法忍受的精神痛苦抒写出来，真实而真切。这样，就把因“东风”而想起“不堪回首”的“故国”之思的亡国之痛的主旨凸现了出来。

词之下片，重在怀想中抒情。

过片处二句“雕栏玉砌应犹在，只是朱颜改”，紧承上片的“不堪回首”，仍要“回首”：雕花的栏杆和白玉一样的台阶，应该还在，只是“我”那红润的颜面早已改变，是那样的苍白和憔悴。这里，词人用“雕栏玉砌”代指故国，用“朱颜改”不仅仅说自己，更暗含国土更姓、山河变色之慨叹。“只是”二字，更加重了这种慨叹的分量，有一种无可奈何、无法挽回的哀痛。词人本不该在此时此刻、此种境遇下“回首”的，结果“强垂烟态拂人头”（李煜《赐宫人庆奴》）地“回首”了一下，就招来了杀身之祸！

词末二句“问君能有几多愁？恰似一江春水向东流”，词人又将蕴蓄在心中的悲恨愁怨借“一江春水”而倾吐出来：要问“我”心中有多少哀愁，它正像这滔滔不尽的春水滚滚东流。这里，词人以富有感染力和象征性的比喻，将抽象无形的“愁思”化为极形象的“春水”，且赋予其“向东流”的动感，使词人笔下的愁思具体可感，既写出了愁恨的悠远流长，又写出了愁恨的挥之不去，缠绕于心头，既持久又使人难以忍耐，故而引起了怀愁衔恨者心灵上的共鸣，成为千古名句。

这首词手法精妙，旨意深刻。词人通过自然永在而人生无常的深沉感慨，酣畅淋漓地抒写了积郁于心中的莫大悲哀。语言自然而清新优美，巧用比兴、对比等多种手法，形象生动，蕴意深长，确为“高奇无匹”之上乘佳作。

钱惟演

钱惟演（977—1034），字希圣。临安（今浙江杭州）人。宋代文学家。吴越王钱俶之子。曾官枢密使、同中书门下平章事等职。宋仁宗时，因事落职。博学能文辞，与杨亿、刘筠等唱和，编成《西昆酬唱集》，风靡诗坛。著有《典懿集》。

木兰花[①]

城上风光莺语乱[②]，城下烟波春拍岸[③]。绿杨芳草几时休？泪眼愁肠先已断。　情怀渐变成衰晚，鸾镜朱颜惊暗换[④]。昔年多病厌芳尊[⑤]，今日芳尊惟恐浅。

注释

① 木兰花：词牌名。原为唐教坊曲名。又名“玉楼春”“春晓曲”“归朝欢令”等。

② 莺语：这里是说黄莺婉转鸣叫就好似低语。

③ 拍岸：这里指春水拍打着堤岸。

④ 鸾镜：镜子的美称。朱颜：这里代指年轻之时。

⑤ 芳尊：酒杯的美称。这里代指美酒、醇酒。

题解

此词作于宋仁宗景祐元年（1034）。词人谪居汉东（今湖北随州），已到暮年。词人以五代入宋的贵胄子弟身份，在仁宗朝初官至将相，此时地位已一落千丈。词人的这首暮年遣怀之作，以极其凄婉的笔触，抒写了垂暮之时对春伤怀、借酒消愁的感伤，亦把政治失意、谪居边远之地的朝不保夕的心境融汇其中，使笔下的意象无不充满浓重的绝望后的伤感色彩，“情尤真笃”（明·沈际飞《草堂诗余正集》）。此词写成不久，词人即抑郁而逝。

赏　析

此词分为上、下两片。

词之上片，着重于伤春。

起首二句“城上风光莺语乱，城下烟波春拍岸”，词人描写眼前所见的“城上”“城下”之景：城墙之上春光明媚，到处是莺声鸟语；城墙之下碧波荡漾，春水拍打着岸堤。这两句，词人写得颇有层次：先从“城上”“城下”着眼，明明白白地写出自己观景的顺序；再从“城上”春光明媚、莺歌燕舞和“城下”春水拍岸、碧水如“烟”的动静结合、听觉与视觉对比的角度来写，有点有面，重点突出。尤其是“风光”“烟波”之朦胧与耳中的“莺语”、涛声之真切形成鲜明对比，更加表现出“春也万物熙熙焉，感其生而悼其死”（唐·卢照邻《释疾文·悲夫》）的旨意：词人亦曾有过如“春光”“春水”和“莺语”“拍岸”的“风光”，而今却已至暮年，垂垂朽也！可见，词人巧用反衬的手法，把“烈士多悲心”（三国魏·曹植《杂诗七首》之六）的悲愁蕴含其中，且景愈美词人的悲愁愈深，这皆缘于谪居边地的政治失意，亦可见出词人已绝望到何种程度：如此美好的春景，垂垂朽也之人却无福再享用了！其悲切之情，亦不难想见。

上片后二句“绿杨芳草几时休？泪眼愁肠先已断”，词人直接抒写内心的悲愁：绿杨衬着芳草，这美景不知何时才能休止？因为这景色越美，“我”越发泪眼凄迷，愁肠寸断。这里，词人由眼前的“绿杨”“芳草”之“绿杨影里啭黄鹂”（宋·王之道《绣溪》）、“芳草鲜美，落英缤纷”（晋·陶潜《桃花源记》）之景，愈加感到自己再也不能消受如此美景，顿时悲从中来、肝肠寸断，甚而至于发声于笔端，把“愁肠已断无由醉，酒未到，先成泪”（宋·范仲淹《御街行》）的无限悲愁表达出来，使悲情达至高潮，把“恨芳菲世界”“都付与、莺和燕"（宋·陈亮《水龙吟》）的政治失意、自己行将就木的极其深重的悲痛和愤恨融汇其中。

词之下片，着重于写人。

过片处二句"情怀渐变成衰晚，鸾镜朱颜惊暗换"，是词人对自己"几年春草歇，今日暮途穷"（唐·杜甫《投赠歌舒开府翰二十韵》）的真实抒写：人到晚年，美好的情怀渐渐消散，镜子里的面色也很令人吃惊，因为朱颜已在不知不觉中变换了。词人回想宦海沉浮的经历，倍觉悲观：想当初"官兼将相，阶、勋、品皆第一"（宋·欧阳修《归田录》），皆托靠于刘太后。当太后殁去，他便被贬汉东，永无出头之日，精神和形体遭受致命创伤，已是老之已至、朝不保夕，故而充满了无可奈何、悲观失望的伤感。

词末二句"昔年多病厌芳尊，今日芳尊惟恐浅"，词人巧用饮酒的今昔态度变化，来抒写心中的失意和绝望：昔日因为多病，自己厌恶饮酒；现在自己满腹忧伤，只恐酒少饮了，不能解愁。词人妙用"饮酒"的生活细节，来表现经历重大的政治失意的绝望之情，以小见大，真实真切真率，不事雕饰，客观道来，把饮恨泣血之痛蕴含其中，看似平直，却警策、传神，极为精彩，真可谓"看似寻常最奇崛"（宋·王安石《题张司业诗》）、字字句句恨泣血！

这首词最突出的特点可用两个字来概括：一是"真"：景真事真，情真意真。词人所写乃眼前之景、寻常之事，却把一生宦海浮沉、不堪回首之苦痛的真情实意融汇其中，极为感人。二是"妙"：手法妙。词人妙用对比、反衬、细节描写和直抒胸臆等手法，表达了政治失意、自己行将就木之悲愤。

范 仲 淹

范仲淹（989—1052），字希文。先世居邠（今陕西彬州），后徙居苏州吴县（今属江苏）。北宋政治家、文学家。幼年孤贫，刻苦好学。大中祥符八年（1015）进士。官至枢密副使、参知政事（副宰相）。一生为官清正，治军严明，关心民生疾苦，又以生活简朴、品德高尚著称于世。死后，赠兵部尚书、楚国公，谥“文正”。所著散文具有鲜明的政治内容。《岳阳楼记》，熔叙事、描写、议论于一炉，兼用骈散写法，颇有诗意，别具一格。其中“先天下之忧而忧，后天下之乐而乐”句，尤为古今所传诵。又工诗，部分作品反映了当时农民生活的痛苦。词作传世仅五首，写边塞生活，意境开阔，风格豪放，对开拓词的题材领域有一定贡献。《渔家傲》《苏幕遮》《御街行》皆是名篇。尤以《渔家傲·秋思》慷慨悲壮而脍炙人口。

苏 幕 遮①

碧云天，黄叶地，秋色连波，波上寒烟翠②。山映斜阳天接水，芳草无情，更在斜阳外③。　　黯乡魂④，追旅思⑤，夜夜除非，好梦留人睡。明月楼高休独倚，酒入愁肠，化作相思泪。

注 释

① 苏幕遮：词牌名。原为唐教坊曲名，来自西域。又名“云雾敛”“鬓云松令”等。

② “波上”句：意为江波之上笼罩着一层翠色的寒烟。烟本呈白色，因其上连碧天，下接绿波，远望即与碧天同色。

③ “芳草”二句：意为草地绵延到天涯，似乎比那斜阳更遥远。“芳草”常暗指故乡。可见，此二句有感叹故乡遥远之意。

④ 黯乡魂：因为十分思念家乡而黯然神伤。黯，形容心情忧郁、沮丧。乡魂，即思乡的情思。

⑤ 追旅思：意为撇不开羁旅的愁思。追，追随，这里有缠住不放的意味。旅思，指旅居在外的愁思。思，心绪，情怀。

题 解

此词抒写乡思旅愁，写于宋仁宗康定元年（1040）至庆历三年（1043）间。当时范仲淹正在西北边塞的军中任陕西四路宣抚使，主持防御西夏的军事。

此词意境阔远，气象宏大，借景抒情，情景交融，妙使丽景和柔情融为一体，“遂成绝唱”（清·彭孙遹《金粟词话》）。

赏 析

此词可分为上、下两片。

词之上片，重在绘景。

开篇四句“碧云天，黄叶地，秋色连波，波上寒烟翠”，词人重彩浓墨地描写秋景：只见那高远的蓝天之上碧云飘悠，辽阔的大地之上黄叶纷飞，落叶遍地，无边的秋色连接着江中的水波，水波上弥漫着苍翠的寒烟。这里，词人给读者展现了一幅境界高广而又悠远的“秋色图”。“碧云天”和“黄叶地”之天地对比，色彩鲜明，令湛碧的长空和橙黄的大地构成一幅气势宏阔的秋色图。

尤其是“碧云天，黄叶地”二句，展现了际天极地的苍莽秋景，成为咏秋之绝唱。元代戏剧家王实甫在《西厢记》“长亭送别”一场中，就借鉴化用了这两句，改为“碧云天，黄花地”，并把南宋女词人“易安居士”的“莫道不消魂，帘卷西风，人比黄花瘦”（宋·李清照《醉花阴》）之词意融入其中，更具画面美和意蕴美。“秋色”二句，落笔于高天厚地之间浓郁的秋色绵邈的秋波，使“碧云”、“黄叶”、绿“波”、“翠”“烟”，构成一幅色彩斑斓的画面。词人着一“寒”字，可见眼前之美景并未完全化解他心中公务繁忙所带来的烦忧，反而使他广阔的胸襟之中，有了些许的寒意，一种离情的伤感油然而生。

上片后三句“山映斜阳天接水，芳草无情，更在斜阳外”，描写傍晚的秋色：又见那群山映着斜阳，蓝天连着江水，芳草竟是那样的不谙人情，一直绵延到夕阳照不到的天边。这里，词人把摄入眼帘的天、地、山、水融为一体，交相辉映。同时，“斜阳”二字巧妙点示所状写的乃薄暮时分的秋景。“无情”二字用拟人手法，将眼前的实景转为意中虚景，妙将离情别绪隐寓其中。这是因为，“芳草”历来是表达别离旨意的意象之一，比如“王孙游兮不归，春草生兮萋萋”（《楚辞·招隐士》）。这里的“芳草”，亦是引发词人乡思离情的媒体，它把天涯、故国连接起来，使他这望乡之人即刻就生出思乡怀亲之情。词人怨恨“芳草”之“无情”，实则是他的心中有“瘦马恋春草，征人思故乡”（唐·刘长卿《代边将有怀》）的浓重的思乡怀亲之情结。

词之下片，重在抒情。

过片四句“黯乡魂，追旅思，夜夜除非，好梦留人睡”，词人点题写愁：默默思念故乡的“我”黯然神伤，缠人的羁旅愁思实在难以排遣，除非夜夜都做好梦才能得到片刻的安慰。“乡魂”“旅思”四字，直接点题，可见出这种怀乡之情和羁旅之思时时刻刻萦绕心头、纠缠不休。“夜夜除非”四字，强调乡思在美梦中方能暂时泯却。然而，天涯孤旅，“好梦”实在难得。

词末三句“明月楼高休独倚，酒入愁肠，化作相思泪”，借景抒情：“我”不想在明月之夜独倚高楼而望远，只是频频地将苦酒灌入愁肠，让这酒化作相思的眼泪。这里，望“明月”而“思故乡”（唐·李白《静夜思》），更使得词人倍增愁思：人圆月圆我不圆！故而词人着一“休”字，长叹一声：“休独倚！”那么又该如何呢？词人巧妙化用“诗仙”的“举杯消愁愁更愁”（唐·李白《宣州谢朓楼饯别校书叔云》）之意，以“酒入愁肠，化作相思泪”收束全篇。这两句兼用拟物和比喻的手法，既具体、形象，又将抽象的“愁”形象化了，且增加了新的内涵，可谓独出心裁，富含创新，确为“警策之语”！

这首词最突出的特点：创新。那“芳草”“明月”“好梦”和“酒”等景物或事物，运用比拟、比喻和化用等手法，使美景和柔情融为一体，达到了情景交融。尤其是“酒入愁肠，化作相思泪”两句，以“警策语”出之，手法高妙，比之“诗仙”之诗句，更增新意，故而成为千古名句。全词熔丽语、柔情于一炉，笔笔有创新，遂成绝唱。

柳　永

柳永（约987—约1053），初名三变，字景庄，后改名永，字耆卿。崇安（今属福建）人。北宋词人。其词以抒写羁旅行役之情见长，善于捕捉物候的变化，点染离情别绪，凄楚动人。又多描绘歌妓生活和城市风光，前者多趣味庸俗，风格淫靡；后者能反映出北宋时期社会经济繁荣和市民生活面貌。他是北宋第一个专力写词的词人。词作工于铺叙，善用口语，加之音律谐婉，语言明畅通俗，词意真切妥帖，流传很广。时有"凡有井水饮处，即能歌柳词"之说。慢词创作尤多，颇富开拓性，对后世影响甚大。他是宋代婉约词派的代表词人。《鹤冲天》（黄金榜上）是他恃才纵情之代表作，因为"忍把浮名，换了浅斟低唱"一句，使词人被黜而成为流连于坊间的白衣卿相——"奉旨填词柳三变"。因他排行第七，又曾官屯田员外郎，故有"柳七""柳屯田"之称。

雨　霖　铃①

寒蝉凄切②，对长亭晚③，骤雨初歇④。都门帐饮无绪⑤，留恋处，兰舟催发⑥。执手相看泪眼，竟无语凝噎⑦。念去去、千里烟波⑧，暮霭沉沉楚天阔⑨。　多情自古伤离别⑩，更那堪、冷落清秋节⑪！今宵酒醒何处⑫？杨柳岸、晓风残月⑬。此去经年⑭，应是良辰好景虚设⑮。便纵有千种风情⑯，更与何人说？

注 释

① 雨霖铃：词牌名。亦作“雨淋铃”。原为唐教坊曲名。词曲相传作于“安史之乱”时，唐玄宗迁蜀入斜谷，时霖雨连日，又于栈道之中闻铃声，为悼念杨贵妃，遂作此曲。

② 凄切：凄凉悲哀。

③ 长亭：古时驿路上建造的供人歇息或送别的亭子。曾有“十里一长亭，五里一短亭”之说。

④ 骤雨：指急雨、阵雨。

⑤ 都门：这里指汴京（今河南开封）城外。帐饮：指搭帐篷设宴饯行。无绪：没有情绪。

⑥ 兰舟：据《述异记》所载，鲁班曾刻木兰树为舟。后用作船之美称。

⑦ 凝噎：同“凝咽”，指喉咙阻塞，说不出话。噎，阻塞。

⑧ 去去：分手离去后越来越远。

⑨ 暮霭：指傍晚的云气。沉沉：指深厚的样子。楚天：古时长江中下游地区属楚国，故而称南方的天空为“楚天”。

⑩ 多情：指多情之人。

⑪ 那：何，怎。堪：承当，忍受。清秋：凄凉清苦的秋天。

⑫ 今宵：即今晚。

⑬ 残月：与“满月”相对而言，多指阴历月初的新月。

⑭ 经年：指一年又一年。

⑮ “应是”句：即“良辰好景应是虚设”。

⑯ 纵有：即使有。风情：情怀，情意。这里指男女恋情。

题 解

此词是柳永的代表作，亦是抒写离情别绪的千古名篇。词人通过与情人难舍难分的场面描写和别后凄楚情状的想象，把离情写得情真意切、缠绵悱恻而凄婉动人。

此词是词人晚年离开都城汴京之作。他一生落魄，屡试不第，直到宋仁宗景祐元年（1034）年近半百才中进士。可谁知仕途坎坷，未得重用，只做了一个小小的屯田员外郎。仕途失意的压抑与情人别离的痛苦交织在一起，令他“万般方寸，但饮恨，脉脉同谁语”（柳永《采莲令》），于是作此词以寄离情。

赏 析

此词可分为上、下两片。

词的上片，着重描写一对情人离别的场景。

开篇三句“寒蝉凄切，对长亭晚，骤雨初歇”，词人描写别时之景：清秋的傍晚时分，他和情人来到长亭。这时候，一场急雨刚刚停息，那似通人意的秋蝉，亦叫得那么凄凉悲切。“凄切”二字，借“寒蝉”之声，为全词奠定了“悲”之基调。“长亭”点明地点，“晚”说明时间，用语简洁明了。着“对”字，将凄楚之况味蕴含其中。这样，前三句就让离别之人有了“世上万般哀苦事，无非死别与生离”（明·冯梦龙《古今小说·蒋兴哥重会珍珠衫》）的万千凄苦，亦为下文做了很好的铺垫。

紧接的三句“都门帐饮无绪，留恋处，兰舟催发”，描写别时的心情：在这汴京城外的告别宴席上，他心情抑郁。他和她虽同饮饯别之酒，却无有半点好心绪。正在他难分难舍之时，艄公却催着船儿出发。“都门帐饮”点明地点及设宴饯别之事。“无绪”二字，道出心情，言少意丰，把“人间别离尽堪哭，何况不知何日归”（唐·赵嘏《江上与兄别》）的凄伤尽含其中。“留恋处”写他们依依难舍的情景，谁知此时“兰舟催发”。词人以真情深长而时间太短之矛盾，把情人欲饮“无绪”、欲“留”不得的别时凄恻描写出来，更可见二人情真意挚、留恋之深。

以下二句“执手相看泪眼，竟无语凝噎”，这是形象逼真、力敌千钧的极感人的细节描写：两双手紧紧地握在一起，两双泪眼相互对看，有多少知心的话儿要说呀！然而此时此刻，他们又不知从何说起，哽哽咽咽，竟然一个字也说不出来。这亦是一个特写镜头，用逼真的细节，表现了无法言说的深挚之情。真的是“别恨和肠断”啊！

上片最后二句“念去去、千里烟波，暮霭沉沉楚天阔”，词人设想别后的情景：他一想到这一离去会越走越远，舟行水上，路途千里，烟波朦朦胧胧、浩渺无际，一程又一程地前行，那南方的天空辽阔、深远，暮霭沉沉，心里更是万分的凄伤。词人着一“念”字，引出对别后情景的设想。“去去”“千里”，以别之远来衬离情，再用“烟波”“暮霭”和“楚天”来烘托，更见出旅人前途之渺茫、情人相见遥遥无期的伤感和痛苦，真的是景“阔”情无限！

词的下片，着重想象别后的凄楚情状。

过片处二句“多情自古伤离别，更那堪、冷落清秋节！”承上启下，再写离情：自古以来，多情之人离别之时都很忧伤，更何况，哪里能禁受得住与情人相别是在这凄冷的深秋时节！“伤离别”三字，点明词旨。“更那堪”三字，把情人相别之时的凄楚欲绝、难以忍受、泪如雨下的情景展现在读者眼前，更有那“拭却千行更万行”（唐·刘媛《长门怨》）的伤痛蕴含之中。

以下“今宵酒醒何处？杨柳岸、晓风残月”两句，是词人对别后情形的设想：今夜离别之后，他酒消人醒，那船儿又该行到哪里？只会在那晨风料峭、残月斜挂之时的杨柳岸边！这两句是千古名句，尤为动人：词人用最能触动离愁的“杨柳”“晓风”和“残月”构成一幅极鲜明的画面，言有尽而意无穷。尤其是在一个特定的“酒醒”时刻！这样就把他“酒已都醒，如何消夜永？”（宋·周邦彦《关河令》）的无法驱遣的离愁别恨形象地表现出来。可见，这愁恨从乍一与她离分之时，就疯狂地滋生暗长！因为那“执手相看泪眼”的情景难以忘怀，历历在目。

词末四句“此去经年，应是良辰好景虚设。便纵有千种风情，更与何人说？”词人更深一层地推想别后之情形：他想到此次别离，一年又一年，不知又要经过多么漫长的岁月！即使有良辰美景，也会因缺你——我的心上人而形同虚设。心中纵有千种深情蜜意，又能跟什么人去诉说！词末四句，“他”霎时陷入无穷无尽、绵绵不绝的“愁海”之中，“剪不断，理还乱，是离愁，别是一般滋味在心头！”（五代南唐·李煜《乌夜啼》）

这首词构思精妙，手法多样。全词以“离情”为线索贯穿全篇，时间和空间相兼，眼前实景、实情与别后虚景、虚情相融合，做到了即景抒情、融情入景。细节描写和烘托、衬托亦别有特色。

凤　栖　梧[①]

伫倚危楼风细细[②]，望极春愁[③]，黯黯生天际[④]。草色烟光残照里[⑤]，无言谁会凭阑意[⑥]。　拟把疏狂图一醉[⑦]，对酒当歌，强乐还无味[⑧]。衣带渐宽终不悔[⑨]，为伊消得人憔悴[⑩]。

注　释

① 凤栖梧：词牌名。原为唐教坊曲名。又名“蝶恋花”“鹊踏枝”等。

② 伫倚危楼：指长时间地倚靠在高楼的栏杆之上。伫，长时间站立。危楼，高楼。

③ 望极：极目远眺。

④ 黯黯：这里指神情沮丧，情绪低落。生天际：指从遥远无边的天际升起。

⑤ 烟光：这里指飘忽缭绕的云霭雾气。

⑥ 会：理解。

⑦ 拟把：打算。疏狂：放浪狂荡，狂放不羁。

⑧ 强（qiǎng）乐：勉强地欢笑。强，勉强。

⑨ 衣带渐宽：指人逐渐消瘦。语出《古诗十九首》：“相去日已远，衣带日已缓。”缓，宽松。以衣带愈来愈松比喻人因相思而日益消瘦。

⑩ 消得：指值得，能忍受得了。

题　解

此词为怀人之作。写于宋真宗咸平五年（1002）之后，当时词人正处在异乡漂泊之中。

此词构思巧妙，妙在把漂泊异乡的落魄之感，同怀恋意中人的缠绵情思融为一体，生动地刻画了一个性格坚毅、执着的志诚男子的形象。全词景为情生，写景抒情，景新情真，委婉含蓄，感人至深。在古词之中，别出心裁，独具一格。

赏　析

此词可分为上、下两片。

词之上片，以写登高望远所引起的别恨离愁为重。

起首三句“伫倚危楼风细细，望极春愁，黯黯生天际”，词人由景而心生“春愁”：“我”久久地倚靠在那高楼的栏杆之上，细细的温暖的春风迎面吹来。极目眺远之中，心中那无尽的愁思，令“我”神情黯然，此情是从那遥远无边的天际生发的。乍一开篇，词人就用“伫倚”二字，刻画出主人公的形象，既十分简洁，又蕴意深长，有一种“伫听寒声，云深无雁影”（宋·周邦彦《关河令》）的凄寒。不过，这种内心的“凄寒”，词人是用“细细”之春风来反衬的。春风本是温煦的，但词人却用“伫”这一动作来写沐浴其中的感受，可见内心是有寒意的。“春愁”二字，正好说明了这个问题：既点明时令，又点示题旨。“黯黯”二字，进一步把主人公含愁之神情描写出来，有一种“黯相望，断鸿声里，立尽斜阳”（柳永《玉蝴蝶》）的凄哀。“生天际”三字，设置悬念，说明“春愁”皆缘自“天际”之某物（从下句可知，当为“春草”）而生。

上片末二句“草色烟光残照里，无言谁会凭阑意”，描写主人公见景而触发的一种孤独、凄凉之感：只见那春草铺地如茵，在夕阳的余晖里，闪烁着迷蒙的如烟似雾的光色，此时此刻，谁人又能理解“我”默默凭依栏杆的心意。

"残照"二字，点出主人公站立楼头时间之长，虽已黄昏仍不愿离去。这里着一"残"字，更有一种"残霞将落日交晖，远树与孤烟共色"（唐·陈子昂《金门饯东平序》）的"夕阳无限好，只是近黄昏"（唐·李商隐《乐游原》）的伤感寓含其中。"草色烟光"四字，景中含情，将迷迷离离、挥之不去的愁思蕴含其中。"无言""谁会"四字，将无人理解自己登高望远的心情而默然无语的"黯黯"之情态描写出来，字少意多，看似抒情，实则将词人仕途坎坷、终身潦倒之遭际蕴含之中，信息量极大。

词之下片，词人宕开一笔，以如何才能苦中求乐为重。

过片处三句"拟把疏狂图一醉，对酒当歌，强乐还无味"，描写主人公苦中求乐难以如愿的矛盾心理："我"本打算尽情放纵喝个一醉方休，然而当放歌而举起酒杯之时，才感到勉强求乐反而兴味全无。"图一醉"三字，写出主人公借酒浇愁、"醉（原句是'梦'）里不知身是客，一晌贪欢"（五代南唐·李煜《浪淘沙》）的心愿。为此他追求"疏狂"，还要"对酒当歌"，结果却以"无味"而结束。可见这种郁积于心中之"愁"是挥之不去亦无法摆脱的。

词末二句"衣带渐宽终不悔，为伊消得人憔悴"，词人点出"春愁"的内容及主人公的爱情誓言："我"日渐消瘦亦永远不会懊悔，为了你"我"心甘情愿被相思折磨得一身憔悴。这二句是情感之高潮，铿锵有力，把主人公坚毅的性格和执着的态度表现出来，极有感染力，更比那"山无陵，江水为竭，冬雷震震，夏雨雪，天地合，乃敢与君绝"（汉·无名氏《上邪》）来得实际、实诚和实在！

此词最为突出的特点有二：一是构思精巧。上片写景，下片抒情。篇首望远而生愁，设置悬念；篇中"愁"情难"拟"，借酒消"愁"，"愁"亦难消，无奈之至；篇末点示"愁"之内容，释"悬"立誓，激情四溢。二是意蕴浑厚。词末二句"衣带渐宽终不悔，为伊消得人憔悴"，乃是千古名句，曾被近代大学者王国维列为"古今之成大事业、大学问者，必经过三种之境界"的最关键的"第二境"（即"耐得寂寞，奋力拼搏"）。

夜　半　乐[①]

冻云黯淡天气[②]，扁舟一叶[③]，乘兴离江渚[④]。渡万壑千岩[⑤]，越溪深处[⑥]。怒涛渐息，樵风乍起[⑦]，更闻商旅相呼[⑧]，片帆高举。泛画鹢、翩翩过南浦[⑨]。　望中酒旆闪闪[⑩]，一簇烟村，数行霜树。残日下、渔人鸣榔归去[⑪]。败荷零落，衰杨掩映，岸边两两三三、浣纱游女[⑫]。避行客、含羞笑相语。　到此因念[⑬]，绣阁轻抛[⑭]，浪萍难驻[⑮]。叹后约丁宁竟何据[⑯]。惨离怀、空恨岁晚归期阻。凝泪眼、杳杳神京路[⑰]。断鸿声远长天暮[⑱]。

注　释

① 夜半乐：词牌名。原为唐教坊曲名。

② 冻云：此指下雪前凝聚的阴云。

③ 扁舟：小船。

④ 江渚：指江边。渚，水中之沙洲，此指水边。

⑤ 万壑千岩：指众多秀美的山川。语出《世说新语 · 言语》："千岩竞秀，万壑争流。"

⑥ 越溪：即若耶溪，位于会稽山（在今浙江绍兴）。

⑦ 樵风：指顺风乘舟。典出《后汉书 · 郑弘传》。乍起：指突然地吹起。

⑧ 商旅：本指行商之旅客，此泛指旅客。

⑨ 泛画鹢（yì）：即泛舟。鹢，一种水鸟。古人绘鹢首于船头以压水神，后以"画鹢"为船之代称。翩翩：形容船行轻快的样子。南浦：常指离别之地。南朝梁江淹《别赋》："送君南浦，伤如之何？"

⑩ 酒旆（pèi）：酒旗。

⑪ 鸣榔：用敲击木梆来惊鱼，以便于鱼聚集而捕捉。

⑫ 浣纱游女：指水边洗衣的女子。

⑬ 因：于是，就。

⑭ 绣阁轻抛：这里指轻率地离家。

⑮ 浪萍：浮萍。

⑯ 后约：约定归期。丁宁：同“叮咛”。

⑰ 杳杳：遥远。神京路：指去汴京（今河南开封）之路。

⑱ 断鸿：指失群之孤雁。长天暮：指高远的天空出现暮色。

题 解

这是北宋词人柳永抒写羁旅行役之词，亦是“奉旨填词柳三变”最拿手的。此词由上、中、下三片构成，看似冗长却内容紧凑，由景而事而情，大开大合，顺理成章，有天衣无缝之妙。尤其是婉约之中，又有些许豪放之气，实实难能可贵。

赏 析

此词上片，着重于绘江行所见之景。

起首三句“冻云黯淡天气，扁舟一叶，乘兴离江渚”，词人描写自己乘舟而行所见之景：在这云像冻住般凝结、天色暗淡的初冬，我驾着一叶扁舟，乘兴离开了江边。“冻云黯淡”四字，既写天气之恶劣，又反衬词人“万水千山迷远近，想乡关何处”（柳永《安公子》）的思国怀乡之情。“乘兴”正是这种情感的最好注脚，亦是上片之词眼：因为有“兴”，故而再恶劣的天气“扁舟”亦可征服。

“渡万壑千岩，越溪深处”，描写舟行之景况：一路之上，小舟穿过万壑千岩，行进于古越之地的山水之间。词人着一“渡”字，更写出兴致之高，穷山恶水皆不在话下！路途再艰难、漫长，亦不放在眼里。真有那种“忍把浮名，换了浅斟低唱”（柳永《鹤冲天》）的达观!

“怒涛”四句，再写行进所见所闻：怒涛渐渐平息，船已到了平原。此时正刮起顺风，船帆便高高扬起，我便听到商贾旅人的招呼之声。“樵风”“相呼”等词，可见出词人顺风行船、独立船头怡然自乐之情状。

“泛画鹢、翩翩过南浦”片末一句，描写舟行之轻快：扬帆之船，轻快地驶过南浦。“翩翩”二字，明写船，实写轻快之心情。

此词中片，着重于叙烟村人事景象。

“望中”三句，写词人眼中所见水岸之景象，放眼远望，只见烟霭之中依稀可见一处村落，有几行秋树相环，酒旗在风中招摇。词人用“酒旆”“烟村”和“霜树”渲染出浓浓的生活气息，为下面的写人事做了很好的铺垫。

“残日”片末五句，具体描写“烟村”的人事景象：夕阳映照江面，渔人一面敲着鸣榔，一边划着返村的渔船。望那近处，残荷零落，衰杨掩映着岸边，那里聚着三三两两洗衣的女子，她们避开游人的视线，正含羞说着悄悄话。这渔人归家、女子“含羞笑相语”的细节描写，怎能不勾起词人内心那浓浓思国怀乡之情结呢？！这就自然过渡到下片。

此词下片，着重于抒去国离乡之感慨。

“到此”三句，词人直抒胸臆：此情此景，勾起了我的思念，真后悔当初轻率离家，如今却如浮萍一般，漂泊天涯。着一“念”字，直接引出别恨离愁。“绣阁”和“浪萍”，运用借代和比喻手法，分说家人和自己。“难驻”和“轻抛”把自己深沉的遭际之苦和离家之悔蕴含其中。

“叹后约”词末四句，词人在悲叹中以景作结：当年亲人约定归期的叮咛之声，犹在耳畔，如今该如何实现？我心中怅恨不已，已到岁暮还不能回去。含泪凝望都城汴京，神思渺渺，满目云烟。只听到那黄昏的天空中，传来孤雁的阵阵哀鸣……词人用“惨离怀”“空恨”“归期阻”“杳杳神京路”等词语，直点词旨。词末的“长天暮”与词首的“冻云黯淡”遥相呼应，颇为圆合。

这首词最为显著的特点是：旨意深，构思妙，手法巧。词人以首尾呼应绘景、中间叙事和抒情的环形结构，运用描写、叙事和抒情相结合的手法，以收放自如、转换无间的大开大合的笔触，生动、形象而又深刻地抒写出羁旅行役之时的思国怀乡之情结。

倾　杯①

鹜落霜洲②，雁横烟渚③，分明画出秋色。暮雨乍歇，小楫夜泊④，宿苇村山驿⑤。何人月下临风处，起一声羌笛？离愁万绪⑥，闻岸草、切切蛩吟似织⑦。　为忆，芳容别后，水遥山远，何计凭鳞翼⑧。想绣阁深沉，争知憔悴损、天涯行客⑨。楚峡云归，高阳人散⑩，寂寞狂踪迹。望京国⑪，空目断、远峰凝碧⑫。

注　释

① 倾杯：即“倾杯乐”，词牌名。原为唐教坊曲名。又名“古倾杯”。

② 鹜（wù）：野鸭。“初唐四杰”之首的王勃有千古名句：“落霞与孤鹜齐飞，秋水共长天一色。”（《滕王阁序》）

③ 烟渚：指水中小洲上雾气笼罩。唐代山水田园诗派的代表诗人王维有诗句：“移舟泊烟渚，日暮客愁新。”

④ 小楫：这里代指小船。楫，船桨。

⑤ 苇村山驿：这里指僻野的山驿。苇、山是互文手法，代指僻野。

⑥ 离愁万绪：这里是说离愁别绪万种千般。

⑦ 切切：这里是拟声词，拟写蟋蟀的鸣叫之声。蛩（qióng）：蟋蟀、蝗虫的别名。

⑧ 鳞翼：鱼和雁，这里代指书信。古时有鲤鱼、雁足传书之传说。

⑨ 争知：即怎知。损：这里是“极”之意，以表程度之深。

⑩ “楚峡”二句：这里以表佳人离去之意。战国楚宋玉《高唐赋》

所载：楚王游高唐，梦与神女欢会。临别，神女云："妾在巫山之阳，高丘之阻。旦为朝云，暮为行雨。朝朝暮暮，阳台之下。"楚峡，即指巫峡。

⑪ 京国：京师，这里指宋代国都汴京。

⑫ 目断：尽力向远处看，直到看不见。

题 解

这是让我们重新认识北宋词人柳永的一首词。词人通过绘声绘色地描画出一幅别有特色的"秋色图"，把对佳人的无限思恋以及自己人生遭际的无尽慨叹融入其中，既有羁旅悲怨的悱恻婉约之情，又有慷慨激昂的豪放之气，在"十七八女孩儿，执红牙拍板，唱'杨柳岸、晓风残月'"的主唱之中，又有"关西大汉，执铁板唱'大江东去'"（宋·俞文豹《吹剑续录》）的几声呐喊。特色鲜明，堪称羁旅行役词中的上乘佳作。

赏 析

此词有上、下两片。

词之上片，着重于写景。

篇首三句"鹜落霜洲，雁横烟渚，分明画出秋色"，词人运用富有色彩的笔触，有点有面地描绘出一幅"秋色图"：一群群的野鸭飞落在霜露覆盖的小洲之上，一排排的大雁又横越于这雾霭笼罩的小洲，这清清楚楚地勾画出一幅层次分明、颇有特色的秋色图。这里，首二句对仗工稳，色彩鲜明，有静有动。一"霜"一"烟"，对比分明；一"落"一"横"，上下一体。分明就是一幅展现于眼前的现实之景。

"暮雨乍歇，小楫夜泊，宿苇村山驿"，这三句重点描写泊舟之事：傍晚的雨突然就停了，天黑之时，我驾一叶小舟靠岸停泊，寄宿在荒村驿店。这三句紧承上句，在前三句摄取"鹜落霜洲""雁横烟渚"两个特写镜头之后，又用"蒙太奇"手法，摄取了"暮雨乍歇""小楫夜泊""山村独宿"三个特写镜头，使词人自己出现于镜头之中。这样，极富意韵的画面，增加了人之活动，便生动起来，有了活力，有了生命力。在点明羁旅悲怨的词旨之中，亦用“雨”“夜”“山”“宿”等字眼蕴含了词人内心的孤凄和冷落。

“何人月下临风处，起一声羌笛？”这二句，描写词人闻笛而生愁思：那是何人迎风站在月光之下，吹起那一阵阵的羌笛的哀怨之声？这里，又是一幅特写镜头，把“羌笛何须怨杨柳，春风不度玉门关”（唐·王之涣《凉州词二首》之一）的羁旅之愁蕴于其中。着一“起”字，有一种“月下临风”的孤傲和悲凉，兼具婉约、豪放之境界。

“离愁万绪，闻岸草、切切蛩吟似织”，描写词人闻“蛩吟”之哀愁：听到草丛中那一阵又一阵的蟋蟀悲切的叫声，与那羌笛之声交织在一起，引起我万千的离愁别绪。这里，词人又摄取了“草丛蛩鸣”的特写镜头，且以“离愁万绪”四字，直接点示出词旨，揭示出词人内心的悲愁。

词之下片，着重于抒情。

“为忆”四句为过片，直接抒写羁旅远别之苦：我心里只为思恋。与妻子相别之后，山水相隔，相距遥远，又能靠什么来传递书信！词人触景而生情，抒写与妻子别后的思念之情。“何计”二字，将一种无法、无能和无奈之意深含其中。

“想绣阁”二句，是词人的设想：想来居于绣阁深枕之中的妻子，怎么也不会知道浪迹天涯、羁旅行役的我，如今已是身心俱损、憔悴不堪！词人以设想对方之法，写出自己“为伊消得人憔悴”（柳永《凤栖梧》）的苦楚，亦把他“想佳人、妆楼颙望，误几回、天际识归舟”（柳永《八声甘州》）的设想妻子盼归的痛楚之意融汇其中。

“楚峡”三句，抒写词人含旧游无迹的伤感：巫峡幽会已成过去，高阳的酒友也已离散，我只剩下身心的寂寞孤独和行为的狂放不羁。这里，词人借用典故，将孤村独坐、对月自伤的凄恻表达出来。

“望京国，空目断、远峰凝碧”词末两句，以景收束：我眺望京都，极目望去，徒然只见远方浓绿的山峰。词人用“空”“目断”三字，表达出内心无尽的惆怅和凄伤。

这首词最大的亮点就是创新。其一是词旨的创新。此词不仅仅是个人羁旅行役的离愁别绪之抒写，而且在词人的际遇抒写之中，融入了人生体验和社会生活内容，扩大了词的领域和言情空间，具有了更为鲜明的时代特征和更广泛的社会内容。其二是手法的创新。全词超前地运用“蒙太奇”手法（镜头组接），用“鹜落霜洲”“雁横烟渚”“暮雨乍歇”“小楫夜泊”“山村独宿”“月下闻笛”“草丛蛩鸣”“孤恨惹起”等八组特写镜头，寄寓了词人落拓江湖的身世之悲。为词旨的创新奠定了坚实的基石。

张 先

张先（990—1078），字子野。乌程（今浙江吴兴）人。北宋词人。天圣八年（1030）进士。曾以秘书丞知吴江县，后任都官郎中。晚年退居乡间，优游于杭州、吴兴之间。其词多写士大夫生活情趣及男女之情。风格含蓄，韵味隽永。因《天仙子》（水调数声持酒听）中有“云破月来花弄影”句、《青门引》（乍暖还轻冷）中有“隔墙送过秋千影”句、《木兰花》（龙头舴艋吴儿竞）中有“无数杨花过无影”句，为古今叹唱，故称“张三影”，又称“影郎中”。喜作慢词，对词的形式发展有一定的贡献。有《张子野集》。

天 仙 子①

时为嘉禾小倅，以病眠，不赴府会②。

水调数声持酒听③，午醉醒来愁未醒。送春春去几时回？临晚镜，伤流景④，往事后期空记省⑤。　沙上并禽池上瞑⑥，云破月来花弄影⑦。重重帘幕密遮灯，风不定，人初静，明日落红应满径。

注 释

① 天仙子：词牌名。原为唐教坊舞曲名。又名“万斯年”。

② 嘉禾：宋时的郡名，在今浙江嘉兴，时张先为嘉禾判官。小倅：副职小官。不赴府会：这里指未去官府上班。

③ 水调：这里指曲调名。隋炀帝开汴渠后自作此调。唐人有不少唐玄宗听《水调》伤时之记载。此词用之以寓伤时之意。

④ 流景：这里以喻如流水一样逝去的年华和光阴。

⑤ 后期：这里指往后的约会。记省（xǐng）：思念和省悟。

⑥ 并禽：成双成对的鸟儿。此指鸳鸯。暝：这里指暮色笼罩的天黑之时。

⑦ 弄影：这里是说物动而使影子也随之摇晃或移。弄，摆弄。

题 解

这是一首为北宋词人张先博得盛誉和名号的词。其中的千古名句“云破月来花弄影”，为词人赢得“张三中”（即“心中事、眼中泪、意中人”）的名号。全词通过叙写伤怨之情事和眼前之景象，表达了词人年老位卑、前途渺茫的流郁伤感之情。

由词前小序可知，此词大约作于词人任嘉禾（今浙江嘉兴）判官之时，即宋仁宗庆历元年（1041），词人此时已五十二岁。

赏 析

此词有上、下两片。

词之上片，着重抒写春愁及伤怨情事。落笔二句“水调数声持酒听，午醉醒来愁未醒”，词人直写“不赴府会”的情况：我一边饮酒，一边赏听着《水调》那声声的乐音，午间醉酒醒来，可那心中的愁绪还是驱遣不去。这里，词人用赏乐、饮酒来驱“愁”，结果醉酒午睡醒来之后，“醉醒”（酒已醒）而“愁未醒”！词人巧用拟人手法，来表达“举杯消愁愁更愁”（唐·李白《宣州谢朓楼饯别校书叔云》）和“酒醒添得愁无限”（五代南唐·冯延巳《鹊踏枝》）的愁难排遣的愁苦之情。这亦道出了词人“不赴府会”的真正原因。

上片的后四句“送春春去几时回？临晚镜，伤流景，往事后期空记省”，是词人面对春去之后生发的人生慨叹：送走了春天，春天何时才能再回来？临近傍晚之时对镜相看，顿感年华易逝，自己渐入老境，光阴如水般流逝，往事成烟，往后的相会茫茫无期，还有什么事情值得思念和省悟呢？这里，词人用对镜相看这一细节，引发“心似双丝网，中有千千结”（张先《千秋岁》）的万千愁思，且一发而不可收，既感叹光阴逝去，又叹息自己已入老境，往事一去不回，前事又难以预测，万千的愁苦一下子涌上心头，甚至产生了对人生的绝望。词人巧用设问，着一“空”字，与上文的“愁”“伤”等词语相呼应，把悲伤欲绝的情绪表现出来。

词之下片，着重以眼前景烘托词人心中之悲凄。

过片二句“沙上并禽池上瞑，云破月来花弄影”，描写词人园中闲步以遣心中的愁苦和悲伤。还是来观赏观赏眼前景物吧：黄昏时分的池塘边，那禽鸟双双地安眠于池边沙地；此时那天空云破月出，月光如水般照着晃动的花朵，那花朵仿佛在逗弄、戏耍自己的影子。这二句，词人巧用拟人之手法，以景融情，意味多多，信息量极大：首先是“并禽池上瞑”。“并禽”二字，看似写鸟，实则喻人，暗扣上片之中的“后期”二字，以“并禽”之恩爱而忆起往昔的情事，那种“人意共怜花月满，花好月圆人又散”（张先《木兰花》）的情景似又出现在眼前，破镜难以重圆的苦痛啮咬着词人本已悲伤欲绝的破碎不堪的心！词人用反衬手法，以“并禽”之恩爱幸福来反衬自己的孤苦痛苦。其次是“云破月来花弄影”。词人着一“破”字，说明先前云满夜空，夜云遮月。恰在此时，风起了，刹那间吹开云层，“月来”（月出）而月光洒下大地；而“花”亦被风所吹动，在月光下便婆娑“弄影”。尤其是这一“弄”字，似是“花”实是风所为：因为“云破”是风，“月出”是风，“弄影”亦是风，词人笔下的美景皆拜“风”所赐！近代学者王国维之所以说“著一‘弄’字，而境界全出矣”（《人间词话》），只不过是“弄”字妙用拟人手法，似乎眼前美景皆是“花”所为，且“花”及花之“影”皆美甚之景也！故而方有此说。

词末四句“重重帘幕密遮灯，风不定，人初静，明日落红应满径”，写词人入室所见室内、室外之景：室内那一重重的帘幕密密地遮住灯光，风儿吹动帘子，灯光亦摇曳不定，夜不能寐，我料想明日花园小路上，应该满是落花吧！这里，词人用风紧（“帘幕”“遮灯”）、夜静、人不寐的景况，以及“明日落红应满径”的料想，把词人惜春、叹老、怀人等复杂的情感表现出来。

这首词最突出的特点：工于炼字，手法精妙。词人有“平字见新”的高超功力，使“弄”“破”“空”“伤”“愁”等字眼，具有了出人意表的表现力。加之拟人、反衬及以景融情、以景喻人等手法的恰切而巧妙地运用，使词旨明确而又深刻。

一丛花令①

伤高怀远几时穷②？无物似情浓。离愁正引千丝乱③，更东陌、飞絮蒙蒙④。嘶骑渐遥⑤，征尘不断，何处认郎踪？　双鸳池沼水溶溶⑥，南北小桡通⑦。梯横画阁黄昏后⑧，又还是、斜月帘栊⑨。沉恨细思⑩，不如桃杏，犹解嫁东风⑪。

注　释

① 一丛花令：词牌名。亦作“一丛花”。

② 伤高：指登高的感伤。怀远：思念远方的征人。穷：这里指穷尽、了结。

③ 千丝：此指柳丝。

④ 东陌：东边的道路。这里指分别之处。飞絮：即柳絮。蒙蒙：本指细雨迷蒙的样子，这里用来形容飞扬的柳絮。

⑤ 嘶骑（jì）：指嘶叫着的马。骑，坐骑。即马。

⑥ 双鸳：指一对鸳鸯。古时常用此以喻夫妻。

⑦ 小桡（ráo）：指小舟。桡，本指船桨，这里代指船。

⑧ 梯横：这里指可搬动的梯子已被横放起来。即放在一边。画阁：指有彩绘的华丽楼阁。

⑨ 帘栊：挂有帘子的窗户。栊，窗上的横木。

⑩ 沉恨：深沉的悔恨。

⑪ 犹：还。解：知道，能。嫁东风：伴随东风而去。

题 解

这是北宋词人张先的一首闺怨词。通过一位女子在恋人离去后，独居深闺而生发的相思和愁恨，表现了女主人公对爱情的忠贞和执着。同时，也表达了她对青春的珍惜和对幸福生活的向往和追求。亦把她对美好事物的渴求及对无聊人生的不齿之意蕴含其中。

此词是张先最为有名的代表作。尤其是"不如桃杏，犹解嫁东风"之结尾二句，看似无理，细细咀嚼却妙趣横生、意味无穷。"六一居士"欧阳修十分喜爱，叹恨未识张先其人。张先去拜访他，欧公倒屣迎曰："此乃'桃杏嫁东风'郎中。"（见宋·范公偁《过庭录》）

赏 析

词之上片，以女子登高念远为重。

开篇二句"伤高怀远几时穷？无物似情浓"，词人以设问而起，词意深婉：我登上高楼，远眺而伤感，苦苦地思念着远方的心上人，天天如此，何时才能了结呢？看来这世上再没有什么东西能比爱情更浓烈的了！词人突兀而起，情感极浓。以"伤高怀远"四字，既点明事情：闺中女子与丈夫经历了长久的离别，体验过无数次的"伤高怀远"之苦楚；又明示主旨："伤高怀远"。还用"几时穷"的发问，抒发心中郁积已久的、难以挥去的忧闷。次句是对首句的回答，亦是女主人公对爱情体验之后，所得出的真知灼见。由此可见，此女子绝非一般之女子也：她乃是有真情真爱、有真性情且大胆执着、极有理智的奇女子也！

"离愁正引千丝乱，更东陌、飞絮蒙蒙"二句，写女主人公一种不同一般的特别感受：这浓浓的离愁别恨，就像那零乱的柳丝，更何况东边的道路之上，我与他的分别之处，已是柳絮飞扬、飘舞。这里，词人紧承上句，用"柳丝"喻离愁，且极为巧妙地点示出与丈夫相别的地点，表现了女主人公"今古柳桥多送别，见人分袂亦愁生，何况自关情”（张先《江南柳》）的无限伤悲。尤其是词人用“东陌”“飞絮蒙蒙”的情景，再言离情，巧妙加入了别离情景的回忆，有一种双重镜头叠加的意味。使情景化为细节，有了“昔我往矣，杨柳依依，今我来思，‘柳絮’（原句为‘雨雪’）霏霏”（《诗经·小雅·采薇》）的忆想之今昔对比，这就加重了女主人公心头的愁思和忧伤。

上片末三句“嘶骑渐遥，征尘不断，何处认郎踪”紧承上句，回忆别时的具体情景，更加重了女主人公的伤悲：此时，我眼前又浮现出他的马儿嘶鸣着，越跑越远，一路不断扬起尘土的情景，情郎啊，你叫我到哪里寻找你的踪迹呢？这里，词人抓住女主人公难以忘怀细节，真实而真切地描写出她的心理。

词之下片，以女子见景生情为重。

过片二句“双鸳池沼水溶溶，南北小桡通”，再写登高所见：河面之上是南来北往的船只，池水缓缓流动的池沼之上，是一对脉脉含情的鸳鸯。这里，词人以景写情，看似闲笔，实则蕴意极深：以“双鸳”比喻昔日爱情生活的和谐、愉悦，更加重了触景伤怀、孤寂凄楚的分量。“南北小桡通”一句，亦有昔日相约相恋之意，彼此牵挂往来之情事可想可知。

“梯横画阁黄昏后，又还是、斜月帘栊”，又写黄昏时之情景：雕梁画栋的楼阁上的梯子已经撤去，我依然还是独自面对那挂着帘子的窗户，痴痴地望着斜照在那帘子上的清冷的月光。这里，描写的是女主人公结束一天“伤高怀远”的悲苦之后，独对帘月的凄怆。尤其是“又还是”三字，表明她日日如此，无比的凄伤、凄怨。

词末三句“沉恨细思，不如桃杏，犹解嫁东风”，是女主人公万般无奈之下的痴想：我怀着深深的怨恨，反复地细细思量，我的命竟如此之苦，竟连桃杏都不如，桃杏还懂得及时嫁给东风呢！这里，词人巧妙化用“诗鬼”李贺“可怜日暮嫣香落，嫁与东风不用媒”（《南园诗》）之诗意，以拟人手法，以深重的怨恨收结，揭示出女主人公悲剧造成的根本原因：她无力、无能也无法掌控自己的命运。作为封建社会的词人，能有如此的词作，是十分难得的。

这首词最突出的特点，可用一个字来概括，就是“真”。词人笔下的情真，事真，景真，忆真，一切皆真。正如庄子所言：“真者，精诚之至也；不精不诚，不能动人。”（《庄子·渔父》）这亦是此词打动“六一居士”的真正原因。

晏　殊

晏殊（991—1055），字同叔。临川（今江西）人。北宋著名文学家、政治家。七岁能属文，景德初，以神童召试，赐同进士出身，官知制诰、翰林学士。后官至集贤殿学士、同平章事（宰相）兼枢密使。卒赠司空兼侍中，谥号“元献”。故世称“晏元献”。性喜宾客，好诗酒，尤能荐拔人才，范仲淹、欧阳修等人均出自其门下。以词著于文坛，尤擅小令，工于造语，多以男欢女悦、离情别绪为内容，反映富贵闲人的生活情趣，风格闲雅清婉，颇受南唐冯延巳的影响。与其子晏几道，被称为“大晏”和“小晏”。

浣　溪　沙①

一曲新词酒一杯②，去年天气旧亭台③。夕阳西下几时回④？　无可奈何花落去⑤，似曾相识燕归来⑥。小园香径独徘徊⑦。

注　释

① 浣溪沙：词牌名。原为唐教坊曲名。一作“浣溪纱”，又名“小庭花”。
② 一曲：即一首。新词：指刚刚填好的词。
③ 旧亭台：曾经到过的或熟悉的楼阁亭台。
④ 夕阳：即落日。西下：指向西方地平线落下。几时回：什么时候回来。
⑤ 无可奈何：迫不得已，毫无办法可想。奈何，如何，怎么办。
⑥ 似曾相识：好像认识或曾经见过。形容对人或事既觉得眼熟又

不能确定相识的状态。似，好像。曾，曾经。识，认识。燕归来：指燕子从南方回来。这是春天常见之景。

⑦ 小园香径：这里指花草芳香的小路，亦可指落花而有馨香之气的小路。独：独自。徘徊：指来回地走，留恋难舍。

题 解

这是北宋词人晏殊最为人称道的脍炙人口的代表作。词人通过伤春惜时，感离怀旧，把诸多说不清、道不明的人生哀愁蕴于其中。语言自然清丽，晓畅浅显，蕴意深厚，尤其是词人对宇宙人生之思考，有启人心智、开阔眼界之功效，给人以哲理性的启迪和美的艺术享受。“无可奈何花落去，似曾相识燕归来”二句，对仗天然，十分工丽，“情致缠绵，音调谐婉”（清·张宗肃《词林纪事》卷三），乃千古名句。

赏 析

词之上片，以忆昔为重。

下笔二句“一曲新词酒一杯，去年天气旧亭台”，词人直写听歌对酒的场景：一边喝着美酒，一边作着新词，面对着的似乎还是去年那个天气，去年那个池台。这里，词人巧用化用之法：上句化用唐代诗人、“诗魔”白居易“花楼缺入青楼开，艳歌一曲酒一杯”（《长安道》）之诗意，下句化用五代诗人、曾被同代诗人齐己尊为“一字师”的郑谷“流水歌声共不回，去年天气旧池台”（《和知己秋日伤怀》）之诗意，巧妙自然，赋予新意，更为通俗、畅达，语意明了，朗朗上口，把词人轻松、愉悦的情感表达出来。由此，亦可推想出安享尊荣而崇文尚雅之“太平宰相”的安闲潇洒之仪态，就如处在那“远村秋色如画，红树间疏黄”（晏殊《诉衷情》）的美景中一样的心情舒畅。上、下句一新一旧，看似对比，实则说明词人如此以歌侑酒已习以为常，竟然“天气”“亭台”亦无二致。当然，变成了“新词”新酒，那就有了“一霎好风生翠幕，几回疏雨滴圆荷”（晏殊《浣溪沙》）之愉悦！

上片末句“夕阳西下几时回？”词人又转写眼前之景：夕阳又西下了，何时才能回转呢？这里，词人由景而生情，有着极为深沉的感慨和理性的思考：既有对眼前赏心乐事的留恋，对美好时光流逝不回、今日不再的惋惜和怅惘，又有对美好物事难以原样重现的叹惋，更有无法阻止光阴逝去、岁月如流和人入老境的无奈，将一种“夕阳无限好，只是近黄昏”（唐·李商隐《乐游原》）的惆怅、感慨之意融入其中，显然有一种珍惜眼前景、眼前人事，不让人生虚度的积极有为、乐于进取的思考蕴含之中。

词之下片，以伤今为主。

过片二句“无可奈何花落去，似曾相识燕归来”，是紧承上片的“夕阳西下”，而联系到眼前景色、景物所生发的感触：花开花落，是无可奈何之事；燕去燕来，似乎是我之老相识。词人面对眼前春景，引发词人颇为深刻的思考：有“花开又花落，时节暗中迁”（唐·杜牧《惜春》）的时光流逝、难以阻止之慨叹，又有“花落花开留胜赏，春来春去感流年”（宋·张洎《暮春月内署书阁前海棠花盛开率尔七言八韵寄》）的珍惜眼前、珍惜拥有、惜时如金之感悟，更有“燕子来时新社，梨花落后清明”（晏殊《破阵子》）的事物变化、日新月异之欣喜。可见，对仗工巧、奇偶相间、声韵谐美的两句，融入了词人对人生、社会乃至自然宇宙的极有见地的思考，将慨叹、感悟及欣喜等多种情感融汇其中，有了极为深广的意义。这亦是词人人生经历、人生体验和人生遭际的理性思考和总结，故而成为千古绝句，当是必然。

词末一句“小园香径独徘徊”，以描写独步“小园”作结：我独自在那有着花香之气的小路上徘徊、沉思。词人沉思什么呢？就是上文所涉及的内容，有淡淡的哀愁，亦有淡淡的喜悦。

这首词具有两个显著特点：一是语言精美。全词用语浅白，流畅而不失清丽，看似无意而成，实则有炼字之功。不再赘述千古名句用语之美，单说其他，亦别有特色：比如词首一句，“一曲”“一杯”，既有边作边喝之意，又有一曲一杯之意，或一曲数杯或数曲数杯之意，等等；词中着一“回”字，明明不能“回”（因为明日之“夕阳”已非今日之“夕阳”），却硬要问“几时回”，个中词意，令人玩味；词末用一“独”字，既说人“独”，亦说心“独”，更有那些难以说出之“独”。这亦就是本词的第二个特点：隽永有深味。

破　阵　子①

燕子来时新社②，梨花落后清明。池上碧苔三四点③，叶底黄鹂一两声④。日长飞絮轻⑤。　巧笑东邻女伴⑥，采桑径里逢迎⑦。疑怪昨宵春梦好⑧，元是今朝斗草赢⑨。笑从双脸生⑩。

注　释

① 破阵子：词牌名。原为唐教坊曲名。
② 新社：社日是祭社神即土地神的日子，有春秋两社。新社即春社，在春分前后的戊日，祭土地神以祈丰收。
③ 碧苔：绿色的苔藓。
④ 黄鹂：黄莺。
⑤ 飞絮：指随风飘荡着的柳絮。
⑥ 巧笑：指笑容娇美。语出《诗经·卫风·硕人》："巧笑倩兮，美目盼兮。"东邻女伴：语出宋玉《登徒子好色赋》："臣里之美者，莫若臣东家之子。"指代美女。
⑦ 逢迎：指相逢。
⑧ 疑怪：惊疑、奇怪。这里意为"怪不得""难怪"。
⑨ 元是：原来是。斗草：古代妇女常用百草来做比赛的游戏。南朝梁宗懔《荆楚岁时记》："五月五日，四民并踏百草，又有斗百草之戏。"
⑩ 双脸：双颊。

题　解

这首反映农村生活的词，是北宋著名词人晏殊所作。全词纯用白描的手法，刻画了一群农村少女在春天社日里，采桑斗草的欢乐情态，淋漓尽致地呈现了她们天真活泼的性格和纯洁的心灵。

词人十四岁便被以神童召试，赐同进士出身，步入仕途五十多年。但他对“横飞彩舰波光外，倒写朱桥水影中”（晏殊《上巳琼林苑宴二府同游池上即事口占》）之农村风景及人事情有独钟，故而一旦涉足，便笔下生辉，不同凡响，成为表现农村生活题材的代表作。

赏 析

词之上片，重在写景。

开头两句“燕子来时新社，梨花落后清明”，词人一笔两写，看似写景，又点明了季节：燕子翩翩飞回来的时候，正赶上春季祭祀的社日，梨花落去之后，人们又迎来了清明。用语清新、流丽，蕴含喜悦之情，为全词奠定了一个明丽、优美、和谐的感情基调。

“池上碧苔三四点，叶底黄鹂一两声。日长飞絮轻。”上片后三句，描写出一个春意盎然的园林景象：园子中有一个碧水荡漾的池塘，那池塘之上三四片碧绿的青苔点缀着池中清水，栖息在密林深处的黄莺的一两声鸣啼，又是那样的婉转。空中还有柳絮在轻轻地飞舞着。“日长”二字，显示了已至暮春，白昼愈来愈长，夜晚愈来愈短，夏季即将来临，故而含有惜春的意味。尤其是“碧苔”“黄鹂”“飞絮”这些看似极为常见的自然景物，似乎已透露出初夏的气息，融入了词人的喜悦之情，有一种“莺声圆滑堪清耳”（宋·丁谓《公舍春日》）之愉乐。

词之下片，重在写人。

过片二句“巧笑东邻女伴，采桑径里逢迎”，描写美女们与女伴欣然相逢之情景：在这暮春夏初之季节，美少女们停了针线，踏春迎夏去采桑，在路上邂逅了东邻女伴，她们笑逐颜开，容颜如花儿一般灿烂。这里，词人用白描的手法，通过相逢的细节，刻画出采桑女的群像。尤其是“东邻女”这一形象，格外突出。“巧笑”二字，化用《诗经》诗句，描写出她美之可人的情态，亦显示出她纯洁的内心世界。“采桑”二字，表现出少女们热爱劳动、天真纯朴的美好心灵。

“疑怪昨宵春梦好，元是今朝斗草赢。笑从双脸生。”词末三句，描写少女们采桑之余嬉戏斗草时的情景：东邻女惊疑奇怪昨晚竟做了那么好的春宵美梦，原来是今天斗草获取了胜利啊！想到这里，她的双颊浮现出灿烂的笑容。这里，词人虽没有正面描写斗草的整个过程，而仅仅抓住“东邻女”“斗草”取胜的一个特写镜头，以点带面地显示了“斗草”游戏的热闹和少女们的兴奋场面。对“东邻女”之描写，形神兼备，既刻画出她取胜的聪颖之神态，又以她对“春梦”之回想，用轻快的笔调写出了她天真无邪、活泼可爱的性格特征，亦表现出她之聪慧、富于想象的天性。尤其是“笑从双脸生”一句，用笔生动、传神，以极为真实的细节，把一个涉世不深、全无心机的纯情少女的形象刻画了出来。

此词机杼独出，别具一格。词人全篇采用白描手法，上片写景，描绘出一幅秀美之春景图，有声有色。“燕子”“黄鹂”共声相谐，“梨花”“碧苔”白绿相衬，加之“新社”“清明”的传统佳节，为下片之美少女亮相登台埋下伏笔。下片写人，勾勒出一幅美少女踏芳采桑、嬉戏斗草之画面，不仅有“逢迎”之群像描绘，而且有“东邻女”“斗草”之独特心理和“笑从双脸生”之传神的细节刻画，形象栩栩如生，如在眼前，令人顿生喜悦之感。

宋 祁

宋祁（998—1061），字子京。安陆（今属湖北）人，后迁开封雍丘（今河南杞县）。北宋文学家、史学家。天圣二年（1024），与其兄庠同举进士，因皆有文名，世称“二宋”。曾官翰林学士、工部尚书、翰林学士承旨。与欧阳修等共同编撰《新唐书》，并亲撰“列传”部分。其文善议论，且以简古见长。但好用古僻词汇，有晦涩之病。其诗词语言工丽，描写生动，因“红杏枝头春意闹”之名句，遂有“红杏尚书”之誉称。

玉 楼 春①

东城渐觉风光好②，縠皱波纹迎客棹③。绿杨烟外晓寒轻④，红杏枝头春意闹⑤。 浮生长恨欢娱少⑥，肯爱千金轻一笑⑦？为君持酒劝斜阳⑧，且向花间留晚照⑨。

注 释

① 玉楼春：词牌名。又名“木兰花”“归朝欢”“惜春容”“西湖曲”等。

② 东城：这里泛指城市之东。

③ 縠（hú）皱波纹：这里指波纹极细，如绉纱一般。縠皱：绉纱。棹（zhào）：船桨。这里特指船。

④ 烟：此指笼罩于杨柳梢间的薄雾。

⑤ 春意：此指春天的气象。闹：此指浓盛之意。

⑥ 浮生：此指飘浮不定之短暂人生。语出《庄子·刻意》：“其生

若浮，其死若休。”

⑦ 肯爱：怎肯吝惜，即不吝惜。一笑：这里指美人之笑。

⑧ 持酒：即端起酒杯。

⑨ “且向”句：化用唐李商隐《写意》“日向花间留返照”之诗意。晚照：指夕阳的余晖。

题 解

宋代词人宋祁的这首词，描写、赞颂明媚的春光和喜人的春景，情绪轻快，词风明朗热烈。不过，表达了及时行乐之意。故而清人沈雄言之“人谓‘闹’字甚重，我觉全篇俱轻”。然而，大多学者皆认为“红杏枝头春意闹”是警策之语、千古名句。北宋词人张先戏称作者为“红杏枝头春意闹尚书”；近代学者王国维更评其曰“著一‘闹’字而境界全出”；当代学者钱锺书先生说：“宋祁……之所以用‘闹’字，是想把事物的无声的姿态描摹成好像有声音，表示他们在视觉里仿佛获得了听觉的感受。”（《通感》）

赏 析

词之上片，着重描绘春日绚丽之景。

开头二句“东城渐觉风光好，縠皱波纹迎客棹”，总说春光和春水：漫步于城之东郊，只见那风光越来越美，那如丝绸皱纹般的水波粼粼闪光，迎接着来来往往的客船。乍一开篇，词人便以喜悦的体物察情之心怀，直抒胸臆，用“风光好”三字，领起全篇。这里的“风光”，不仅指风景、景物，而且包含了世事人情。有天气和美、国泰民安之意，即含有天时、地利、人和皆合顺于心之意。这也见出时在尚书任上的词人之春风得意。着一“渐”字，极为传神：既是词人心中之感触，又是词人眼前之所见。春之景越看越好，心情亦然。更有那景色之中，极有层次：先是绿水荡漾之春波，与昨日显然不同，活起来、动起来；再是春风东来，波光粼粼，招引着游人和画船。真可谓“春日迟迟”“情往以赠”（南朝梁·刘勰《文心雕龙·物色》）！把词人的愉悦、喜爱之意融于所见景中。

上片后二句“绿杨烟外晓寒轻，红杏枝头春意闹”，描写春天生机勃勃之景象：如烟的绿杨笼罩在淡淡的晨雾之中，枝头盛开的红艳艳的杏花，更使春意弥足，令游人之游兴更浓更高。这里，词人笔下之景既有层次，又疏离有致：“绿杨烟”与“红杏枝”相互映衬，色彩鲜明，既有生气，又含魅力；“晓寒轻”与“春意闹”互为渲染，表里相间，给人以美好的画面和想象。尤其是着一“闹”字，更见炼字炼意之功力。词人妙用“通感”之手法，将视觉与听觉相沟通，既写出杏花怒放、生气勃发之盛景，又蕴含了百花争春、春意盎然之蓬勃生机，化无声为有声，化静态为动态，赋“红杏”以人之情感，给人以丰富的想象空间，确实是“卓绝千古”（清·刘体仁《七颂堂词绎》）。

词之下片，着重抒发惜春寻乐之情怀。

换头二句“浮生长恨欢娱少，肯爱千金轻一笑？”转写词人之感慨：只恨人生总是愁恨苦恼太多而欢娱太少，怎能惜千金而轻视那快乐的一笑呢？！这里，词人深深慨叹“浮生若梦，为欢几何”（唐·李白《春夜宴从弟桃李园序》）！人生一世，困苦极多，而欢娱恨少，难得开口一笑。故而，词人宁愿“千金雇笑买芳年”（南朝宋·鲍照《代白纻曲》）！“浮生”二字，表达出词人对“岁月不居，时节如流”（晋·陈寿《三国志·吴书·孙韶传》）之深沉感慨，把珍惜年华、珍爱生命之意蕴含其中。换头之二句，看似怅怨，实则是一种自勉自励；面对“岁月易尽，光阴难驻”（唐·王勃《守岁序》）之严峻现实，唯有珍惜生命的每一天，才能“秋菊春兰各有香”（宋祁《蝶》），有所作为。这样看来，如此的及时行乐，还是值得肯定的。

词末二句“为君持酒劝斜阳，且向花间留晚照”，紧承上句，表达词人忠心忠诚之劝告：面对斜阳，劝君在花间痛饮美酒，抓住这美好的时光吧！词人无力阻止“斜阳”落入西山，只能劝说人们珍惜时光。因为“人生天地之间，若白驹之过隙，忽然而已”（《庄子·知北游》）。这就把珍惜时间、珍爱人生之意表达出来。

这首词层次井然，意旨深刻。词之上片极写风光，词之下片引发感慨，由景而情，顺理成章，自自然然。词人由“风光”之好，生发珍惜时光、珍爱人生的旨意，可说意蕴深厚。誉满词坛，当是必然。

欧 阳 修

欧阳修（1007—1072），字永叔，自号“醉翁”“六一居士”。吉水（今属江西）人。北宋文学家、史学家。天圣八年（1030）进士。曾任枢密副使、参知政事。四岁丧父，家境贫困，其母用荻杆画地教他识字。寒微之出身，使他对人民疾苦、社会弊端有一定的认识，主张“务农节用”。散文成就最高，为“唐宋八大家”之一。其诗亦反映社会现实，风格与散文相近。其词多写艳情，风格婉丽，受南唐冯延巳的影响较深。他是北宋诗文革新运动的主将。他大力提拔和奖掖后进，培养了王安石、曾巩、苏轼、苏辙等一大批著名文人。另撰《六一诗话》，开创了文学批评的新形式，对后世诗歌理论的发展有一定影响。

采 桑 子①

群芳过后西湖好②，狼藉残红③。飞絮蒙蒙④，垂柳阑干尽日风⑤。　笙歌散尽游人去⑥，始觉春空。垂下帘栊⑦，双燕归来细雨中。

注 释

① 采桑子：词牌名。原为唐教坊曲名。又名“丑奴儿令”“罗敷媚”等。

② 群芳过后：指百花凋零之后。群芳，百花。西湖：这里指颍州西湖。在今安徽阜阳西北，颍水和诸水交汇之处，风景佳美。

③ 狼藉：这里指残花纵横散乱的样子。残红：指落花。

④ 蒙蒙：模糊不明的样子。

⑤ 阑干：指横斜、纵横交错。

⑥ 笙歌：这里指笙管伴奏的歌筵。散：消失，这里指曲乐声停息。去：指离开、离去。

⑦ 帘栊：此指窗帘和窗棂，可泛指门窗的帘子。

题 解

这首词是宋代文学家欧阳修所作，是其组词《采桑子十首》之第四首。作于宋神宗熙宁四年（1071）。词人以太子少师的身份致仕，回到颍州。暮春之时来到西湖赏景，心生喜悦便作《采桑子》十首。

此词是词人依栏观湖之游兴之作，描写了颍州西湖的暮春之景，创造了一种清幽静谧的艺术境界，将闲适情怀寄寓其中。

赏 析

词之上片，重在描写暮春之景。

落笔二句"群芳过后西湖好，狼藉残红"，词人以特有的眼光写西湖的景色之美：暮春时节，百花摇落凋零，但西湖的景致依然美丽怡人。残花轻盈飘落，点点残红在纷杂的枝叶之间，显得格外醒目。首句可说是全词之纲："群芳过后"是概说，既点明季节，又引出赞语"西湖好"，以显示暮春之景的别有特色、别有韵致。运用了反衬的手法。着一"好"字，直抒胸臆，毫不掩饰词人内心的真实感受，领起了全篇。"狼藉""残红"，贬词褒用，表现了词人在暮春之时尚能见到如此春意犹在的景象之喜不自胜之情。

上片后二句"飞絮蒙蒙，垂柳阑干尽日风"，紧承上句，进一步描写眼前胜景：只见那柳絮飞舞，迷迷蒙蒙；杨柳垂下的枝条，纵横交错，轻拂着湖边的栏杆，摇曳多姿，在那和煦的春风之中，怡然地轻拂着湖水。词人运用拟人的手法，把欣悦之情融于笔下之景中：虽是"残红""狼藉"、落"絮"飘"飞"之暮春时节，但词人更觉尚在之春意才值得留恋、珍惜！这就充分体现了词人达观的人生境界。自己虽已至垂暮之年（此词作后一年，词人去世），但"野芳虽晚不须嗟”（欧阳修《戏答元珍》）！有一种“莫道桑榆晚，为霞尚满天”（唐·刘禹锡《酬乐天咏老见示》）之旷达心态。

词之下片，重在抒写众人归去之静。

过片二句“笙歌散尽游人去，始觉春空”，承接上片，描写游人去后环境的清幽：热闹的笙箫歌声渐渐停息，喧嚷的游人尽皆散去，此时我方才领略到春天的空灵之美。前句实写眼前的环境之静谧，虚写昔日“绿水逶迤，芳草长堤，隐隐笙歌处处随”（欧阳修《采桑子》）之游乐盛况已不复存在，已成过去时。“始觉春空”四字，是词人的独悟之境，将其惜春恋春之暮年情结蕴含之中，表现出一种复杂而微妙的心境。既有繁华、喧闹消失之后的有所失的空虚之感，又有一种获得宁静的畅快和达观。此与词首之“好”字遥相呼应，表现出词人之独有的独特感受。

词末二句“垂下帘栊，双燕归来细雨中”，描写词人回到房间的情形：我放下帘幕，里里外外一片静寂；屋檐下的那双燕子已从细雨之中归来，细雨依旧洋洋洒洒、朦朦胧胧。这里，词人用淡定的举动和特有的景致，以静穆、清寂之意境，写出了一个不同于流俗的恬适淡泊之胸怀，别具意味。这与词人辞职归乡之心意显然相合。

这首词独写静境，意蕴深厚。词人以独有的心境和独特的感受，抒写了既“好”又静的西湖“群芳过后”之“狼藉残红”之景，在那“始觉春空”之独悟之静境中，含蓄而婉曲地显露出词人恬淡的心境和旷达的胸怀。“真味无穷，辞意高绝。”（刘永济《词论》）

蝶　恋　花[①]

庭院深深深几许[②]？杨柳堆烟[③]，帘幕无重数[④]。玉勒雕鞍游冶处[⑤]，楼高不见章台路[⑥]。　雨横风狂三月暮[⑦]。门掩黄昏，无计留春住。泪眼问花花不语，乱红飞过秋千去[⑧]。

注　释

① 蝶恋花：词牌名。原为唐教坊曲名。又名“鹊踏枝”“凤栖梧”“一箩金”“黄金缕”“卷珠帘”等。

② 几许：多少。许，是估计数量的词。

③ 堆烟：这里形容杨柳浓密。

④ “帘幕”句：此指帘幕一道又一道、一层又一层，无法数清。

⑤ 玉勒雕鞍：此指坐骑的华美。玉勒，镶玉的马笼头。雕鞍，雕花的马鞍。游冶处：这里指歌楼妓馆。

⑥ 章台路：汉代长安城西南有章台街，是当时歌妓聚居之处。后来常用来代指游冶之地。

⑦ 雨横（hèng）：这里指急雨、骤雨。暮：暮春。

⑧ 乱红：指落花。

题　解

这首闺怨词是宋代文学家、“六一居士”“醉翁”欧阳修所作。此词别有特色。词人妙借客观之景来烘托、反衬女主人公的主观感情，情景交融，浑然一体，做到了景深、情深和意境深。正如清人毛先舒所言：“意欲层深，语欲浑成。”

（王又华《古今词论》引）南宋女词人、“易安居士”李清照酷爱“庭院深深深几许”一句，且用之作《临江仙》词之首句，后“庭院深深”竟成此调之别名。

赏 析

词之上片，着重写闺中少妇想见心上人而难得相见之凄楚。

起首“庭院深深深几许？杨柳堆烟，帘幕无重数”三句，词人以设问而引出庭院之景：那深深的庭院究竟有多么深广呢？只见那里面烟雾笼罩着杨柳，幕帘一层又一层，数也数不清。乍一落笔，词人便连用三个“深”字，描写“庭院”之深，且以问句出之，犹如电影之特写镜头，向“庭院”深处推进，由远而近，慢慢推移。形象感极为强烈。而首句恰似“画外音”一般，给读者（听者）以提示。然后又出现了几幅特写镜头：先是“烟柳”重重。着一“堆”字，可见“杨柳”之密集、“烟”雾之浓重，简直就是一幅“烟笼杨柳图”！再是“帘幕”重重。“无重数”三字，犹如那摇动之镜头，层层帘幕，更是一幅“帘幕重重图”。这就给读者留下一个无比幽深之庭院的形象。前后相衬，隐含了闺中少妇内心忧怨之深重。

上片后二句“玉勒雕鞍游冶处，楼高不见章台路”，描写女主人公登楼远眺之时的所思所见：身处深院之中，我心中无限空虚，顿生孤独怅惘之情——我的心上人骑着配有玉勒雕鞍的宝马，正在那烟花柳巷中游乐遣兴。因为相距太远，我纵然登上高楼，也无法望到章台路上的情景。这里，词人宕开一笔，不写女子之幽怨，而直写她之所思和所见。上句以“游冶处”三字，显示出她对心上人身处歌楼妓馆集中之地而难免寻花问柳之担忧。下句以“章台路”三字，更加表现她对心上人处在红袖摇摇、软语娇声之中的无比忧虑。这样来写，就把闺中少妇登望之中的万般隐忧表现了出来。

词之下片，着重写闺中少妇盼望心上人归来而未能归之凄伤。

“雨横风狂三月暮。门掩黄昏，无计留春住。”换头处三句，词人描写令女主人公心冷心碎之情景：正当暮春三月的黄昏时分，一阵阵风雨袭来，令我难以忍受，我只得关上重门。我想留住春天，可那春天也如心上人一般，无情地离我而去。这里，词人用女主人公眼前“狂横”之“风雨”和无情之“春”去之景，以“门掩黄昏”之动作，把她心碎肠断的万千痛苦蕴含其中，真的是“春带愁来，春归何处，却不解、带将愁去”（宋·辛弃疾《祝英台近》）啊！

词末最后两句“泪眼问花花不语，乱红飞过秋千去”，描写女主人公万般无奈之下，只能寄情于花：无人可诉心曲，我只能含着眼泪去问那些红花，可花也是那样的无情，不但不回答我，反而随风而起，扬扬纷纷，一片片残红往秋千那边飞去。词人妙用拟人、想象之法，把女主人公的无限伤悲之倾诉对象瞄中于“红花”，然而无情的花儿亦对她不理不睬、不言不语，抛舍她而自顾飞去！这就把她的无限伤悲烘托、反衬了出来。

这首词最突出的特点是：手法精妙，层层深入。词人运用以景融情、情景交融的手法，写出了闺中少妇无限的离愁别恨：上片以问句发端，且连用三个“深”字，似电影镜头层层推进一般，把“烟”中“杨柳”、重重“帘幕”，以至院中“高楼”一一展现于读者眼前。可说“一切景语皆情语”。词之下片，更展布了一个“物皆著我之色彩”的“有我之境”（王国维语）：“雨横风狂”而摧花，一层意；人见花遭摧而泪流，二层意；人因泪而问花，三层意；花竟不理人，四层意；不仅不理人，而且竟飞过秋千，五层意。层层递进，悲泪涟涟，把闺妇极其深重的幽怨、悲苦表现出来。

魏 夫 人

魏夫人（1040—1103），名玩，字玉汝。襄州襄阳（今湖北襄阳）人。魏泰之姊，宋丞相曾布之妻。世称“魏夫人”。出身世家，自幼博览群书，成年后极力提倡并恪守封建伦理道德。数次受到朝廷褒奖，封为“鲁国夫人”。她与李清照同为宋代女词人，虽成就及影响不及“易安居士”，但词笔亦有超迈之处。留名后世的宋代女词人，“惟魏夫人与李易安二人而已”（清·陈廷焯《白雨斋词话》卷二）。近代周泳先辑有《鲁国夫人词》，收词十四首。

菩 萨 蛮①

溪山掩映斜阳里，楼台影动鸳鸯起②。隔岸两三家，出墙红杏花③。　绿杨堤下路，早晚溪边去。三见柳绵飞④，离人犹未归⑤。

注 释

① 菩萨蛮：词牌名。原为唐教坊曲名。又名“子夜歌”“重叠金”等。

② 楼台影动：这里是说溪水在微风的吹拂下，荡起绿波，而楼台的倒影亦如同晃动一般。鸳鸯：一种象征爱情的鸟。它们雌雄相依，形影不离，如同良侣一般。

③ 出墙红杏花：此句被南宋诗人叶绍翁化用于《游园不值》一诗中：“春色满园关不住，一枝红杏出墙来。”

④ 柳绵：这里是指成熟了的柳树种子，因其上有白色的茸毛，且随风飘舞如绵似絮一般，故而以此得名。亦称“柳絮”。古诗词中，它常与送别有关。

⑤ 离人：指离别之人。

题 解

这首词是北宋女词人魏玉汝所创作。当是思念丈夫曾布之作。相传曾布出仕在外，三年之中连赴秦州、陈州、蔡州、庆州等地，一直未曾归家。词人相思之情与日俱增，特写此词以抒离情。

此词语言浅易晓畅，清新自然。尤其是语淡而情深，蕴意婉曲却不落俗套，显示出颇为鲜明的词作个性。

赏 析

词之上片，以写景为重。

开头二句“溪山掩映斜阳里，楼台影动鸳鸯起”，描写溪山及溪中之景色：溪水和山峰都笼罩在夕阳的余晖之中；微风吹来，溪水之上荡起那层层的绿波，倒映于水中的楼台也好像在晃动，竟惊起了水面上的鸳鸯。首句直似口语，明白如画。画面清晰、鲜亮，且点明了时间（“斜阳”），突出了一个“溪”字。次句巧补景色，以“楼台”之于溪中之倒影似在晃动而惊飞鸳鸯的瞬间之景，描写出一个动感极强且富含蕴意的画面。词首二句，一静一动，尤其是“鸳鸯起”之盎然生趣之画面，将情爱和思念之意蕴于象征爱情之“鸳鸯”鸟中，有一种“恨无兮羽翼，高飞兮相追”（汉·徐淑《答秦嘉诗》）的相思相念之意味。

上片后二句“隔岸两三家，出墙红杏花”，描写两岸环境和景色：这溪水的两岸，只住着两三户人家；只见一枝娇艳的杏花，竟从人家的院墙上探出头来。这两句，暗扣“楼台”二字，说明“楼台”所在正是这两三户人家的住宅。上句写住宅及环境，与上文意脉紧连，以简括的文字，实写住户的多寡。下句以景渲染，却属虚写：以一枝艳美的“红杏花”写出了一个生机勃勃、鲜花盛开的春天，真的有“春色满园关不住，一枝红杏出墙来”（宋·叶绍翁《游园不值》）的独特之艳丽之景。这里，实则有一种反衬的意味：春景如此美好，但心上人却不在身边。这就为下片的抒情做了铺垫。

词之下片，以抒情为重。

过片二句“绿杨堤下路，早晚溪边去”，词人描写她自从丈夫走后的思念之情形：在那绿杨掩映的溪边小路之上，我每天早晚都要在那里徘徊观望。这两句，词人以写实的手法，真实地记录了自己朝夕盼归的热切之情。“绿杨”二字，把词人之“杨柳含烟堤下路（原句是‘灞岸春’），年年攀折为行人”（唐·李益《途中寄李二》）之思念的凄苦抒写出来。“早晚”二字，更见出她的日思夜想，天天去溪边观望之情景，更有一种“相思相望不相亲，天为谁春”（清·纳兰性德《画堂春》）之无限的伤悲。

词末“三见柳绵飞，离人犹未归”二句，词人以景而直抒胸臆：我年年看那柳絮飘飞，已经看了三次！可那个离开我的心上人，至今还没有归来。词人抓住“柳绵”纷飞这一特殊之景，蕴意颇深：丈夫走时，柳絮飞舞，折柳惜别。别后三年，年年见那“柳绵飞”之情景，引起的是“思君如溪水（原句是‘流水’），何有穷已时”（三国魏·徐干《室思》）之伤悲啊！词人以“三见柳绵飞”之实景，勾起了内心难以言尽之思念的离情别绪。化实为虚的手法运用极为成功。

这首词最突出的特点是：机杼独出，情意深挚。看似上片写景、下片抒情，实则景为情生、情融景中。上片的“鸳鸯”一词，就把真挚的思念之意融入之中。下片的“三见”二字，以思念之实情实景，与上片之虚写相照应，由虚写实，化实为虚，虚实结合，使思念之情表达得极为真实，极为感人。

晏几道

晏几道（约1040—约1112），字叔原，号小山。临川（今属江西）人。北宋词人。晏殊之子。曾任颍昌府许田镇监。晚年家境中落，仕途坎坷，生活贫困。秉性耿介，孤高自傲，不肯趋炎附势，仕途不畅，曾因郑侠事株连下狱。与其父齐名词坛，并称“二晏”。其词以言情著称。或描写男女悲欢离合之情，或抒发昔日豪华生活之感，风格婉约，情调感伤。有《小山词》留世。

临江仙[①]

梦后楼台高锁，酒醒帘幕低垂[②]。去年春恨却来时[③]。落花人独立，微雨燕双飞。　　记得小蘋初见[④]，两重心字罗衣[⑤]。琵琶弦上说相思。当时明月在，曾照彩云归[⑥]。

注　释

① 临江仙：词牌名。原为唐教坊曲名。又名“临江山”“谢新恩”“庭院深深”等。

② “梦后”两句：“梦后”和“酒醒”互文。即梦回酒醒之时，眼前所见之景。

③ 春恨：春天里引发的离情别恨。却来：又来，再来。

④ 小蘋：作者友人沈廉叔、陈君龙家的歌女。

⑤ 心字罗衣：指带有心字图案的罗衣。两重心字，这里寓心心相印之意。

⑥ 彩云：这里比喻美人。化用唐李白《宫中行乐词》：“只愁歌舞散，化作彩云飞。”

题　解

这首词是北宋词人晏几道的代表作。“小晏”是宋代词人之中写情的高手。据说他身边有四个年轻美貌的歌女。此词就是追忆其中的蘋、云二人的，着重抒写了别后之凄凉以及对她们的怀念之情。

此词语言清新自然，结构严谨，手法精巧，在精心选取典型形象及情景之中，融入了缠绵伤感的情思。

赏　析

词之上片，重在以景融情。

起首“梦后楼台高锁，酒醒帘幕低垂”二句，词人别出心裁，巧用“蒙太奇”手法（镜头组接），展现了不同场合的两个画面：我从梦中醒来，人去楼空，只见那高高的楼台阁门紧锁；酒醒之时，锦帐中冷冷清清，只有那帘幕低垂。首句写甜蜜梦境之后的怅恨，意味深长。次句写酣醉于灯红酒绿之后酒醒时的寂寥和失落，蕴意颇深。这两句看似写了两个场景，实则一虚一实，是对过去情景的追忆。虽未写梦境和酒会情形，但不难推想当是值得追忆之人。既有“梦魂惯得无拘检，又踏杨花过谢桥”（晏几道《鹧鸪天》）之好梦成空的怅惘、憾恨，又有“欲将沉醉换悲凉，清歌莫断肠”（晏几道《阮郎归》）之借酒消愁愁更愁之凄凉。

“去年春恨却来时。落花人独立，微雨燕双飞。”上片后三句，是对昔日之回忆：又像去年一样，春恨不禁涌上心头。那时候，落花纷纷，我一个人独自久久伫立于庭院之中；细雨微微，一双燕子在雨中低飞。“去年”二字，承前启后，既说明了词人与心上人相恋已久，一旦别离，刻骨铭心；又说明此次别离记忆犹新，难以忘记。着一“却”字，与李商隐之“何当共剪西窗烛，却话巴山夜雨时”（《夜雨寄北》）有异曲同工之妙。尤其是“落花人独立，微雨燕双飞”（唐·翁宏《春残》）二句，虽是直接挪用了前人成句，但用得极为恰切巧妙：用对比和反衬的手法，极为真实、真切地描写出恋人去后见“双燕”而生发的茕茕孑立、形影相吊之孤寂、凄楚之情状，意蕴深厚，极有魅力。

词之下片，重在追忆抒情。

“记得小蘋初见，两重心字罗衣。琵琶弦上说相思。”过片三句，词人追忆与恋人相识之情景：至今我依然清晰地记得，初次见到小蘋的时候，她身上穿着轻薄的罗衫，那上面绣着双重的“心”字。她尽情地演奏着琵琶，似乎借那琵琶之声诉说她的芳情怨思。这里，词人又运用“蒙太奇”手法，以“琵琶弦上说相思”的特写镜头，形象地表达了词人与“低眉信手续续弹，说尽心中无限事”（唐·白居易《琵琶行》）的恋人倾心相爱之深情。

词末“当时明月在，曾照彩云归”二句，是词人情真意切之回想：当时的月光皎洁美好，曾照着她离去时的倩影，仿佛如彩云般翩翩而归。这又是一个特写镜头。词人巧妙化用李白“只愁歌舞散，化作彩云飞”（《宫中行乐词》）之诗意，摄取了一个“明月曾照彩云归”的镜头，把无比的爱恋、怀念之情蕴含之中。

这首词手法精妙，情意深挚。全词以“去年春恨却来时”一句点示词旨，其余皆以“蒙太奇”手法摄取了“梦后”“酒醒”“别后”“相识”“相别”等几个特写镜头，抒写了真挚伤感之情思。尤其是上、下片之结句，意蕴深刻：“落花人独立，微雨燕双飞”，意在抒写词人之孤寂、凄苦，却从暮春“落花”“微雨”之典型景象落笔，以“人独立”与“燕双飞”对举，词人之孤独、凄楚之感就在不言之中。“当时明月在，曾照彩云归”，不直说词人思念小蘋，而只说“明月在”而“彩云”已不可见，其依依不尽之情尽皆融汇其中。

鹧鸪天①

彩袖殷勤捧玉钟②，当年拚却醉颜红③。舞低杨柳楼心月④，歌尽桃花扇底风⑤。　从别后，忆相逢，几回魂梦与君同⑥？今宵剩把银釭照，犹恐相逢是梦中⑦。

注释

① 鹧鸪天：词牌名。又名“思越人”“思佳客”等。

② 彩袖：这里代指穿彩衣的歌女。玉钟：指玉制的酒杯，是对酒杯之美称。

③ 拚（pàn）却：甘愿，不顾惜。

④ 低：这里是使动用法，意为使……低。

⑤ 桃花扇：指画有桃花的扇子，歌舞时的道具。

⑥ 同：指相聚在一起。

⑦“今宵”二句：化用唐杜甫《羌村三首》之“夜阑更秉烛，相对如梦寐”的诗意。剩把：尽把。银釭（gāng）：灯的美称。

题解

这首词是号为“小山”的宋代词人晏几道创作。大约写于宋神宗熙宁五年（1072）之后，此时词人政治上失去依靠（亲朋好友相继去世），加之他秉性耿介，不愿阿附新贵，故而仕途坎坷，生活景况不佳。这与词人先前华贵无忧的生活形成了鲜明的对比。于是，词人便忆昔思今，写下了多首词。此词便是尤为后世追逐工词丽语的文人所称道的上乘佳作。

此词抒写重逢之惊喜。语言清新，意旨深婉，构思巧妙。既有色彩之绚丽，又有声音之谐美，确是脍炙人口之名篇。

赏 析

词之上片，重在回忆当年之欢聚。

落墨“彩袖殷勤捧玉钟，当年拚却醉颜红”二句，词人开门见山，直入正题，忆想与红粉佳人相逢之情景：当年初次相逢，你双手殷勤地捧着酒杯，含情脉脉地给我劝酒，是那样的温柔、美丽和多情；我开怀畅饮，喝得酒醉脸面红。“彩袖”二字，居于词首，代指词人心仪的歌女，可见印象之深，以示突出。“殷勤捧玉钟”，是具体的细节描写。“殷勤”二字，可见出其心之诚，其情之挚。着一“捧”字，更显出其仪态大方、彬彬有礼，暗含一见钟情之意。故而，词人不惜“拚却”——全然无所顾惜，无有忌讳，哪怕“醉颜红”也在所不顾。这两句，皆为一笔两写：上句明写歌女敬酒，暗写词人痛饮；下句明写词人醉酒，暗写歌女“殷勤”敬酒之多。这就把你敬我饮之浓情蜜意蕴含其中，故而词人难以忘怀。

上片后二句“舞低杨柳楼心月，歌尽桃花扇底风”，紧承上句，忆想心仪歌女轻歌曼舞之情形：你舒展婀娜的舞姿，那高楼之上的月亮仿佛为你徘徊；你放开优美的歌喉，那桃花扇下的清风仿佛为你静止。这里，词人极尽笔墨，巧用拟人、夸张和烘托的手法，写出了歌女之能歌善舞。以“杨柳楼心月”和“桃花扇底风”来加以烘托和暗示：用月亮的升落写出了欢娱的时间之长——一直舞到月亮由楼心落到杨柳树的后面（当然词人是浑然不觉的）；用“桃花扇底风”写出歌舞之美，有一种如梦似幻的美妙之感；用“歌尽”二字，与“低月”相呼应，亦写出歌舞历时之长——一直唱到歌声在桃花扇下消失。用语生动、形象，尤其是对仗精致巧妙，似实却虚，似虚却实，虚实相衬，美妙绝伦。

词之下片，重在抒写重逢之喜悦。

换头处三句“从别后，忆相逢，几回魂梦与君同？”直写别后的魂梦相思：自从那次别离之后，我总是怀念那美好的相逢，我常常思念着你，多少回在梦中与你相会。这里，词人着一“忆”字，饱含了“忆君心似西江水，日夜东流无歇时”（唐·鱼玄机《江陵愁望寄子安》）的无限思念之情怀。“几回”一句，更是梦中相聚之情形，可见词人是魂牵梦萦，日思夜想。白描的手法运用极为成功。

词末“今宵剩把银釭照，犹恐相逢是梦中”二句，描写重逢之惊喜：今天晚上我们果真相逢了，我尽情地端着银灯，端详着你的面容，还怕这次相逢也是在梦境之中。这里，词人巧妙化用“诗圣”“夜阑更秉烛，相对如梦寐”（唐·杜甫《羌村三首》之一）之诗意，写出惊喜之状。这是因为：多少回的相逢皆在梦幻之中，一旦真的相逢，反倒不信，犹恐梦中一般。可谓一片情深。

这首词结构简明，词情深婉。词之上片写初逢欢聚，巧用拟人、夸张和烘托及细节描写等手法，虚实相衬，写出了难以忘怀之浓情蜜意。词之下片写重逢惊喜，妙以化用手法，疑真为梦，情意婉曲深挚，韵厚味长。此词确是“独步艳词”（清·陈廷焯《白雨斋词话》卷一）之千古名篇。

阮郎归①

天边金掌露成霜②，云随雁字长③。绿杯红袖趁重阳④，人情似故乡⑤。　兰佩紫，菊簪黄⑥，殷勤理旧狂⑦。欲将沉醉换悲凉，清歌莫断肠。

注　释

① 阮郎归：词牌名。用刘晨、阮肇入天台山采药遇仙女之故事（见《神仙记》）。又名“醉桃源”“碧桃春”等。

② 金掌：指金铜仙人掌。汉武帝曾在长安建章宫前柏梁台立铜柱，高二十丈，上有仙人手擎承露盘。见《三辅黄图》。此处借指东京宫殿，以金掌霜露表示已达深秋季节。

③ 雁字：这里指雁群飞行时排成的“一”字或“人”字。

④ “绿杯”句：这里是说趁着重阳佳节纵情饮酒听歌。绿杯红袖：指代美酒佳人。

⑤ 人情：这里指风土人情。

⑥ “兰佩”二句：写词人的狂态——身佩紫色兰花，头上插着黄菊。

⑦ 殷勤：尽力。理旧狂：指重又显出从前狂放不羁的情态。

题　解

这首词是并称“二晏”之一的“小晏”、北宋词人晏几道所创作。词人是晏殊（曾任宰相）的幼子，年轻之时过惯了酒筵歌席的富贵生活。其父死后，家道中落，生活窘困，词人便对世故人情、离合悲欢有了更为深刻的感受。此词便是表达词人深沉情思之名作，以其最能体现出“小山”之真性情，情感极为凝重深厚，而颇得佳评。

此词写于汴京，是重阳佳节的宴饮之作。词人客居京城，感身世之悲，抒发了反思人生、思念家乡的悲凉之情，蕴含着一种饱受压抑又心犹不甘的情怀。故而，此词曾颇得历代士大夫文人之共鸣。

赏 析

这首词意境悲凄，抒写出饱尝坎坷、离合的沧桑悲凉之感，情感波澜起伏，逐步深化。

词之上片，触景生情。

“天边金掌露成霜，云随雁字长”，乍一开篇，词人便展现出一幅秋气瑟瑟的景象：天低云暗，汴京的承露台上露已成霜；长长的雁字在那云中穿行。“金掌”二字，巧用典故，点明地点——汴京。“露成霜”三字，又妙以气候特征，点明时令——深秋。可见，上句着重于写地面：承露台上，白露为霜。萧瑟悲凉之气，显然可触可感。“雁字”二字，写天上的云中排成“一”字或“人”字的雁队，在“云”中穿行之动景。着一“随”字，把那种雁队飞行之时的动感写得极为逼真、形象：长长的雁阵，似乎那云影也随之延长。“云”“雁”相衬，给人一种缥缈之感。这就与上句一起，为全词奠定了一个秋气萧索的悲凉基调。

“绿杯红袖趁重阳，人情似故乡”，抒写词人之情怀：正值重阳佳节，红袖佳人捧美酒屡屡劝酒，这温暖的人情，真的和故乡一样。词人客居汴京，恰逢“秋水秋天生夕风”（唐·邵大震《九日登玄武山旅眺》）之重阳佳节，每逢佳节倍思亲，思乡之情油然而生。然而，有佳人美酒相伴，便顿然消减了思乡的情愫，反而深感眼前更值得珍惜。这样，就把客居之情与怀乡之思融汇一起，用细腻而又蕴涵深厚的笔触，在赞美故乡人情之美、表达深切的思乡情怀的同时，又盛赞了重阳聚会之时友情的珍贵和美好；有一种“高朋满座”“胜友如云”（唐·王勃《滕王阁序》）之欣喜。

词之下片，抒发感慨。

“兰佩紫，菊簪黄，殷勤理旧狂”，过片三句，描写重阳宴饮之盛况：大家身上佩着紫兰，头上插着黄菊，我亦尽力地想恢复过去的狂豪之态。这里，词人巧妙化用“纫秋兰以为佩”（战国楚·屈原《离骚》）、“秋兰兮青青，绿叶兮紫茎”（战国楚·屈原《九歌·少司命》）和“尘世难逢开口笑，菊花须插满头归”（唐·杜牧《九日齐安登高》）之诗意，既写出了人物之多、服饰之异，渲染了重阳佳节聚会宾饮之盛况，又抒写了词人“浩歌惊世俗，狂语任天真”（宋·陆游《醉书》）的少年之狂又回归自身的狂放不羁。着一“理”字，把词人仕宦坎坷、陆沉下位的阴霾瞬间扫除的畅快抒写出来。再加“殷勤”（尽力、努力之意）二字，又蕴含着不负友人盛情的恭敬之意，亦可见出词人“时运不齐，命途多舛”（唐·王勃《滕王阁序》）之不堪回首、难以诉说之慨，饱含词人人生的悲凉之感。

“欲将沉醉换悲凉，清歌莫断肠”，词末这两句，表达了词人难以言说的心声，我之所以要这样，不过是用沉醉来排遣悲凉；唱歌的人，请不要唱那让我断肠的歌声。这两句，把词人万般无奈却又聊作狂放的深重苦楚尽含其中。“断肠”二字又将“衣上酒痕诗里字，点点行行，总是凄凉意”（晏几道《蝶恋花》）的无限凄楚尽含其中。

这首词最突出的特点是：直率。词人在洗练的绘景和跌宕起伏的情感抒写之中，融入了真性情，表达了深重的失意之叹。词人是宰相晏殊的贵公子，又有才华，本来极易仕进，但他性情耿介，厌恶官场，平生不肯“一傍贵人之门”（黄庭坚《小山词序》）。故而，仕途坎坷，难以遂志，“欲将沉醉换悲凉”。这样，词人以忠诚、率直之笔，真实地表达了“慕冥伤涸两踌躇”（晏殊《观画目送飞雁手提白鱼》）之极遭压制而又心犹不甘之情怀，成就了“含不尽之意”的“沉着厚重”（清·况周颐《蕙风词话》卷二）之名作。

王　观

王观（1035—1100），字通叟。高邮（今属江苏）人。宋代词人。宋仁宗嘉祐二年（1057）进士。历任大理寺丞、江都知县。以赋应制词触忤罢职，因自号“逐客”。词学柳永，且自认为在柳之上，故而自名词集《冠柳词》。今存词十六首。

卜　算　子①

送鲍浩然之浙东②

水是眼波横③，山是眉峰聚④。欲问行人去那边⑤，眉眼盈盈处⑥。　才始送春归⑦，又送君归去。若到江南赶上春⑧，千万和春住⑨。

注　释

① 卜算子：词牌名。又名“缺月挂疏桐”“百尺楼”“眉峰碧”等。

② 鲍浩然：作者的朋友，生平不详。浙东：宋时行政区名，时称两浙东路，所辖相当于今之浙江东南部。

③ 眼波横：指眼神顾盼如水波流动。

④ 眉峰聚：指忧愁时双眉紧锁，如山峰簇聚。

⑤ 欲：想要，想。行人：这里指作者的朋友鲍浩然。

⑥ 眉眼盈盈处：这里指山水秀丽的地方。盈盈：清澈、美好。《古诗十九首》有：“盈盈一水间，脉脉不得语。”

⑦ 才始：刚刚，方才。

⑧ 江南：指江苏南部和浙江一带地方。

⑨ 和春住：把春天留住。

题 解

这首妙趣横生、令人眼睛一亮的词，是北宋词人王观送别友人鲍浩然时所作。此词作于春末之时。当时词人在越州大都督府送别回家的好友鲍浩然，留恋不舍之情顿然而生，于是作此词以表对好友的衷心祝福，且将自己的心绪融于词中。“其新丽处与轻狂处，皆足惊人。”（宋·王灼《碧鸡漫志》卷二）

赏 析

这首送别词，写得别具特色。既没有“良友远离别，各在天一方”（汉·苏武《诗四首》）之“悲莫悲兮”（战国楚·屈原《九歌·少司命》），也没有“别鹤声声远，愁云处处同”（南朝陈·江总《别袁昌州诗二首》之二）之“黯然销魂”（南朝梁·江淹《别赋》），而有的是达观和祝福，洋溢着一种乐观、积极向上的热情。

词之上片，词人把这种乐观向上的热情融入笔下那诗情画意般的山水之中。

词之开篇，不言别意，只言友人家乡山水之美甚：“水是眼波横，山是眉峰聚。”友人的故乡之水，就好像美人流动的眼波；友人的故乡之山，亦犹如美人那蹙起的眉毛。词人以景融情，化无情为有情，赋予山、水以深厚的情意：那像闪亮眼睛之水和如青翠的蛾眉之山如在眼前，一下子把友人的美好家乡拉到眼前，比喻新奇巧妙，对仗形象工稳。尤其是手法高妙：将传统的离愁别绪变得美好而令人憧憬。送者如此，去者亦如此。着一“横”字，有一种极力克制自己，而不愿眼波流离给友人增添一点伤感的意味。语言浅淡，含而不露。着一“聚”字，亦有将愁怨聚之为“山”的达观劝慰，将“山高自有客行路”（明·吴承恩《西游记》）的慰藉之意蕴含其中。当然，词人笔下的“山”“水”之含情脉脉，也许会让友人想到家中的娇妻，那种归心之急切就不言而喻了。由此可见，这两句景语，不仅是情语，而且蕴情丰厚，含意多多。

既然家乡的“山”“水”如此之美，词人当然要明知故问了：“欲问行人去那边，眉眼盈盈处。”词人想问一问友人：你是不是很想回到那里？因为那里有好山好水，更有你的娇美之妻！词人把离愁别绪之送别，变成一种企盼和祝福，一扫传统的伤感和忧戚。词人真可谓用笔如神，“天机云锦用在我，剪裁妙处非刀尺”（宋·陆游《九月一日夜谈诗稿有感走笔作歌》）啊！

词之下片，词人不再含蓄，而是直抒胸臆，袒露心迹。

过片之处，词人宕开一笔，想到了送春与送友：“才始送春归，又送君归去。”我们刚刚送走了春天，现在又要送你回去。看似平平淡淡，却蕴意颇丰。词人以出人意料之想象，将“送春”与“送人”联系起来：“才送”“春归”定然有伤感，但下一个明媚的春天将会更加美好！“又送”“君去”亦定然有离愁别怨，但愁怨之中有美好的祝福，亦有再次相会的企盼。这不也有着无限的美好吗？！春去春回、友去重逢，不是更增添了盼望和期待的愿景吗？！

词末二句，词人再发奇想，把别离之忧伤变成美好之祝福、切切之叮咛：“若到江南赶上春，千万和春住。”假如你到了江南，还能赶上春天的话，千万要把春天的景色留住。这两句，看似惜春，实则祝福。祝愿友人心中有春天，春天永驻心间。归去是“春”，与妻子家人和和美美地生活在一起，就是春在心中；心中时时刻刻挂怀着友人，亦是春在心中。别离之忧愁，在词人之笔下，变得阳光灿烂、春意盎然。不是春天，亦胜似春天！词末二句，与“山谷老人”之“春归何处，寂寞无行路。若有人知春去处，唤取归来同住”（宋·黄庭坚《清平乐》）有异曲同工之妙。

这首词有两大显著特点：一是构思别出机杼。词人采用憧憬友人归地之风景和送别之叮咛、祝福来结构全词，机杼独出，新颖别致。二是比喻新颖奇妙。词人以“眼波”“眉峰”来喻比友人家乡之美好山水，自然而贴切，生动而形象，形似和神似兼有，新颖活泼，奇妙脱俗，令人耳目一新。以上两点，使此词成为上乘佳作。

苏　轼

苏轼（1037—1101），字子瞻，一字和仲，自号“东坡居士”。眉山（今属四川）人。北宋文学家、书画家。幼时受到家庭文化修养的熏陶和教育。少时即能博通经史，属文日数千言。嘉祐二年（1057）进士。曾任福昌主簿、凤翔判官、殿中丞及通判杭州，知密州、徐州、湖州等。元丰三年（1080）以谤新法之“乌台诗案”贬谪黄州。一度起用，后又贬惠州（今广东惠阳）、儋州（今海南岛儋州）。徽宗即位，赦还，次年卒于常州。谥“文忠”。与父洵、弟辙并称“三苏”，“唐宋八大家”之一。散文、诗词、书画皆有极高成就。诗与黄庭坚并称“苏黄”，词开豪放一派，书法自创“苏体”，与蔡襄、黄庭坚、米芾并称“宋四家”，论画主神似，善画竹及枯木怪石。

水　龙　吟①

次韵章质夫杨花词②

似花还似非花，也无人惜从教坠③。抛家傍路，思量却是，无情有思④。萦损柔肠⑤，困酣娇眼⑥，欲开还闭⑦。梦随风万里，寻郎去处，又还被、莺呼起⑧。　不恨此花飞尽，恨西园、落红难缀⑨。晓来雨过，遗踪何在？一池萍碎⑩。春色三分⑪，二分尘土，一分流水。细看来，不是杨花，点点是离人泪。

注 释

① 水龙吟：词牌名。又名“龙吟曲”“小楼连苑”“庄椿岁”等。

② 次韵：即用原作之韵，并依照原作用韵次序而填词，称为次韵。章质夫：苏轼的朋友章楶（jié），字质夫。建州浦城（今属福建）人。时任荆湖北路提点刑狱，常与苏轼诗词酬唱。他的《水龙吟》咏杨花为当时名作。杨花词：即赠苏轼《水龙吟·杨花》（燕忙莺懒芳残）词。

③ 从教：听任，任凭。

④ 无情有思：意为杨花看似无情，却自有它之愁思。反用唐韩愈“杨花榆荚无才思，惟解漫天作雪飞”（《晚春》）之诗意。有思：有情思，有思绪。

⑤ 萦损柔肠：这里是说愁思伤人。萦，萦绕、牵念。柔肠：因柳枝细长而柔软，故而以柔肠为喻。化用唐白居易《杨柳枝》“人言柳叶似愁眉，更有愁肠如柳枝”之诗意。

⑥ 困酣：指极为困倦。娇眼：本指美人娇媚的眼睛，这里用来比喻柳叶。古人诗词歌赋之中常称初生之柳叶为柳眼。

⑦ 欲开还闭：这里以娇嫩柳叶喻美人困倦娇眼。

⑧ “梦随”三句：语出自唐金昌绪《春怨》：“打起黄莺儿，莫教枝上啼。啼时惊妾梦，不得到辽西。”

⑨ 落红：指落花。缀：连结。

⑩ 一池萍碎：苏轼自注：“杨花落水为浮萍，验之信然。”其实这一说法并不科学。这里指落入水中的杨花。

⑪ 春色：这里代指杨花。

题 解

这首由杨花而及思妇之人、花合写的咏物词，为北宋著名的文学家、开创一代豪放词风的词人苏轼创作。作于宋神宗元丰四年（1081），是词人因“乌台诗案”贬谪黄州的第二年。词人的好友兼同僚章楶作有咏杨花的《水龙吟·燕忙莺懒芳残》，他便以此词答和。

词人是豪放词派的开创者，而此词却是婉约之作。全词由杨花而及思妇，将人、花合写，既摄杨花之神，又表思妇之魂，倾吐身世流离之感。“幽怨缠绵，直是言情，非复赋物”（清·沈谦《填词杂说》）。

赏 析

词之上片，由杨花而及思妇、离人，蕴含缠绵哀怨之情。

乍一落墨，词人直入正题，描写杨花之形态：“似花还似非花，也无人惜从教坠。”说它像花，又好像不是花，也没有人怜惜它，任凭它到处飘零坠落。“似花非花”四字，词人准确地抓住“杨花”独有之特色，咏物言情融为一体。说它“非花”，却名叫“杨花”，且与百花共争春、同送春；说它“似花”，却有花之色却无花之香。我们的豪放词人写起婉约词来，竟然是如此的“心之精微”“文之神妙”（唐·刘禹锡《唐故尚书主客员外郎卢公集纪》）！词人着一“坠”字，状写出杨花飘落之态；着一“惜”字，蕴含着浓郁的情感。“无人惜”，是词人之慨叹：“似花非花”之杨花，是难以让人上眼的。巧用反衬手法，暗蕴自己怜惜杨花之情意。词人以独有的审美情趣和大家手笔，用情极深，亦为下片之雨后觅杨花之踪做了很好的铺垫。

接着，词人描写杨花离枝坠落、飘落无归之情状：“抛家傍路，思量却是，无情有思。”它离开原来的枝头，依傍在道边路旁，看似无意，却像一个思妇，其实饱含深厚的情思。这里，词人运用拟人手法，把杨花“抛家”离舍之举状写出来，似乎“杨花榆荚无才思，惟解漫天作雪飞”（唐·韩愈《晚春》），实则“有思”，正如“诗圣”所写：“落絮游丝亦有情，随风照日宜轻举。”（唐·杜甫《白丝行》）柳絮在词人笔下，不仅有情，而且情意深挚。

既然杨花像一个思妇，那么，她又该有怎样的情态及怎样的情绪？“萦损柔肠，困酣娇眼，欲开还闭”，这三句就形象地描写出来：她的寸寸柔肠受尽了离别的煎熬，一双娇眼仿佛困倦已极，想要睁开美目而又闭上了眼睛。词人全然移情于物，写出了思妇“离肠万回结”（宋·魏夫人《好事近》）之凄楚。于是，她便“梦随风万里，寻郎去处，又还被、莺呼起”：她大概是在做春梦吧，灵魂随着长风，到那万里之外寻找夫婿，却又被莺声惊醒。这里，词人又巧妙化用“打起黄莺儿，莫教枝上啼。啼时惊妾梦，不得到辽西”（唐·金昌绪《春怨》）之诗意，描写思妇之恼人春梦被惊醒之哀怨，景中有情，情景交融。

词之下片，词人运用奇妙的想象，抒发思妇之深厚情思。

换头两句“不恨此花飞尽，恨西园、落红难缀”，词人以婉曲之笔表达对杨花之怜惜：不恨杨花已经飞尽，恨只恨西园的落花已经凋零，只有那飘落满地的残花难再重缀。两个“恨”字，把词人的无比之惋惜之意蕴含之中，其伤感不言自明。故而，词人引发询问：“晓来雨过，遗踪何在？一池萍碎。”早晨风雨过后，到哪里去寻找杨花留下的踪迹呢？原来那杨花早已化作池塘里的浮萍了。词人以奇特的想象，进一步借杨花烘托了离人之春恨。

接着，词人又以更加奇妙的想象来写春恨：“春色三分，二分尘土，一分流水。”有人说杨花是春色的象征，如果把这春色分为三分，二分已归于尘土，一分化作了流水之上的浮萍。词人兼用想象和夸张之手法，把满腔的惜春之情、流离之意推向高潮。将抽象之情思化为具体可感之形象。

词末紧承上句，展开丰富的联想：“细看来，不是杨花，点点是离人泪。”仔细看来，这哪里是杨花啊，分明是离人点点滴滴的眼泪！词人以更加奇妙的联想，收束全文，以此为彼，蕴意无穷。且与词首“似花还似非花”遥相呼应，画龙点睛，点示并概括了词旨，情景交融，幽怨缠绵，有着深重的身世流离之悲。

这首词托物蕴意，借人抒情，联想、想象十分奇妙。全词借杨花、思妇一吐心中遭贬、流离的身世之悲，联想自然而巧妙，想象独特而奇妙，将一腔“守其初心，始终不变”（苏轼《杭州召还乞郡状》）之忠毅忧国之心融于词中。

卜　算　子①

黄州定惠院寓居作②

缺月挂疏桐，漏断人初静③。谁见幽人独往来④，缥缈孤鸿影⑤。　惊起却回头，有恨无人省⑥。拣尽寒枝不肯栖⑦，寂寞沙洲冷⑧。

注　释

① 卜算子：词牌名。又名“百尺楼”“眉峰碧”等。

② 黄州定惠院：在今湖北黄冈东南。苏轼初贬黄州之时，在此借住。

③ 漏：这里指更漏。古人计时以漏壶。漏断：指深夜。

④ 幽人：指幽居之人。《易·履卦》：“履道坦坦，幽人贞洁。”

⑤ 缥缈：指隐隐约约，若有若无之高远的样子。孤鸿：孤独的大雁。唐张九龄《感遇十二首》之四：“孤鸿海上来。”

⑥ 省（xǐng）：明白，理解。

⑦ 拣尽寒枝：意即找遍高枝。寒枝，高枝。

⑧ 沙洲：指江河中由泥沙淤积而成的陆地。

题　解

这首词是北宋文学家、“东坡居士”苏轼所作。是词人因“乌台诗案”被贬黄州团练副使之初而写。

此词是咏雁抒怀之佳作。咏物词以有寄托为上乘，前人曾有“寓意高远，运笔空灵”的说法。词人当时贬至黄州，初寓居于定惠院，忧谗畏讥，不敢与友人往来，故而自称“幽人”，自比“孤鸿”。全词写景蕴意，托物寓人，含蓄蕴藉，生动传神，显示了高超的艺术功力。首句“缺月挂疏桐”亦成词牌名。

赏　析

词之上片，以景寓情。

词人贬黜黄州，借住于定惠院。他独步院中，但见眼前之景“缺月挂疏桐，漏断人初静”：弯弯的月亮挂上了枝叶稀疏的梧桐树梢；滴漏之声断断续续，已是夜深人静之时，喧嚣的俗世刚刚平静。这两句，词人描写出一个万籁俱寂、月挂疏桐之孤寂的环境，为“幽人”“孤鸿”的出场做了很好的铺垫。“漏断”，点明时间，以断续的滴漏之声衬托出夜之静寂，亦衬托出词人之孤凄心情：因诗作被诬讽刺新法，被捕解京，入御史台狱。这就是当时著名的“乌台诗案”（御史台常有乌鸦于院树之上聒噪，故而得名乌台）。这两句，词人以看似写实的笔触，景中融情，渲染出一个孤高、清冷的境界。令人感受到“乌台诗案”的阴霾仍然笼罩在词人心头。

“谁见幽人独往来，缥缈孤鸿影”，词人的笔下，出现了两个孑然无依之形象：谁能看见一位幽独之人独来独往、独自徘徊，只有那缥缈单飞的孤雁的身影，与他相伴。这两幅画面，看似一在地上，一在天上，但实则有喻比的意味：自己孤身一人孤寂地徘徊，心里的孤寂、凄苦谁人又能知道呢？！就如那孤孤单单飞过天穹的一只大雁。“幽人”与“孤鸿”相互衬托，又相互契合，似已融为一体，极富象征意味，既强化了“幽人”超凡脱俗之气概，又增加了“孤鸿”哀鸣、“不得志，瘁瘠而不辱”（苏轼《墨君堂记》）的词人内心之怨恨，确有帷灯匣剑之妙。

词之下片，物人合写。

词人直写自己孤寂、落寞之心境：“惊起却回头，有恨无人省。”那孤雁无端地受惊高高飞起，惊恐得频频回头，像是怀着无限的怨恨，却无人理解同情。词人以雁喻己，写出孤独无依之时茫然四顾之情形，寻寻觅觅，所得的是更加深重的孤独。那种“茕茕孑立，形影相吊”（晋·陈寿《三国志·蜀书·杨戏传》）的形象如在眼前。再加之没有人能理解词人孤独的心！人之痛苦，莫过于世无知音，那种孤苦难耐之凄苦，真可谓“苦我怨气兮浩于长空，六合虽广兮受之应不容”（汉·蔡琰《胡笳十八拍》之十八）啊！

词末“拣尽寒枝不肯栖，寂寞沙洲冷”两句，词人仍以孤鸿自比，抒写遭遇之不幸：孤雁在寒冬的高枝间找不到满意的栖息之地，又降落在那寂寞的沙滩之上，尽管那里非常荒凉清冷。词末二句，词人巧用象征手法，以“孤鸿”惊起回头、深怀幽恨和选求栖处的形象描绘，把词人贬谪黄州之时的孤寂处境和高洁心志含蓄地表达出来。

这首词最突出的特点是：手法高妙，运笔空灵。词人以象征、衬托、托物寓人等多种手法，上片以“幽人”“孤鸿”两个互映互寓的意象，运笔又不即不离，将遭际、心志寓于其中。下片物、人合写，字字句句皆传送词人内心幽约悠悱之情，欲说还休，欲吐又吞，空中传恨，终不一语道破。“语语双关，格奇而语隽”（清·黄苏《蓼园词评》）。尤其是词末二句，不仅是词人对自然节候之感受，而且具有象征意义，凝聚了词人对政治、社会、人生之深切感受。此词确是“超诣神品”（《蓼园词评》）。

永 遇 乐[①]

彭城夜宿燕子楼[②]，梦盼盼，因作此词。

明月如霜，好风如水，清景无限。曲港跳鱼，圆荷泻露，寂寞无人见。紞如三鼓[③]，铿然一叶[④]，黯黯梦云惊断[⑤]。夜茫茫，重寻无处，觉来小园行遍。　　天涯倦客，山中归路，望断故园心眼[⑥]。燕子楼空，佳人何在？空锁楼中燕。古今如梦，何曾梦觉，但有旧欢新怨。异时对，黄楼夜景[⑦]，为余浩叹。

注 释

① 永遇乐：词牌名。又名“消息”。

② 彭城：今江苏徐州。当时苏轼任徐州知州。燕子楼：相传是唐代张建封（一说张建封之子张愔）为其爱妾关盼盼所建。张死，盼盼念旧，独居燕子楼十余年不嫁。后代文人多咏其事。

③ 紞（dǎn）如：指击鼓声。

④ 铿然：清越的音响。

⑤ 梦云：指夜梦神女朝云。云，喻指盼盼。典出宋玉《高唐赋》楚王梦见神女。惊断：惊醒。

⑥ 心眼：这里意为心愿。

⑦ 黄楼：指徐州城东门上的大楼，苏轼任徐州知州时所建。苏辙、秦观都曾为此楼作赋。

题 解

此词是苏轼夜宿燕子楼感梦抒怀之作。写于宋神宗元丰元年（1078），词人任徐州知州之时。词人夜宿燕子楼，夜梦关盼盼，梦后作此词。词人由人去楼空而悟得“古今如梦，何曾梦觉”的道理，从而抒发了对宇宙、对人生的思考和感慨。

这首词用语清丽脱俗，做到了融情入景，情理交融，将景、情、理熔于一炉，境界清幽，风格和婉而不失旷达，化用典故恰当、精妙，确为“使人一唱而三叹”（《苕溪渔隐丛话》）之佳作。

赏 析

词之上片，词人着重描写梦境及梦醒。

开篇三句从秋夜“清景”写起——“明月如霜，好风如水，清景无限”，秋夜的明月如白霜般皎洁，那好风就如同清水一样的柔和清凉，清新静谧的夜景格外怡人。这里，词人采用先分后总的方法描绘了暮秋夜景。以“霜”“水”分别比喻“明月”与“好风”，再用“清景无限”四字总括，词人之喜爱、愉悦之情显然可见。尤其是着一“清”字，既写景，又蕴情，准确、生动。

接着，词人回叙梦境：“曲港跳鱼，圆荷泻露，寂寞无人见。”弯弯的水渠中，时而有鱼儿泼刺刺地蹦跳出水面，圆圆的荷叶上，滚动着滴溜溜的露珠。只是夜深人静，这样的美景却寂然而无人欣赏。这里，词人巧用衬托之法，用“跳鱼”暗点人静，用“泻露”可见夜深，以动衬静，更显夜之静谧。“寂寞无人见”一句，赞中有叹，既有未见之憾，亦有视而不见之叹，颇有见地于此五字之中。

紧承写梦，词人描写鼓声、叶落声把他从梦中惊醒之情形：“紞如三鼓，铿然一叶，黯黯梦云惊断。”三更的鼓声响彻夜空，一片树叶悄然落地，细碎而又响亮的声音竟然将梦打断，使我惊醒，让我黯然神伤。“紞如”“铿然”二词写夜之深、人之静，响声或重或轻皆很清晰，足可“惊”词人醒来。这里词人巧用反衬手法，显示出夜之寂静，与“蝉噪林逾静，鸟鸣山更幽”（南朝梁·王籍《入若耶溪》）有异曲同工之妙。

“夜茫茫，重寻无处，觉来小园行遍”，上片末三句，写“梦断”后词人之茫然心情：夜色茫茫，想再寻回梦中之人，但找遍小园，也无有踪影。“行遍”二字，可见词人留恋梦境之执着和追寻之行动。这里，梦境的愉悦舒心与惊梦行园的黯然神伤形成鲜明的对比，更加深化了词之意旨。

词之下片，着重抒写醒后的情怀。“天涯倦客，山中归路，望断故园心眼”，换头的这三句，实写心境：在这梦醒之夜，我这个长期被贬谪外地的游子，天涯海角的漂流使我疲惫不堪；眺望那山中的归路，我苦苦地、望眼欲穿地思念着故乡家园。这里，词人极写思乡之切。其中有着“时运不齐，命途多舛”（唐·王勃《滕王阁序》）之身世慨叹，道尽了海角天涯之“五更疏欲断，一树碧无情”（唐·李商隐《蝉》）之万般苦情。词人巧妙化用“诗圣”“天畔登楼眼，随春入故园”（唐·杜甫《春日梓州登楼二首》）之诗意，把“望断”之情的迫切写出来了。

“燕子楼空，佳人何在？空锁楼中燕”这三句，是词人就眼前之景而生发的感慨：燕子楼空空荡荡，佳人关盼盼又在哪里？只有那深锁空楼中栖息的燕子。这里，词人借用燕子楼的往事和传说，表达“人生天地间，忽如远行客”（汉·无名氏《古诗十九首·青青陵上柏》）之叹惋：人生之梦未醒，只因“欢怨”之情未断。

“古今如梦，何曾梦觉，但有旧欢新怨”，这三句是词人联想古今而发出的慨叹：古今万事皆如梦成空，还有几人能从梦中醒来，只因为还有那旧欢新怨缠绕于心啊！这里，词人表达了想要解脱而又无法解脱的人生困倦和感伤。巧妙化用了庄子“吾与汝，其梦未始觉者也”之意，袒露其内心之达观：醒者痛苦，不如做个梦者反倒逍遥。

“异时对，黄楼夜景，为余浩叹”，词末这三句，是词人把燕子楼与自己改建的黄楼联系起来而生发的人生感想：今日我在此凭吊燕子楼，想起了关盼盼；他日有人来到我建的黄楼上，观赏夜景，也同样会感叹我这历史的过客吧！词人在词末巧用“后人视今亦犹今之视昔”（晋·王羲之《兰亭集序》）之叹息，终于挣脱从政的巨大烦恼，获得了一种精神的安逸。

由此可见，此词意旨是深远的，其手法是高妙的。词人在情、理、景交融之中，妙以用典化用、衬托和对比、联想等手法，“形”“神”俱佳。尤其是“燕子楼空，佳人何在？空锁楼中燕”三句，文情俱佳，“辞简而余意悠然不尽”（清·沈祥龙《论词随笔》），成为千古名句。

江　城　子[①]

乙卯正月二十日夜记梦[②]

十年生死两茫茫[③]。不思量[④]，自难忘。千里孤坟[⑤]，无处话凄凉。纵使相逢应不识[⑥]，尘满面，鬓如霜[⑦]。　夜来幽梦忽还乡[⑧]。小轩窗[⑨]，正梳妆。相顾无言[⑩]，唯有泪千行。料得年年肠断处[⑪]，明月夜，短松冈[⑫]。

注　释

① 江城子：词牌名。又名“江神子”“水晶帘”“村意远”等。

② 乙卯：宋神宗熙宁八年（1075），岁在乙卯。

③ 十年：这里指苏轼妻子王弗于宋英宗治平二年（1065）病死，至作此词悼亡，正为十年。

④ 思量（liáng）：想念。

⑤ 千里：这里指王弗安葬之地四川眉山与苏轼任所山东密州相距之遥远。孤坟：指词人妻子王氏之墓。

⑥ 纵使：意即纵然、即使。

⑦ 尘满面，鬓如霜：这里是说词人饱经沧桑，风尘满面，憔悴苍老。

⑧ 幽梦：梦境隐约、缥缈。

⑨ 小轩窗：指在小室的窗前。小轩，指有窗槛的小屋。

⑩ 顾：看。

⑪ 料得：即料想、想来。

⑫ 短松冈：有矮松树的山冈或有松树的短冈。这里是指王弗的墓地。据苏轼《亡妻王氏墓志铭》：王弗死后先葬于汴京西郊，治平三年迁葬于眉州彭山县安镇乡可龙里。

题 解

这首悼亡词，是宋代文学家苏轼悼念亡妻王弗所作。作于宋神宗熙宁八年（1075）。其时词人任密州（今山东诸城）知州，年已近不惑。这年的正月二十日晚上，词人梦见爱妻王氏，便写下这首“声当彻天”“泪当彻泉”（宋·陈师道）之千古名作。

此词语言朴实，字字含情，句句沉痛。自然之中不乏深刻，平淡之中寄寓真挚。心情、梦境，景语、情语，皆含深情。

赏 析

词之上片，写梦前思念。

“十年生死两茫茫”，词人乍一下笔，眼前似乎又出现了爱妻之音容笑貌，然而妻子离开自己已经整整十年了！十年过去了，我与你一生一死，阻隔在阴阳两方。我们都迷迷茫茫，谁也不知道对方的生活状况。词人以真情直语，表达心中的万千哀伤：恩爱夫妻，撒手永诀，倏忽之间，已有十年！词人想到那夫唱妇随、相亲相爱的历历往事，不禁悲从中来，“凝思寂听，心伤已摧”（南朝宋·鲍照《芜城赋》）啊！

“不思量，自难忘”，词人想到，妻子王弗十六岁与自己喜结连理，貌美情深，蕙质兰心，侍亲至孝，二人恩爱无比，可谁知她二十七岁就因病去世。这极大之打击，这深重的精神痛苦令词人难以忍受！恍惚之间，已过十年。即使词人强忍着不去思念，可哪里能够忘得了一点一滴、一丝一毫！在词人的心中，自然是永难相忘！这两句，语言朴实，却饱含真情，最见真情。于平静的语气之中，蕴含着至极的沉痛和无限的怀念之情。

“千里孤坟，无处话凄凉”，想到爱妻华年早逝，词人倍感伤痛：你在那千里之外的孤坟之中，又能向谁去诉说心中的凄凉呢？！词人以写对方的手法，表达心中的至痛：十年之中，词人因不满王安石变法时的过激做法，颇受打击、压制，只得自请外任，这实则就是贬谪。先为杭州通判，写此词之时又迁谪密州知州。恰逢凶年，政务繁忙，生活困顿到以食杞菊来维持的艰难地步！加之家人不在身边，词人一人苦熬时日，朝朝暮暮把亡妻挂于心间。他想到自己不能亲往妻子坟上倾吐衷肠，妻子的“凄凉”就愈加深重。看似“无处话凄凉”的平平实实的言语之中，蕴含着词人多么深重的伤感、悲痛和憾恨啊！不说自己的孤独、寂寞和“凄凉”，而设想亡妻之孤寂、“凄凉”，其悲伤已至无以复加的程度。

词人神情恍惚之间，已经把现实和梦幻混同一处了：“纵使相逢应不识，尘满面，鬓如霜。”纵然我们夫妻相逢，恐怕你也认不出我了，因为我现在已是风尘满面，两鬓露白如霜，衰老不堪了！词人此时还不到四十岁，就已如此，可见悲伤、哀痛让人衰老呀！词人再次设想夫妻相逢，更是绝望之中的无奈，表现出对爱妻的深切怀念之情，更把“人间何处不巉岩”（苏轼《慈湖夹阻风五首》其五）之深刻体验和感受融汇其中。

词之下片，记梦中相逢。

“夜来幽梦忽还乡”，过片一句，转入梦境：夜里，在隐约迷蒙的梦境之中，我飘飘忽忽回到家乡。这一句，承上启下，写词人终于能与爱妻梦中相逢。这当然是日有所思，夜有所梦啊！真的是“梦魂知忆处，无夜不思妻（原句是‘不京华’）”（唐·岑参《郡斋平望江山》）啊！

“小轩窗，正梳妆。相顾无言，唯有泪千行。”这四句，词人描写梦中之相逢情景：你坐在小室的窗前，正在对镜梳妆。你我二人相互端详，却默然无语，只有那簌簌流出的热泪，洒下千行。这里，词人用梦中相见的细节描写，具体展开题记中的“记梦”。“小轩窗”指词人与妻子曾经相处的闺室。“正梳妆”是亲切无比、十分熟悉而又充满温馨的场景。然而，阴阳两隔的夫妻，此时相见，却是“无言”“泪千行”！这正是妙绝千古之处：梦也，非梦也！正因为“无言”，才胜过万语千言；正因为“无言”，才更令人无限凄凉；正因为“无言”，才更让人痛不欲生！故而，“此时无声胜有声”！万千思念、万千缅怀，俱含其中。

“料得年年肠断处，明月夜，短松冈”，词末三句，抒写梦后之哀思：料想年年令人痛断肝肠的地方，就在那明月之夜，长满松树的山冈。这里，词人一笔两写，既写自己对爱妻的无尽的怀念之情，又设想长眠于松冈之下的妻子，亦是年年伤情：眷恋人世，想念亲人，柔肠寸断！词人以景结情，化景物为情思，把永无尽期之绵绵哀思，皆含其中。如此“天长地久有时尽，此恨绵绵无绝期”（唐·白居易《长恨歌》）之苦心痴情，真的可感天地、泣鬼神。

这首词最为突出的特点是：情感真挚，手法巧妙。词人运用现实与梦幻相交织的形式，通过叙述、白描和想象等手法，尤其是一笔两写、虚实结合的精妙写法，不仅表达了对亡妻深挚的怀念之情，而且把词人的身世感慨融汇其中，确有感天动地的艺术魅力。

李之仪

李之仪（1048—约1118），字端叔，晚号“姑溪居士”“姑溪老农”。沧州无棣（今属山东）人。北宋词人。宋神宗熙宁三年（1070）进士。苏轼为定州知州时他做过幕僚。后官枢密院编修。词风颇受“花间词”影响。有《姑溪词》《姑溪居士文集》留世。

卜算子①

我住长江头②，君住长江尾③。日日思君不见君④，共饮长江水。　此水几时休⑤，此恨何时已⑥。只愿君心似我心，定不负相思意⑦。

注释

① 卜算子：词牌名。又名“眉峰碧”“百尺楼”等。
② 长江头：指长江的上游。
③ 长江尾：指长江的下游。
④ 思：思念，想念。
⑤ 休：停止。这里指江水枯竭。
⑥ 已：停止，完结，消除。
⑦ 负：辜负。

题 解

这首具有民歌风味的词，由宋代词人李之仪所作。大约作于宋徽宗崇宁二年（1103）。因为这一年，词人仕途不顺，命途多舛：被贬到太平州，谁料祸不单行，先是女儿、儿子相继去世，再是与词人相濡以沫四十年的妻子离世。接二连三的不幸遭遇，让词人痛不欲生。幸运的是，他偶遇了极有正义感、色艺绝代的奇女子——歌伎杨姝，她弹了那首曾为当年被贬当涂的黄庭坚鸣不平的《履霜操》（此曲的本意是伯奇被后母所谗而遭逐，怀悲愤投河而死），触动词人心中之痛，李之仪对杨姝一见倾心，视其为知音。此后专门为她写下几首诗、词。这年秋天，词人携知冷知热的红颜知己杨姝来到长江之边，看到"长江风送客"（唐·贾岛散句）之景致，万般柔情涌上心间，便写下了这首倾吐心声、成就声名的爱情词。

赏 析

词之上片，着重抒写深切的思念之情。

词人携红颜知己杨姝来到"收尽微风不见江，分明天水共澄光"（李之仪《鹧鸪天》）之浩瀚的长江边上，想到在自己痛苦不堪之时有幸遇到的红颜知己，一种无法抑制的情感在心中升腾：天缘凑合，使我偶遇知音，把我从痛苦的深渊中解救出来，可人世之中，更多的是天意弄人、知音离分啊！于是吟出了这样两句："我住长江头，君住长江尾。"我住在长江的上游，你住在长江的下游。词人以长江起兴，即兴抒情，表达出双方心心相印却相距遥远，难以相见之痛苦，亦暗寓相思之情的深厚悠长，蕴含着一种"含愁独不见""明月照流黄"（唐·沈佺期《古意呈补阙乔知之》）的愁怨和悲伤。词人采用通俗畅达、明白如话的语言和重叠复沓的句式，犹如民歌歌词一般，强化了咏叹的情味。从这两句中，我们似乎看到一位痴情的女子，翘首伫立于长江边上，脉脉含情，在凝目眺望之中发出深重的叹息。

“日日思君不见君，共饮长江水”，这两句，正是痴情女子叹息之中的喃喃自语：我天天都在把你思念，可却没法见到你的面，尽管我们同喝一江之水，却要忍受相思的煎熬！这两句由词首之“长江头”和“长江尾”引发而来。“日日思君不见君”是这场爱情宣示的根由。且读之是如此的鲜活、真切，那种心绪不宁、那种激动之情难以抑制之形象如在眼前。比那“一日不见，如三秋兮”（《诗经·王风·采葛》）更让人动心动情，叹恨不已！“共饮长江水”一句，亦是意味深长：尽管痴情女子不能与心上人相见，只能日日苦思，但是毕竟能“共饮”之水！也就是说，女子的生命之中，毕竟有一个令她日思夜想，时时牵挂之人，这给她忍受相隔遥远、饱受思念煎熬的心灵又该是多么大的慰藉啊！可见，词情是多么的深婉含蓄。

词之下片，着重表达女主人公对爱情执着之追求和热切之期望。

“此水几时休，此恨何时已”，过片两句仍然紧紧扣住“共饮长江水”这一情感的支柱，抒写忠贞不渝的心志：此水什么时候不再奔流，我的相思什么时候才能休止。这两句可说是女主人公爱情的誓言，铿锵有力、掷地有声，与那抒写爱情誓言之“山无陵，江水为竭，冬雷震震，夏雨雪，天地合，乃敢与君绝”（汉·无名氏《上邪》）有异曲同工之妙。

结拍二句“只愿君心似我心，定不负相思意”，是女主人公发出爱情誓言之后，对心上人的永恒相爱之期待：只是希望你的心如同我的心，一定不要辜负我的相思意。这是女主人公与她的心上人双方心灵的沟通、滋润和默许，既然江水无竭，相思不已，心心相印，忠贞不渝，那么“江头”“江尾”之阻隔又算得了什么！相知相爱的期许，定会得到永恒之爱！

这首词有两大特点：一是构思精妙。全词以长江之水为抒情线索，以“日日思君不见君”为抒情之根由，抒写了女主人公忠于爱情、忠贞不渝的爱情誓愿。二是风格独特。全词以朗朗上口之明净的“古乐府俊语”（明·毛晋《宋六十名家词·姑溪词跋》），以及复沓的句法，形成了一种独特的民歌风味，把女主人公的思念之情以及忠于爱情的誓愿表达得相当的大胆、率真、诚挚和热烈，并无有华辞丽句，更无有丝毫的无病呻吟，是一首歌颂坚贞爱情的恋歌。

黄 庭 坚

黄庭坚（1045—1105），字鲁直，号“山谷道人”“涪翁”。洪州分宁（今江西修水）人。北宋文学家、书法家。宋英宗治平四年（1067）进士。历著作佐郎、秘书丞等职。先后两遭贬谪，卒于宜州（今广西宜山）贬所。其诗为宋调典型，被尊为宋代江西诗派宗祖。其词豪放近苏东坡，俚俗近柳永。曾以诗受知于苏轼，并与之齐名，世称“苏黄”。又与秦观、张耒、晁补之同称“苏门四学士”。又工书法，尤擅行草，自成一格。与苏轼、米芾、蔡襄齐名，号称“宋四家”。有《山谷集》留世。

清 平 乐①

春归何处？寂寞无行路②。若有人知春去处，唤取归来同住③。　春无踪迹谁知④？除非问取黄鹂⑤。百啭无人能解⑥，因风飞过蔷薇⑦。

注 释

① 清平乐（yuè）：词牌名。原为唐教坊曲名。又名“忆萝月”“醉东风”等。

② 寂寞：这里指清静、寂静。无行路：指没有留下春去的行踪。行路，即春来春去的踪迹。

③ 唤取：即“呼唤”之意。取，语助词，无实义。

④ 谁知：意为“有谁知道”。

⑤ 问取：即“询问”“呼唤”之意。取，语助词，无实义。

⑥ 百啭：这里形容黄鹂婉转的鸣声。啭，鸟婉转地叫。解：这里是“懂得、理解”之意。

⑦ 因风：乘着风势。

题　解

这首词是宋代文学家黄庭坚所创作。作于词人逝世前几月，即宋徽宗崇宁四年（1105）。崇宁二年（1103），词人因作《承天院塔记》，获“幸灾谤国罪”，遭贬宜州。

此词是一首惜春词。词人以凄婉的笔调，表达了对春天逝去的沉痛和惋惜之情，蕴含了词人对美好春光的热爱、眷恋和追求之意，亦将遭诬被贬之怨愤蕴含词中。

赏　析

词之上片，以春天归去为着眼点。

这是词人遭诬被贬到达宜州的第二个春天归去的时节，心中满含怨愤，愁思万端，真的是“人到愁来无处会，不关情处总伤心”（黄庭坚《和陈君宜读太真外传》）！故而词人对春天的归去提出了质疑和责问：“春归何处？寂寞无行路。”——春天回到哪里去了？四处一片沉寂，让人找不到它离去的一点踪迹。词人以疑问发端，以拟人的手法，表达了心中郁结的忧愤。再以“寂寞无行路”五字来抒写内心的茫然和无奈，更有一种“春残已是风和雨，更著游人撼落花”（黄庭坚《同元明过洪福寺戏题》）之伤感、伤心和伤悲：自然之春亦如政治风云一般，说去就去，说来就来，让人不堪承受！诸多的人生遭际的感喟，亦融入这疑问和无奈之中。

“若有人知春去处，唤取归来同住”，这两句是词人发自内心之至真至诚之呼唤：如果有人知道春天所去的地方，请你快快喊回春天，喊它回来同我们住在一起。词人以一颗赤诚之心，呼唤春天的回归，情真意切，感人至深。词人屡遭贬谪，但忧国忧民之心不泯，愈挫愈坚，有一种“胸中元自有丘壑，故作老木蟠风霜”（黄庭坚《题子瞻枯木》）的坚贞不屈的心志。词人热爱春天，更热爱人生，他虽然不知道自己的生命时钟已开始了倒计时（词人写此词后不到一月，就溘然长逝于宜州贬所），但冥冥之中，似有一个声音在提醒词人：珍惜人生，留住生命的春天！这极富温情、极有真意的“若有”二句，是词人留给世人的宝贵箴言。

词之下片，以夏季到来为着眼点。

“春无踪迹谁知？除非问取黄鹂”，换头处的这两句，词人宕开一笔，紧承上片末句，从另一角度又提出自己的看法：谁也难以知道春天归去的踪迹，那么要想知道，就只有问一问黄鹂。词人突发奇想，以极富情趣的笔触，表达了对春天的热爱和企盼，有一种“天涯也有江南信，梅破知春近”（黄庭坚《虞美人》）的对人生春天必定到来之坚定信念蕴含其中。

“百啭无人能解，因风飞过蔷薇”，词末二句，是词人对眼前现实的描述：那黄鹂千遍百遍地婉转啼叫，又有谁能懂得它的意思呢？你看，那黄鹂鸟已乘着风势，飞过了盛开着的蔷薇花，看不到它的踪影了。这里，词人通过黄鹂随风而去之景，写出春去无踪、无法找寻的失落，从而加重了心头的寂寞和感伤，有一种“春尽有归日，老来无去时”（唐·刘威《伤春感怀》）的凄伤、凄苦和凄切。词人感伤至极，此词写后不到一月，就含着对春天的无限憧憬和热爱，离开了人间。

这首词旨意深刻，写法巧妙。词人从春天归去起笔，以拟人的手法和设问的形式，表达心中的失意和忧愤；然后又以奇妙的设想和真诚的呼唤，表达对春天的珍惜和热爱；接着又以设问和拟人之饱含情趣的笔触，表达对春天的企望和企盼；词末，以黄鹂“百啭”乘风过蔷薇花而去之景，表达心中的失落和感伤。全词寓意深厚，情感真挚，景语皆情语，把词人的人生遭际和忧愤、感伤皆融其中。

秦　观

秦观（1049—1100），字少游，一字太虚，号“淮海居士”。高邮（今属江苏）人。北宋词人。宋神宗元丰八年（1085）进士。后被苏轼荐于朝，历任太学博士、秘书省正字、国史院编修官。曾受学于苏轼门下，为“苏门四学士”之一。以词著称于世。所作《满庭芳》词有“山抹微云”之语，甚受时人赞赏，被称为“山抹微云秦学士”。其词作多写男女恋情，或感叹身世。风格轻柔，辞情俱胜，尤能创造性地刻画鲜明的形象，是婉约词派的代表作家之一。

望　海　潮①

梅英疏淡②，冰澌溶泄③，东风暗换年华。金谷俊游④，铜驼巷陌⑤，新晴细履平沙⑥。长记误随车⑦。正絮翻蝶舞，芳思交加⑧。柳下桃蹊，乱分春色到人家。　西园夜饮鸣笳⑨。有华灯碍月，飞盖妨花⑩。兰苑未空⑪，行人渐老，重来是事堪嗟。烟暝酒旗斜⑫。但倚楼极目，时见栖鸦。无奈归心，暗随流水到天涯。

注　释

① 望海潮：词牌名。此调为柳永所创。

② 梅英：即梅花。

③ 冰澌（sī）溶泄：这里指冰块融化流动。冰澌，河面解冻时随水流动的冰块。

④ 金谷：古地名，在今河南洛阳东北。西晋富豪石崇曾在此建金谷园，宴集宾客，备极豪华。俊游：指同游的好友。

⑤ 铜驼：街名，在洛阳。汉时制铜驼两只，置于洛阳宫之南四会道，央路相对。巷陌：即街道。

⑥ 细履：指漫步。

⑦ 误随车：这里指身不由己地尾随陌生少女的车子。

⑧ 芳思：指春天引起的复杂情思。

⑨ 西园：指当时驸马都尉王诜（字晋卿）在汴京的私人园林。鸣笳：指奏乐助兴。笳，胡笳，是古代传自北方少数民族的一种乐器。

⑩ 飞盖：这里代指急驰的车辆。盖，车篷。

⑪ 兰苑：即种植兰花的园林。此指西园。

⑫ 烟暝：指烟雾弥漫，天色昏暗。

题 解

这首伤春怀旧之词是北宋词人秦观所作。作于宋哲宗绍圣元年（1094），词人在汴京任国史院编修。因政治上倾向于以苏轼为首的“旧党”，此时由于“新党”执政，苏轼自请外任杭州通判。作为“苏门四学士”之一的他，亦受牵连，遂被贬为监处州酒税。离京之前，词人独自一人，来到曾经与苏轼、苏辙等十六位文人雅集宴游的西园，写下此词，将昔日之盛与今日之衰的对比、慨叹之情融于其中。

赏 析

词之上片，以写景为重。

词人旧地重游，出现在眼前的景象——“梅英疏淡，冰澌溶泄，东风暗换年华”，令他心情黯然：只见那梅花稀疏，色彩轻淡；河中的冰块正在消融。春风吹来，新的一年悄然来临。全然没有“春葩含日似笑”（北齐·刘昼《刘子·言苑》）的“花动一山春色”（秦观《好事近》）之悦人春色，却在新年到来之时有一种“有情芍药含春泪，无力蔷薇卧晓枝”（秦观《春日五首》之一）的满目伤感。他蓦然记得：当年可不是这般景象啊！记得那时，那可是“金谷俊游，铜驼巷陌，新晴细履平沙”——他们一十六人雅集于汴京，畅游在才士摩肩接踵的名贵的金谷园（那可是西晋富豪石崇所建的宴集宾客、备极豪华之地），漫步在车水马龙尽佳人的繁华的铜驼街上，脚踏在平沙之上（竟能留下清晰的印痕），是何等的轻快！更令词人难忘的是这样一个细节——“长记误随车。正絮翻蝶舞，芳思交加。柳下桃蹊，乱分春色到人家。”误跟了一辆小车，当时柳絮翻飞，彩蝶起舞，那情景真令人荡魄消魂！那时节处处桃红柳绿，春色已经烂漫在家家户户了，真的让词人有了“桃花流水在人世，武陵岂必皆神仙”（宋·苏轼《书王定国所藏〈烟江叠嶂图〉》）的惬意，怎能不叫他春心荡漾呢？！

词之下片，重在抒情。

词人重游故地，过去赏游的情景犹在目前——“西园夜饮鸣笳。有华灯碍月，飞盖妨花。”他们一十六人雅集于此，赋词吟诗，真可谓“吟咏之间，吐纳珠玉之声；眉睫之前，卷舒风云之色”（南朝梁·刘勰《文心雕龙·神思》）！在笳声响起的傍晚，他们又在这西园举行夜宴。那时节华灯明亮，竟消减了赏月的雅兴；车盖密集，竟抢夺了观花的芳心……想到这些雅集的情景，词人心旌摇摇，难以平静：真的是“年在桑榆间，影响不能追”（三国魏·曹植《赠白马王彪》）！而今，“兰苑未空，行人渐老，重来是事堪嗟。”——虽然花园还在，词人却深感自己年已衰老，旧地重游，令他触目伤心，失魂落魄……这时，“烟暝酒旗斜。但倚楼极目，时见栖鸦。无奈归心，暗随流水到天涯。”——词人倚楼眺望，只见天色昏暗，烟霭沉沉，酒旗斜插，时而可见那归巢的乌鸦……他触景生情，油然而生归隐之心，无法抑止，他的神思已伴随那流水，直到天涯。

这首词最显著的特点是：妙用对比，即景抒情。词之上片，追忆昔日游观之事，由眼前实景引出往昔游时明媚春光。词之下片，紧承上片词意，抒写夜宴之盛，却又跌落当前，四顾苍凉，顿生归隐之心。词人妙将昔时盛之欢乐与今日衰之悲苦形成鲜明对比，把深沉的伤今怀旧之情及政治失意之叹蕴含词中。

满 庭 芳①

山抹微云，天连衰草②，画角声断谯门③。暂停征棹④，聊共引离罇⑤。多少蓬莱旧事⑥，空回首、烟霭纷纷⑦。斜阳外，寒鸦万点，流水绕孤村⑧。　销魂⑨，当此际，香囊暗解⑩，罗带轻分⑪。谩赢得、青楼薄倖名存⑫。此去何时见也？襟袖上、空惹啼痕。伤情处，高城望断⑬，灯火已黄昏。

注　释

① 满庭芳：词牌名。又名“锁阳台”“满庭霜”等。

② 连：一作“粘”。

③ 画角：古代军中管乐器，出自西羌，以竹木或皮革制成，发音哀厉高亢，用以警晓，振士气。谯（qiáo）门：城门楼，俗称鼓楼，用以瞭望敌情。

④ 征棹（zhào）：行舟，即将远航的客船。

⑤ 引：举。罇：同“樽”，酒杯。离罇：代指饯别的酒宴。

⑥ 蓬莱旧事：这里指男女爱情的往事。

⑦ 烟霭：即云雾。

⑧ “寒鸦”二句：化用隋炀帝“寒鸦飞数点，流水绕孤村”（《无题》）之诗意。

⑨ 销魂：即消魂，形容因悲伤或快乐到极点而心神恍惚不知所以的样子。

⑩ 香囊：古人身上所佩盛香料的袋子。

⑪ 罗带：即香罗带，古代男女定情之物。亦用以表示婚配。

⑫ “谩赢得”句：化用唐杜牧“十年一觉扬州梦，赢得青楼薄倖名”（《遣怀》）之诗意。谩（màn）：徒然。薄倖：薄情，负心。

⑬ “高城”句：化用唐欧阳詹“高城已不见，况复城中人”（《初发太原途中寄太原所思》）之诗意。

题 解

这首词是北宋词人秦观的代表作之一，曾引盛赞，使词人获得“山抹微云秦学士”之美称。写于宋神宗元丰二年（1079）岁暮。这年五月，词人游历江南至越中会稽，与当地一歌女一见钟情，相爱相悦。岁暮告别之时，即作此词。

此词虽然写的是男女情事，但却融入了个人不堪回首的身世之感。笔法高超，用语不凡。至情至性，真切感人。写景、抒情融为一体，佳句迭出，脍炙人口。

赏 析

词之上片，重在写景蕴情。

“山抹微云，天连衰草，画角声断谯门”，起首这三句，描写暮冬黄昏之景：会稽山上，云朵淡淡，就如同水墨画中轻轻抹上去的一样；越州城外，衰草连天，没有边际。那城门楼上传来的号角声，时断时续。“山抹微云”“天连衰草”二句，不仅对仗工整，而且平字见新见奇，意趣盎然。着一“抹”字，妙用拟人，静景动写，词中有画，给人以无限之想象空间。可见出词人炼字功夫了得。博得赞誉，理所当然。“画角”一句，既点明时间（当为黄昏），又用“声断”二字给暮冬黄昏的惨淡之景增添一种寂静、凄凉之感，有一种“鸟鸣山更幽”（南朝梁·王籍《入若耶溪》）的味道。

“暂停征棹，聊共引离罇”，这两句写离别之情景：在那水中停泊的客船上，我与心上人举杯共饮，聊以话别。“聊”“离”二字，写出词人在这“水随云度黑”（南朝陈·阴铿《晚泊五洲》）的时刻，内心之凄楚、凄凉和伤感，迷离愈加浓重。

“多少蓬莱旧事，空回首、烟霭纷纷”，是词人无奈之喟叹：回首过去，在会稽蓬莱阁那历历在目、记忆犹新的相悦相爱的情事，此时此刻已经化作缕缕烟云，消散而去。“烟霭纷纷”四字，呼应词首的“微云”二字，是实写；而昨日之欢亦如“烟霭”，又是虚写。这样实中有虚，更添伤痛，有一种“柔情似水，佳期如梦，忍顾鹊桥归路”（秦观《鹊桥仙》）的伤悲和伤痛。

“斜阳外，寒鸦万点，流水绕孤村”，上片末三句再写暮冬晚景：看那暮冬晚景，但见眼前，夕阳西下，万点寒鸦点缀着天空，一弯流水绕着孤村。词人抓住富有特征的“斜阳”“寒鸦”“流水”和“孤村”等意象，巧妙化用隋炀帝“寒鸦飞数点，流水绕孤村”（《无题》）之诗意，以凄哀之景把词人“离肠万回结”（宋·魏夫人《好事近》）之饱含痛楚的内心写出来了。

词之下片，重在直抒胸臆。

“销魂，当此际，香囊暗解，罗带轻分”，换头处的这几句，笔力集中写伤悲：多么的悲伤啊，在这个时候，我心神恍惚，解开腰间的系带，取下香囊，相互赠送。“销魂”二字，化用南朝梁江淹《别赋》“黯然销魂者，唯别而已矣”之意，把词人内心“悲莫悲兮生别离”（战国楚·屈原《九歌·少司命》）、“孤栖怨别离”（唐·王适《古别离》）之无限伤悲、苦愁皆含其中。

“谩赢得、青楼薄倖名存。此去何时见也？襟袖上、空惹啼痕。”这几句写词人抚今追昔之伤感——自己徒然赢得青楼中薄情的名声罢了。这一离去，不知我们何时才能重逢？离别的泪水，已打湿了我的衣袖。这里，词人化用杜牧“十年一觉扬州梦，赢得青楼薄倖名”（《遣怀》）之诗意，来表露内心极其深厚的怨愤，且怨愤之甚竟然泪湿衣袖！这其中亦含有多次遭贬之怨恨。

“伤情处，高城望断，灯火已黄昏”，词末三句，以景收束，伤情无限：正在悲情伤心的时候，那高城已看不见了，只见万家灯火，天色已入黄昏。“望断”二字，无限伤情融于其中。“灯火”二字，直接映衬词人内心的冷寂和伤感。

这首词最为突出的特点有二：一是蕴情极深。本词可以说是句句有情，字字含情，情溢纸上。至情之语，感人肺腑。二是造句新奇，高妙。“斜阳外，寒鸦万点，流水绕孤村”的意趣、画境无与伦比，后人多有借鉴。“襟袖上，空惹啼痕”之“惹”字，拟人写情，情感至深。尤其是“山抹微云，天连衰草”二句，“诗情画景，情词双绝”（清·陈廷焯《词则·大雅集》卷二），成为千古绝唱。

鹊　桥　仙①

纤云弄巧②，飞星传恨③，银汉迢迢暗度④。金风玉露一相逢⑤，便胜却人间无数。　柔情似水⑥，佳期如梦，忍顾鹊桥归路⑦。两情若是久长时，又岂在朝朝暮暮⑧。

注　释

① 鹊桥仙：词牌名。又名“金风玉露相逢曲”“广寒秋”“鹊桥仙令”等。

② 纤云：指轻盈、细薄的云彩。弄巧：这里是指云彩在空中幻化出各种巧妙的花样。古时有七夕（七月初七）乞巧的习俗。

③ 飞星传恨：这里是指牵牛星飞过银河，向织女星传达离恨。民间传说牵牛织女下凡结为夫妇，为王母得知，将二人置于银河两岸，每年仅于七夕相会一次。

④ 银汉：指银河。迢迢：指遥远的样子。暗度：指悄悄地渡过。

⑤ 金风玉露：这里指秋风白露。

⑥ 柔情似水：化用宋寇准《夜度娘》“柔情不断如春水”句意。

⑦ 忍顾：怎么能忍心回顾。鹊桥：传说喜鹊在天河上搭桥，使牛郎、织女相会。

⑧ 朝朝暮暮：这里指朝夕相聚。语出战国楚宋玉《高唐赋》：“旦为朝云，暮为行雨，朝朝暮暮，阳台之下。”

题　解

这首词是宋代词人、“苏门四学士”之一的秦观所创作。关于此词创作背景，有多种说法：一、写于宋哲宗绍圣四年（1097）的七夕：词人因“影附苏轼，增损《实录》”而迭遭贬逐，途经长沙，邂逅喜欢自己乐曲的艺妓义倡，缱绻数日，临别相约重逢。次年写此词以寄情。二、为夫人徐文美而作。三、为蔡州营妓而作。四、因暗恋东坡侍妾王朝云而作。五、为党争被贬而作。当作于迭遭贬逐的宋哲宗绍圣元年（1094）之后。以此词暗喻身世之感。

此词语言优美，词旨婉约蕴藉，借牛郎织女悲欢离合的神话故事，讴歌了真挚、纯洁、坚贞的爱情。尤其是“两情若是久长时，又岂在朝朝暮暮”二句，“醒人心目”（明·李攀龙《草堂诗余隽》），成为千古名句。

赏 析

词之上片，着重写牛郎织女之聚会。

词一开篇，词人便以浪漫的笔触，描写牛郎织女相会之情景：“纤云弄巧，飞星传恨，银汉迢迢暗度。”轻盈、细薄的云彩在天空变幻多端，幻化出各种精巧、美妙的花样；天上的牵牛星满怀相思的愁怨，飞过遥远无垠的银河，要在今夜与心上人织女相会。词人直截了当，由“纤云”入笔，想象牛郎织女相会之场景。“纤云弄巧”四字，词人以云彩之轻柔多姿、幻化美妙，显示织女手艺之高超绝伦：不仅织布织丝如此，织云亦是如此。王母所画“盈盈一水间，脉脉不得语”（汉·无名氏《古诗十九首·迢迢牵牛星》）之“迢迢”银河，织女也要用她的“纤纤素手”（同前）为心上人牛郎的到来，铺云搭彩。“飞星传恨”四字，词人兼用拟人、比喻和借代之手法，形象地写出牛郎飞渡银河之情形。“传恨”二字，与写银河辽阔、遥远之“迢迢”相照应，突出了牛郎织女情感之深挚、相思之凄苦。“暗度”二字，与“弄巧”相映照，既点明“七夕”之词意，又暗扣“恨”字，写出他们相会之难得和艰难。

接着，词人宕开一笔，情不自禁地站出来，为牛郎织女之难得的相会生发赞叹：“金风玉露一相逢，便胜却人间无数。”——一对久别的情侣在秋风白露的“七夕”之夜相会重逢，就远远胜过尘世间那些长相厮守却貌离神合的夫妻。这里，词人巧妙化用李商隐“故教迢递作佳期”“可要金风玉露时”（《辛未七夕》）之诗意，把牛郎织女难得之相会写得十分美好，“不惟金玉其质，亦且冰雪为心”（清·李汝珍《镜花缘》），不仅超凡脱俗，而且高尚纯洁，冰清玉洁，让尘世之人赧颜羞愧。这里，词人以牛郎织女相距“迢迢”，亦有“七夕”相会之时，把自己连遭贬谪却难有君臣际会之机遇的忧怨蕴含其中。

词之下片，着重写牛郎织女之离别。

牛郎织女“迢迢”相会，又要匆匆相别。他们“执手相看泪眼，竟无语凝噎”（宋·柳永《雨霖铃》）；“柔情似水，佳期如梦，忍顾鹊桥归路。”相爱之情像流水一样长远，而相见之日却如梦境一般短暂，怎么忍心再从鹊桥回去？！他们分别之时都不忍去看那鹊桥归路。这里，词人即景设喻，自然而又巧妙：“似水”即照应词首之“银汉迢迢”，写出牛郎织女之情意深长，如绵绵流水，温柔而缠绵。“如梦”，即写出“佳期”竟如梦幻一般倏然而逝，乍聚乍离，怎能不让人心碎肠断？！“忍顾”二字，就把他们不忍别去之细节描写出来：竟不忍心去看牛郎来去之“鹊桥路”！词人着上“忍顾”二字，语意婉转之中，既有“真个别离难，不似相逢好”（宋·晏几道《生查子》）的依依惜别之无限辛酸，又有“聚散苦匆匆，此恨无穷”（宋·欧阳修《浪淘沙》）的乍聚乍离之无限憾恨。辛酸也罢，憾恨也罢，哪里又抵得过海枯石烂、“惟余心不变”（南朝宋·鲍令晖《古意赠今人》）之心心相印、忠贞不渝的爱情呢？！故而，词人揭示出爱情的真谛：“两情若是久长时，又岂在朝朝暮暮。”只要两情至死不渝，又何必要贪求那卿卿我我的朝欢暮乐呢？！真正的爱情，是经得起悲欢离合、艰难困苦甚至生死考验的！即使天各一方，只要“心似（原句是‘妾心’）江岸石，千古无变更”（宋·吴龙翰《乐府》），真心相爱，就是最美好的爱情，是值得让人们永远铭记的！词人这种高尚的爱情观和崇高的精神境界，远远超过了古代的同类作品，是难能可贵的，亦是值得称道的。故而，这两句亦成为爱情颂歌之中的千古绝唱。

这首词构思精妙，意旨深刻。词人妙以牛郎织女七夕相聚相别来结构全词，且融叙事、抒情与议论于一体，且上下片皆采用议论与叙事相间，然后生发深沉、真挚之议论，揭示出爱情之真谛，确是“化臭腐为神奇”（明·沈际飞《草堂诗余正集》卷二）之名作。

浣　溪　沙[①]

漠漠轻寒上小楼[②]，晓阴无赖似穷秋[③]。淡烟流水画屏幽[④]。　自在飞花轻似梦[⑤]，无边丝雨细如愁[⑥]。宝帘闲挂小银钩[⑦]。

注　释

① 浣溪沙：词牌名。原为唐教坊曲名。又名“浣溪纱”“小庭花”等。

② 漠漠：广漠而寂然无声。唐韩愈诗云：“漠漠轻阴晚自开，青天白日映楼台。”（《同水部张员外曲江春游》）轻寒：指微寒、薄寒，不同于严寒和料峭之春寒。

③ 晓阴：这里指早晨天阴着。无赖：指无可奈何，无所寄托，无有意趣。穷秋：秋天走到尽头，即晚秋。

④ 淡烟流水：这里指画屏上的山水景色：轻烟淡淡，流水潺潺。幽：指意境幽远。

⑤ 自在：指自由自在。

⑥ 丝雨：即细雨。

⑦ 宝帘：指缀着珠宝的帘子。词中用来形容华丽的帘幕。闲挂：这里指很随意地挂着。小银钩：这里指银质帐钩。

题　解

这首词是北宋词人秦观所作，是古代抒写春愁的名作之一，曾被誉为秦观词作中小令之压卷之作。

此词用字讲究，十分精妙。由“轻”“淡”“细”“小”等可体会其意境，由“寒”“烟”“花”“雨”“幽”等可领会主人公之心境。此外，比喻神奇，移情入景。运用白描，即景生情。词人以柔婉曲折的笔触，写出了一种淡淡的闲愁。

赏 析

词之上片，着重描写登楼所见和室内画景，侧面写“愁”。

词人乍一落墨，便直写登楼所见：“漠漠轻寒上小楼，晓阴无赖似穷秋。”我登上小楼，只觉得一阵微微的寒冷毫无声息地向我袭来。我举目四望，只见拂晓的天空阴沉沉的，竟像是那荒凉的暮秋。“漠漠”二字，把微微的寒冷写得极为形象，化无形的“轻寒”为有形，如烟似雾般侵入词人的身体。“无赖”二字，兼用比喻和拟人两种修辞手法，渲染出暮春凄寒之气氛。“似穷秋”，再以比喻手法写出词人总的感受：时当暮春，却有着暮秋的冷寂、幽忧。这就把词人的隐忧之心境蕴含其中。

词人默默下楼，走入室内。只见室内“淡烟流水画屏幽”——彩色的屏风画着淡烟笼罩流水，也是一片迷离隐幽。这里，词人用画境中的淡烟、轻流来烘托一种淡远、幽迷、宁静的气氛。而这种氛围恰与主人公幽隐的心境相一致。这一句，词人运用白描的手法，做到了情融于景、意浑于境，确为佳句。

词之下片，着重描写倚窗所见，正面写“愁”。

换头处两句“自在飞花轻似梦，无边丝雨细如愁”，亦景亦情：自由自在的柳絮在空中飞舞，就如同虚无缥缈的梦境；无边无际的细雨漫天洒落，就像是我心中排遣不掉的幽幽哀愁。这两句是词人以诗入词的佳句，不仅对仗严谨、工稳，且色彩、情感的设置和表达极为准确，妙用比喻，似为天成，与杜工部之“感时花溅泪，恨别鸟惊心”（唐·杜甫《春望》）和李后主之“问君能有几多愁，恰似一江春水向东流”（五代南唐·李煜《虞美人》）有异曲同工之妙，皆为千古名句。

词末一句“宝帘闲挂小银钩”，是一个细节描写：心境幽忧，万般无奈，我把精美的窗帘挂起。词人用这看似不经意的动作描写作结，其章法和技巧极为精妙：一是就词意来说，此句当在换头之“自在飞花轻似梦，无边丝雨细如愁”之前。因为当主人公挂起窗帘的那一刻，方才瞧见换头处所描写的景色，才有此二句的描写。二是就词章来说，此句倒装于词末，使上、下片词句对称、工整，有一种结构、形式之美。另外，从词意上来说，上片和下片的结句皆为室内，这样便使上、下片室外之“愁”境和室内之“愁”人一一对应，更为清晰、分明，不说“愁”而“愁”从画境和细节中自可显出。本句着一“闲”字，也极为精妙：这个“闲”字正是全词的感情基调，把词中主人公百无聊赖之情愁意绪，一字贯通，卒章显志。正如前人所评：“体制淡雅，气骨不衰，清丽中不断意脉，咀嚼无滓，久而知味。”（宋·张炎《词源》卷下）这个“闲”字，亦与南宋诗人赵师秀《约客》之“有约不来过夜半，闲敲棋子落灯花”中的“闲”字一样，“闲”字不闲！这种貌似闲适、安逸，实则反映了主人公的愁闷和极度不安。

这首词短小精悍，把笼罩于词人心间道不明、排不开的愁情苦绪，用四十二字表达出来，意蕴深长，这正是词人年少丧父、仕途坎坷遭际之真实写照。

这首词用语精妙。比如“自在飞花轻似梦，无边丝雨细如愁”两句，除过我们前面所述的对仗精工、比喻妙成之外，还有对比和映衬；“自在飞花”和“无边丝雨”之无情无思、无恼无怒、无喜无忧与词人无法排遣之万千愁绪形成鲜明的对比和反衬，有一种“以我观物，而物皆著我之色彩”的艺术效果，成为千古名句，理所应当。

贺　铸

贺铸（1052—1125），字方回，自号“庆湖遗老”，因其相貌丑陋，人称“贺鬼头”。原籍越州山阴（今浙江绍兴），长于卫州（今河南汲县）。北宋词人。少时使酒尚侠，不肯屈节权贵，以致仕途不甚得意。曾任泗州、太平州通判。晚年生活穷困，退居苏州。喜校书，能诗文，尤以词名于世。词多刻画闺情离思，也有抒发怀才不遇、人世沧桑之慨叹及纵酒狂放之作品。风格多样，兼具婉约与豪放之词风，情深语工。因“试问闲愁都几许？一川烟草，满城风絮，梅子黄时雨”等句，兴中有比，意味深长，时人皆服其工，故有“贺梅子”之称。有《庆湖遗卷集》《东山词》留世。

青　玉　案①

凌波不过横塘路②，但目送，芳尘去③。锦瑟华年谁与度④？月台花榭⑤，琐窗朱户⑥，只有春知处。　　飞云冉冉蘅皋暮⑦，彩笔新题断肠句⑧。试问闲愁都几许⑨？一川烟草⑩，满城风絮⑪，梅子黄时雨⑫。

注　释

① 青玉案：词牌名。取义于东汉张衡《四愁诗》“何以报之青玉案”。又名“横塘路”。

② 凌波：这里用来形容女子步履轻盈。横塘：在苏州盘门外十余里。此为词人隐居之所。

③ 芳尘去：此指美人远去。

④ 锦瑟华年：这里指美好的青春时期。锦瑟：即饰有彩纹的瑟。

⑤ 月台：赏月的露天平台。花榭：这里指建筑在月台之上的周围植有花木的屋子。

⑥ 琐窗：指雕绘连琐花纹的窗子。朱户：指朱红的大门。

⑦ 冉冉：这里指云彩缓缓飘动的样子。蘅皋（hénggāo）：指长着杜蘅（一种香草）的水边高地。

⑧ 彩笔：这里喻指有写作的才华。典出《南史·江淹传》。断肠句：指所写皆为伤感的诗句。

⑨ 都几许：即总计为多少。

⑩ 一川：指一片平原。

⑪ 风絮：指随风飘舞的柳絮。

⑫ 梅子黄时雨：江淮流域初夏（农历四五月间）阴雨连绵，时值梅子成熟，故称梅雨。

题 解

这首词是北宋词人贺铸的代表作。因此词其《东山词》改名《横塘路》。为词人晚年退隐苏州期间所作。

此词通过描写暮春之景，抒发了词人孤寂幽居之愁思。词人思美人（实为美好理想之象征）而不得，因而伤感肠断，故而“山谷老人”（北宋诗人黄庭坚）如此评价此词：“解道江南肠断句，只今惟有贺方回！”（《寄方回》）

赏 析

词之上片，以象征手法抒写内心失意之凄楚。

词人退隐苏州之后，经常徜徉于居所横塘的郊野。这一天，他的眼前似乎出现了幻景：“凌波不过横塘路，但目送，芳尘去。”美人啊，你那轻盈的步履不肯来到我住的横塘，我只好伤心地目送着你，目送着你带走满身的芬芳。词人以化用开篇：以“凌波”“芳尘”巧妙化用曹子建之“凌波微步，罗袜生尘”

（三国魏·曹植《洛神赋》）之句意，形象地描写出美人远去之情景。“不过”二字，深含遗憾之意。“目送”二字，把词人难以目见真容、仅能遥睹倩影远去之一往情深的憾恨蕴含之中。“芳尘去”三字，运用细节描写，写出词人可望而不可即之痛苦。因为这里的美人，实则是词人美好理想的象征。词人本性耿直，不肯屈节权贵，且擅于评论时政，雌黄人物，一生只做过泗州、太平州通判等官，一直沉沦下僚，仕途潦倒。故而，到了晚年生活穷困、退居苏州横塘之后，仍然难以忘怀对美好理想的追求。这里，词人用“芳尘”以喻理想，正是他怀才不遇之形象写照。

基于对理想之可望而不可即之憾恨，词人紧承上句，对美人展开进一步的想象：“锦瑟华年谁与度？”美人啊，不知你与谁为伴，共度这锦瑟般美好的时光？这里，词人巧妙化用“玉谿生”之“锦瑟无端五十弦，一弦一柱思华年”（唐·李商隐《锦瑟》）之诗意，来推测、想象“佳人”之生活状况，把词人那种“佳人慕高义，求贤良难独”（三国魏·曹植《美女篇》）之壮志难酬之憾恨蕴含其中。

接着，词人用无比婉惜的笔触，再加想象“佳人”之寂寞：“月台花榭，琐窗朱户，只有春知处。”在那赏月之露天平台上的周围植有花木的屋子里，朱红色的小门映着花格的琐窗，可这只能是我的想象，只有春风才能知道你——佳人生活的地方。这里，词人用“只有”与上句的“谁与”相呼应，进一步抒写出词人有志难伸之怅惘以及晚境穷愁困顿之凄凉。

词之下片，妙用博喻描写心中之闲愁。

过片二句“飞云冉冉蘅皋暮，彩笔新题断肠句”，词人见景而生悲情：朵朵暮云飞过蘅皋，长满杜蘅的小洲已暮色苍茫；佳人一去而不复返，我用彩笔写下这令人伤心断肠的诗行。上句，景中有情：词人伫立居所良久，但见暮色四合，才蓦然醒悟。可见词人愁思之深重。下句直抒胸臆：转写词人自身理想难以实现的伤悲，以“断肠句”来抒写自己“被褐怀金玉，兰蕙化为刍”（汉·赵壹《鲁生歌》）的愁苦。

词末“试问闲愁都几许？一川烟草，满城风絮，梅子黄时雨”这四句，词人运用一问三叠答，来抒写内心无法除去之愁思：如果要问我心中那莫名的哀愁有多少？就像这满地一望无际、烟雨笼罩的青草，就像这满城随风飘转、沸沸扬扬的柳絮，就像这梅子黄时的无边无际、迷迷茫茫的绵绵细雨。这里，词人运用博喻的修辞手法，连用三个极有特征的比喻，将词人心中极为抽象的、难以捉摸的愁思写得具体而生动，确为独创之神来之笔，将无形化为有形，将抽象化为形象，将无可捉摸化为有形有质、可触可感，显示了词人超凡的艺术才能和卓越、卓绝的艺术表现力。

这首词最突出的特点有二：一是象征手法。词人继承我国第一个伟大的爱国诗人屈原之“望美人兮未来，临风怳兮浩歌”（《九歌·少司命》）的以美人来象征理想的传统，通过对“美人”的怀想、追念来表达理想未能实现的苦闷和忧伤。二是妙用博喻。词末三句，用颇具江南特征之暮春风物——“烟草”“风絮”“梅雨”，再加之以“一川”“满城”等词来修饰，便觉迷漫朦胧，三者和谐一体，构成一幅江南暮春图。比之前人或以山喻愁，或以水喻愁，高出多筹，出色生新，可谓千古绝唱。

芳心苦[①]

杨柳回塘[②]，鸳鸯别浦[③]。绿萍涨断莲舟路[④]。断无蜂蝶慕幽香[⑤]，红衣脱尽芳心苦[⑥]。　返照迎潮[⑦]，行云带雨[⑧]。依依似与骚人语[⑨]。当年不肯嫁春风，无端却被秋风误[⑩]。

注　释

① 芳心苦：词牌名。又名“踏莎行”“柳长春”“喜朝天”等。
② 回塘：指曲折的堤岸。
③ 别浦：即大河的支流。
④ “绿萍”句：意为水面布满了绿萍，采莲船难以前行。莲舟，采莲之船。
⑤ “断无”句：化用唐崔涂《残花》诗“蜂蝶无情极，残香更不寻”之诗意。
⑥ 红衣：荷花花瓣。芳心：指莲心，莲实。因其胚胎色碧味苦，故而说“芳心苦”。
⑦ 返照：这里指夕阳的回光。潮：此指晚潮。
⑧ 行云：指流动的云。
⑨ 依依：指荷花随风摇摆依恋的样子。骚人：诗人。这里指屈原，其代表作《离骚》中有“制芰荷以为衣兮，集芙蓉以为裳”。后多指失意诗人。
⑩ “当年”二句：拟写荷花有“美人迟暮”之感。不肯嫁春风，从唐韩偓《寄恨》诗中“莲花不肯嫁春风”化出。

题 解

这首词是北宋词人贺铸所作。词人虽然出身高贵（宋太祖孝惠皇后五代族孙），却长期屈居下僚，故而心中之苦楚难以言尽。词人生性耿直，好评论时政，稍不如意，便口无遮拦，尽情说出。此词便是词人借吟咏荷花，来抒发自己沦落不遇之感慨。

此词一唱三叹，词人将满腔之慨叹、惋惜之情皆融词中，“如怨如慕”“如泣如诉”“压倒今古”（清 · 陈廷焯《云韶集》卷三）。

赏 析

词之上片，重在以荷花自况。

词人先从荷花所在之地下笔：“杨柳回塘，鸳鸯别浦。绿萍涨断莲舟路。”堤岸上的杨柳围绕着曲折的池塘，池塘里常有鸳鸯鸟飞起，偏僻的水渠里，水面布满了绿萍，采莲的船儿也难以前行。起首这三句，写出荷花所在地为“回塘”“别浦”，是一个极不显眼、不易为人所发现的地方，此环境亦是不为人们所看重和爱慕的。然而，堤岸之上的“展尽黄金缕”（五代南唐 · 冯延巳《蝶恋花》）之“杨柳”，池塘水面时而起落的鸳鸯鸟，给池塘中的荷花增色不少，起到了极好的陪衬效果：绿红相衬，着色鲜艳、亮丽；一动一静，更显恬静、自然。“绿萍”的出现，既是实写，又含隐喻：荷花虽美，却被绿萍重重遮挡“莲舟”（采莲之船）的到来。在这“靡靡绿萍合，垂杨扫复开”（唐 · 王维《皇甫岳云溪杂题 · 萍池》）之环境中，艳美之荷花又怎能见得天日呢？！这正如词人一样，虽有才能却无人发现、引荐，致使仕途不顺，难以遂意。由此可见，词人明是写景，实则喻暗自己之遭际和处境，托喻极为隐讳、委婉。

接着，词人再进一步加以设想：“断无蜂蝶慕幽香”——既然“荷花”所处环境不好（长于“回塘”“别浦”，又被重重“绿萍”遮“断”“莲舟路”），那么总能招引些蜜蜂和蝴蝶吧？然而，事实却是：断然没有蜜蜂和蝴蝶，来倾慕荷花那幽幽的芳香。这里，词人以荷花之“幽香”，来喻比自己高洁的品德；以

"蜂蝶"之断然不来，来喻比自己"笳鼓动，渔阳弄；思悲翁，不请长缨，系取天骄种，剑吼西风"（贺铸《六州歌头》）有志难伸、不得重用的伤悲。可说言少意丰，十分凄怆。"断无"二字，满含凄怨之情。

歇拍一句"红衣脱尽芳心苦"，总结上片："莲舟"不来，"蜂蝶"不慕，美艳、馨香的荷花只能渐渐地衰老，亦只能结一颗苦涩的芳心。这里，词人以花比人：荷花盛时虚过，旋即凋残、衰败；自己德才兼备，却难得重用，倍感怨懑和愁苦。语意双关，哀怨深重。

词之下片，词人重在借荷花言志。

过片宕开一笔，缘情而布景："返照迎潮，行云带雨。依依似与骚人语。"落日的余晖，返照在荡漾的水波之上，迎来由浦口流入之潮水；天空的流云，带着几点或一阵小雨，飘洒在荷塘之中，无情地打在荷花之上。随风摇曳的荷花呀，像是向骚人诉说衷肠。这里，前两句以景喻情。荷花饱经风雨，自开自落，即使花盛花艳之时，亦无人欣赏、采摘。这正如词人的遭际，虽有才德，不得重用，比喻十分恰切。"依依"一句，巧妙化用"诗仙"之"荷花娇欲语，愁杀荡舟人"（唐·李白《渌水曲》）之诗意，以拟人的手法，表达词人"制芰荷以为衣兮，集芙蓉以为裳"（战国楚·屈原《离骚》）的芳洁心志。着一"似"字，化静为动，把词人敬仰、追随屈原之意蕴含其中，写出了词人忧国忧民、有才难展、有国难报的凄苦心情。

词末二句"当年不肯嫁春风，无端却被秋风误"，是词人以想象的手法，写出荷花向"骚人"所说的话：当年我不肯在春天开放，如今却无缘无故地在秋风中受尽凄凉。这里，词人巧妙化用"莲花不肯嫁春风"（唐·韩偓《寄恨》）和反用"沉恨细思，不如桃杏，犹解嫁东风"（宋·张先《一丛花》）之诗（词）意，表达心志，是词人的自喻之语：荷花不愿与群花一样在春天开放，正是词人孤芳自赏的性格之真实写照；到了秋天荷花红衣尽脱，也正抒发了词人不为世俗所容而沉沦下僚的深重感叹。

这首词最显著的特点：以荷花自比自喻。词人把自己的身世、遭际皆寄托于荷花，自况言志，将心碎、泪随之"无端""哀怨"（清·陈廷焯《白雨斋词话》卷一）尽皆含于词中，既生动形象，又委婉含蓄，其才士沦落不遇之境遇令人感慨不已、扼腕叹息。

仲　殊

仲殊（生卒年不详），名挥，本姓张。僧人，字师利。安州（今湖北安陆）人。北宋词人。曾应进士试。喜食蜜，苏轼戏称“蜜殊”。据说其年轻时风流倜傥，放荡不羁，因此妻子极为不满，曾在食物中下毒，幸而得救。于是，心灰意冷，弃家为僧。先后住苏州承天寺、杭州吴山宝月寺。但不甚遵守佛门清规，虽不食肉，却嗜酒、蜜如命，每食必饮酒食蜜。其词清丽，颇有美感。有《宝月集》一卷留世。

南　歌　子①

十里青山远，潮平路带沙②。数声啼鸟怨年华③。又是凄凉时候在天涯④。　白露收残暑⑤，清风衬晚霞⑥。绿杨堤畔闹荷花⑦。记得年时沽酒、那人家⑧。

注　释

① 南歌子：词牌名。原为唐教坊曲名。又名“南柯子”“春宵曲”“风蝶令”等。

② 潮平：这里指潮落。

③ 怨年华：这里是指鸟儿哀怨叹息年光易逝。

④ 凄凉时候：这里指天各一方之凄凉的日子。

⑤ 白露：节气名，在公历九月七、八或九日。此时已暑末秋初，故曰“收残暑”。

⑥ 衬：送。

⑦ 闹荷花：这里形容荷花盛开。

⑧ 年时沽酒：指去年买酒。那人家：那个人，指作者自己。家，语尾助词，无实义。

题　解

这首词是北宋词人仲殊所作，大约作于词人出家为僧之后。全词以清新、优美的笔触，描绘出江南夏季的景色，且引发对往事的回忆，抒写了对尘世生活的眷恋之情。

赏　析

词之上片，重在从空间着眼。

词人乍一开篇，直写眼前所见：“十里青山远，潮平路带沙。”远远看去，十里之外的青山连绵不断；近瞧眼前，脚前的潮水刚刚退去，那路上还留带着泥沙。词之上句，写的是远景。词人着一“远”字，与“十里”二字相呼应，准确地点示出词人所在位置及所见景致，有一种“平芜尽处是春山，行人更在春山外”（宋·欧阳修《踏莎行》）的意境；同时，又把词人弃家不归的惆怅、凄冷之情蕴含之中。词之下句，写的是近景。说明了词人所在具体位置：近在水边，路面有泥沙。这样，词人使用十字勾画出一个具体的环境：空阔而寂寥，远山而近水。

接着，词人便由眼见转写耳闻之感受，“数声啼鸟怨年华”，偶尔听到几声鸟的鸣叫，那叫声似乎是在哀怨时光易逝。这里，词人运用移情入景的手法，写出其真实而又真切的感受。本来，“数声啼鸟”传入耳中，不同的人是会有不同的感受的：这“鸟啼”对于心情愉悦者来说，可谓天籁之音，带来赏心之快感；而对于弃家为僧的词人来说，全然无有半点赏心和愉悦，只会觉得时光流逝之快、老境到来之速！词人把自己的心理情感移入到所见所闻之中，故而觉得“山远”且“路”不洁净，就连声声鸟啼亦是哀怨而伤感，就有了“听著鸣蛩，一声声是怨”（宋·王月山《齐天乐》）的感受。

上片的末句直接写出词人的心绪："又是凄凉时候在天涯。"又是一个天各一方的凄凉日子，我远在这海角天涯。这一句，词人直写自己难以言说的"凄凉"处境。风流放荡，不珍惜美好的家庭生活，无奈之下弃家为僧。故而以"在天涯"之"凄凉时候"表达对这种生活的厌倦及内心之痛苦。尤其是"又是"二字，说明这种厌倦、痛苦已非一日，而是时日已久，一直啮咬着词人痛苦之心。这亦是词人难挨苦痛、决然以自缢结束一生之根由。

词之下片，重在从时间下笔。

换头二句"白露收残暑，清风衬晚霞"，紧承上片，描写难挨的时间推移之进程：秋凉的夜露消除残暑的余热，拂晓的徐徐清风送走了那夕阳残照下的晚霞。这里，词人用工整的对仗句，选取"白露""残暑""清风""晚霞"等意象，将孤寂、伤感之情融于其中，看似美之意象，却融汇了一种"夕阳无限好，只是近黄昏"（唐·李商隐《乐游原》）的伤感。

"绿杨堤畔闹荷花。记得年时沽酒、那人家。"词末二句，词人触景而生情：我站在绿杨堤畔，询问那池中盛开的荷花：你可还记得，去年在此买酒的醉汉？这里，词人以回光返照的手法，追忆曾经的乐事。并且采用拟人的手法来写，面对最圣洁之物——荷花（佛教创始人释迦牟尼佛像都是坐在莲花之上的）来诉说的。词人虽然弃家为僧，可仍然沽酒成醉，可见心中之孤凄。这亦与上片的"又是凄凉时候在天涯"相照应，写出词人内心之无比的凄苦。

这首词思路清晰，手法精妙。词人以空间和时间来构思全词，且寓情于景，以追忆兼拟人、反衬等手法更加重了内心之伤悲。此词"追思远人，追忆往事，委婉真切，堪当一《悲秋赋》"（明·李攀龙《草堂诗余隽》）。

周 邦 彦

周邦彦（1056—1121），字美成，自号“清真居士”。钱塘（今浙江杭州）人。北宋词人。元丰初，献《汴都赋》万余言，为神宗所赏识，由诸生擢为太学正，历任地方官职多年。徽宗时提举大晟府（中央音乐机关），为皇室制礼作乐。其词多写艳情与羁愁，内容贫乏。但长于铺叙，文字上刻意锤炼，善于熔铸古人诗句入词。由于他精通音律，能自度曲，创制了不少新调；又以四声入词，格律法度极为精审，对词的发展有一定贡献。词作风格典雅精丽，唯过于强调格律、句法，开南宋格律派形式主义词风之先河。其作品在婉约词人中被尊为“正宗”。旧时词论称其为“词家之冠”或“词中老杜”。有《清真集》留世。

苏 幕 遮①

燎沉香②，消溽暑③。鸟雀呼晴④，侵晓窥檐语⑤。叶上初阳干宿雨⑥。水面清圆⑦，一一风荷举⑧。　　故乡遥，何日去？家住吴门⑨，久作长安旅⑩。五月渔郎相忆否？小楫轻舟⑪，梦入芙蓉浦⑫。

注 释

① 苏幕遮：词牌名。原为唐教坊曲名。又名“鬓云松令”“云雾敛”等。

② 燎（liáo）：指以小火烧炙。沉香：一种乔木，是名贵香料，

能沉于水，故又称沉水香。

③ 溽（rù）暑：这里指夏天潮湿闷热的天气。溽，潮湿、湿润。

④ 鸟雀呼晴：古有鸟鸣可占晴雨之说。

⑤ 侵晓：即拂晓、破晓，天刚亮。侵，渐近。

⑥ 宿雨：此指昨夜之雨。

⑦ 清圆：指清亮圆润。

⑧ 一一风荷举：意为晨风吹过，每一朵荷花都挺出水面。举，挺起、擎起。

⑨ 吴门：即浙江北部，古属吴地。此指作者家乡钱塘（今杭州）。

⑩ 久作长安旅：意即长年旅居于京城。长安，本指陕西西安，为汉唐故都。这里借指北宋的都城汴京（今河南开封）。旅，客居。

⑪ 楫（jí）：划船的船桨。

⑫ 芙蓉浦：这里指长满荷花的池塘。芙蓉，即荷花。浦，水滨，此处指池塘。

题　解

这首抒写思乡之情的词为北宋词人、“清真居士”周邦彦所创作。作于宋神宗元丰六年（1083）至宋哲宗元祐元年（1086）期间。当时词人久客京师，因献《汴都赋》由太学生擢为太学正，正处于人生上升阶段。故而词作景、情皆出于天然，不事雕饰却风情万种，那雨后荷花之绰约风姿，那“小楫轻舟”之归梦，皆写得清新淡远，别具一格。

赏　析

词之上片，重在写景。

这是一个闷热的盛夏时节，暑气特重，词人便想方设法来消除暑热：“燎沉香，消溽暑。”他细焚沉香，来消除夏天闷热而又潮湿的暑气。这样的一个细节描写，既透露出环境之清静，又表现出词人内心之安宁。这两句，词人从室内下笔，以焚香的细节，既写了环境，又写了自己的心境，通过自然的描写，衬托出环境和心情。

接着，词人将笔触转向了室外：“鸟雀呼晴，侵晓窥檐语。”拂晓时分，鸟雀鸣叫欢呼着晴天，站立檐下东张西望，似乎说着悄悄话。这里，词人给我们勾画了一个细节：昨夜风雨，今晨却已转晴，那喜欢晴日的“鸟雀”亦欢呼雀跃。这样一幅画面，给人一种清新、温馨之感。由此可见，词人的心情亦是很不错的。

词人接着把眼光投向风景独好的池塘：“叶上初阳干宿雨。水面清圆，一一风荷举。”荷叶之上昨夜的雨水，已被初出的太阳晒干。水面之上的荷叶清亮圆润，晨风吹过，朵朵荷花都昂起头来。这里，词人又以白描手法描绘出一幅极为精彩动人的画面——“雨后风荷图”。词人兼用想象和拟人的手法，极为生动而又逼真地描写出昨夜雨珠被初阳晒干以及清风中荷花亭亭玉立、鲜艳夺目的绰约姿态，栩栩如生，如在目前。

词之下片，重在抒情。

过片二句“故乡遥，何日去？”大概词人由此及彼，想到了家乡，一股难以抑止、油然而生的久客思乡之情怀荡漾在心头：看到如此风景，我想到了遥远的家乡，什么时候我才能回去啊？词人客居京师，怎能不眷恋故土呢？！因为“征夫怀远路，游子恋故乡”（汉·无名氏《诗四首》之四）啊！“家住吴门，久作长安旅。”我家本在吴越一带，如今却长久地客居汴京。词人本是钱塘（今杭州）人，如今却客居都城汴京（今河南开封）。客居愈久，思乡之情愈加强烈，“羁鸟恋旧林，池鱼思故渊”（晋·陶潜《归园田居五首》之一），何况特别看重乡情、亲情的词人呢？！

词人又想到了故乡的朋友：“五月渔郎相忆否？”现在已是五月了，我那故乡小时候的伙伴渔郎是否还在想我？这里，词人巧用“写对方”的方法，把思绪直接引入江南的朋友身上，不说自己思念故乡、怀念“渔郎”，而是写家乡江南的“渔郎”在想念自己，使思家念友之情更加深厚，与“诗圣”之“今夜鄜州月，闺中只独看”（唐·杜甫《月夜》）有异曲同工之妙。

词末二句“小楫轻舟，梦入芙蓉浦”，词人直叙梦境：我在梦中，回到了朝思暮想的故乡，我划着一叶扁舟，进入那小时的荷花塘里。词人以梦境收束全词，虚中有实，亦虚亦实，以“舟入芙蓉浦”的画面，不仅与上片之雨后荷塘相呼应，使全词贯通一气，而且以特有的江南风光和生活图景，更加勾起浓浓的思乡之情。融情入景不露痕迹，使思乡之情更为深厚、真挚，确是妙手天成，真可谓“状难写之景如在目前，含不尽之意见于言外”（宋·欧阳修《六一诗话》)。

这首词最为突出的特点是：手法精妙。词人运用白描的笔法，以“蒙太奇”(镜头组接)的手法，通过眼前和追忆的几幅特写镜头(亦即画面)，诸如“燎香消溽图”“鸟雀呼晴窥檐图”“雨后风荷图”“渔郎相忆图”以及“舟入芙蓉浦”等数幅画面，把词人刻骨铭心的思乡、恋土之情抒写出来，“风致绝佳，亦见先生胸襟恬淡”(清·陈廷焯《云韶集》)，从而使此词成为千古绝唱。

满　庭　芳①

夏日溧水无想山作②

风老莺雏③，雨肥梅子④，午阴嘉树清圆⑤。地卑山近⑥，衣润费炉烟⑦。人静乌鸢自乐⑧，小桥外、新绿溅溅⑨。凭栏久，黄芦苦竹⑩，疑泛九江船。　　年年，如社燕⑪，飘流瀚海⑫，来寄修椽⑬。且莫思身外，长近尊前⑭。憔悴江南倦客，不堪听、急管繁弦⑮。歌筵畔，先安簟枕⑯，容我醉时眠。

注　释

① 满庭芳：词牌名。又名“锁阳台”“满庭霜”等。

② 溧（lì）水：地名，在今江苏南京。无想山：在溧水南十八里。

③ 风老莺雏：此指幼莺在暖风中长大。

④ 雨肥梅子：指雨后梅子晶莹肥美。

⑤ 午阴：指中午时分的树荫。嘉树：这是对树的美称。

⑥ 地卑：这里指地势低洼。

⑦ 润：即“湿”。炉烟：此指南方梅雨季节很潮湿，衣服易发霉，故而用炉香烘熏衣服，以除潮气。

⑧ 人静乌鸢（yuān）自乐：此句写雨后午晴，山林中人静而乌鸦、鹞鹰自乐的景象。

⑨ 溅溅：这里拟写流水声。

⑩ 黄芦苦竹：此指枯黄的芦苇和清瘦的竹子，是生长在低湿处的野生植物，用以形容地方荒凉。

⑪ 社燕：因燕子春社时飞来，秋社时飞去，故称社燕。社，古代祭社神的日子。立春后五戊为春社，立秋后五戊为秋社。

⑫ 瀚海：这里指广大如海之沙漠。

⑬ 修椽（chuán）：指承屋瓦的长椽。燕子常于椽下筑巢。

⑭ “且莫”二句：化用唐杜甫“莫思身外无穷事，且尽生前有限杯”（《绝句漫兴九首》其四）之诗意。莫思身外，即不考虑身外（指功名利禄）之事。尊，同“樽”，古代盛酒的器具。

⑮ 急管繁弦：这里指各种乐器同时演奏的热闹场景。

⑯ 簟（diàn）枕：床具。簟，竹席。

题　解

这首词是北宋词人周邦彦所作。作于词人任溧水县令之时，年已三十八岁。七年前，词人被外放，辗转七年，当上小小的知县。这对有抱负有才干的词人来说，那种失意和苦闷，是难以忍受的。于是，感慨万端，写下此词，以求得自我解脱。

此词虽为怨愤之作，却并不激烈，以含蓄、委婉的笔触，以景融情，借处境抒怀，于“沉郁顿挫中别饶蕴藉”（清・陈廷焯《白雨斋词话》卷一）。

赏　析

词之上片，着重描写江南初夏之景色。

词人外放七年，方才被任用为江南小县——溧水县令。他心绪烦乱，步行至县城之南十多里的无想山，想平息平息心绪。他放眼望去，便见春光已去之景：“风老莺雏，雨肥梅子，午阴嘉树清圆。”暖风习习，小黄莺渐渐长大；细雨霏霏，梅子在雨水的滋润下成熟；时值中午，阳光直射下的树影也显得清晰圆正。前两句，化用了唐代诗人杜牧之“风蒲燕雏老”（《赴京初入汴口》）和杜甫之“红绽雨肥梅”（《陪郑广文游何将军山林十首》之五）诗意，可见眼前之景，已使词人心绪颇为平静。尤其是“老”“肥”二字，形容词活用为动词，极为生动形象地描写出雏莺长大、梅子成熟的颇含欣喜的景致。后一句，则又化用唐代诗人刘禹锡“日午树阴正”（《昼居池上亭独吟》）之诗意，用“清圆”二字极为逼真地描绘出绿树成荫、亭亭如盖之景象。由此可见，一路风景，尤其是眼前景致已平复了词人烦乱的心境，已显现出一种随遇而安的心情。大自然确是安抚精神之良药啊！

转眼之间，词人又看到另一番景象："地卑山近，衣润费炉烟。"溧水地势低洼，附近环绕着山峦，衣服容易潮湿，常常要花费许多炉烟，才能熏干衣服。这种境况，正如"诗魔"白居易所写的"住近湓江地低湿"(《琵琶行》)一样，此地亦是地势低凹，十分潮湿，身上之衣常要炉烟熏干。词人着一"费"字，可见衣服湿度之大，费时良多。既具体，又精炼，写出了"地卑"山近之特点。从这里，又可见出词人心中的烦扰并未完全消除。

词人再往前行，又见一番风景："人静乌鸢自乐，小桥外、新绿溅溅。"没有人声，鸟儿们自得其乐，也显得快乐轻闲；小桥的外面，溪水清澈，发出溅溅的流水声。这几句，描写出两幅清静的景象。"人静"和"乌鸢自乐"相衬之景，以静衬动，将词人的羡慕之心蕴含其中，可以见出词人心中亦有些许的苦闷和不快；桥下水声溅溅，以动写静，既巧妙呼应上面的"地卑""衣润"，突出雨多、湿气重之特点，又将词人从鸟乐、水声之中得到的悠然之感融汇其中。

词人凭栏伫立凝目之间，又是一番感触："凭栏久，黄芦苦竹，疑泛九江船。"我长久地倚靠着栏杆，恍惚中感到，自己就像白居易被贬九江之时，在黄芦苦竹间寂寞地独自泛舟。词人凭栏凝望之中，感到此时所见，与白居易笔下之"黄芦苦竹绕宅生"(《琵琶行》)何其相似乃尔！故而生发"同是天涯沦落人"(同前)之感慨，亦是必然。

词之下片，着重抒发羁旅他乡之哀怨。

换头处四句"年年，如社燕，飘流瀚海，来寄修椽"，词人由景而情，生发身世之叹：一年又一年，我就像那春来秋去的社燕，漂泊在犹如海之沙漠的荒凉空旷的僻野，客居在他人的房檐。这里，词人以"社燕"自喻，将频频飘流的宦海愁怨抒写出来，真的是"怨于心者，哀声可以应木石；感于情者，至性可以通神明"(唐·骆宾王《上吏部裴侍郎书》)啊！

既然如此，词人便觉还是要从苦闷之中解脱出来："且莫思身外，长近尊前。"还是不要多想那身外之事吧，不妨多喝点酒，可以消解心中之愁怨。这里，词人又化用了"诗圣""莫思身外无穷事，且尽生前有限杯"(杜甫《绝句漫兴九首》其四)和杜牧"身外任尘土，尊前极欢娱"(《张好好诗》)之诗意，表现出一种达观之心态。

词人倍感倦怠，不妨寻些欢乐："憔悴江南倦客，不堪听、急管繁弦。"我这个形容憔悴的江南倦客，受不了那酒宴之上的管弦乐声。这里，词人用"憔悴江南倦客"点明词旨，表达了对宦海生涯的极度疲倦以至"憔悴"和"不堪"的痛苦心情，把心中之失意、苦闷一股脑儿倾倒出来。词末便以悲凉的笔触，求得解脱："歌筵畔，先安簟枕，容我醉时眠。"请在宴席的旁边，给我安个枕席，容许我在喝醉之时就地而眠。这三句，把词人以醉遣怨、无可奈何的心境全盘托出，显然有一种"举杯消愁愁更愁"（唐·李白《宣州谢朓楼饯别校书叔云》）的悲苦滋味。

这首词颇为显著的特点是：词旨深刻，化用巧妙。词人紧扣"憔悴江南倦客"之主旨，化用杜甫、白居易、杜牧等前人的诗句，抒写出宦海生涯的种种失意和苦闷，含蓄蕴藉，意旨深厚。

西　　河①

金陵怀古②

佳丽地③，南朝盛事谁记④。山围故国绕清江⑤，髻鬟对起⑥。怒涛寂寞打孤城，风樯遥度天际⑦。　断崖树⑧，犹倒倚。莫愁艇子曾系⑨。空余旧迹郁苍苍，雾沉半垒。夜深月过女墙来⑩，伤心东望淮水⑪。　酒旗戏鼓甚处市⑫？想依稀、王谢邻里。燕子不知何世，入寻常、巷陌人家⑬，相对如说兴亡，斜阳里。

注　释

① 西河：词牌名。原为唐教坊曲名。又名“西河慢”“西湖”等。

② 金陵：今江苏南京。

③ 佳丽地：即美好的地方，此处指江南。亦指金陵。

④ 南朝：自东晋灭亡到隋朝统一为止，中国历史上出现南北对峙的局面，南方有宋、齐、梁、陈四个朝代，合称南朝，皆建都于金陵。

⑤ 故国：故都，这里指金陵。金陵城面临长江，四围群山环抱，故云“山围故国”。

⑥ 髻鬟对起：此以女子髻鬟喻在长江边相对而屹立的山。

⑦ 风樯：指代顺风扬帆的船只。樯，船上张帆用的桅。

⑧ 断崖：指临江陡峭的崖壁。

⑨ 莫愁：南朝乐府中传说的民间女子。乐府《莫愁乐》云：“莫愁在何处？莫愁石城西。艇子打两桨，催送莫愁来。”系：拴缚。

⑩ 女墙：城墙上的矮墙。
⑪ 伤心：一作“赏心”，指赏心亭。淮水：此指秦淮河。
⑫ 酒旗：挂在酒店的招徕顾客的幌子。戏鼓：演戏的场所。酒旗戏鼓：指酒楼、戏馆等繁华热闹的场所。
⑬ “想依稀”五句：化用唐刘禹锡《乌衣巷》之“旧时王谢堂前燕，飞入寻常百姓家”诗意。

题 解

这首咏史词是宋代词人周邦彦创作，是词人晚年的作品。当时正值北宋末年，宋王朝危机四伏，农民起义频频爆发。词人深有感触，不禁引发“故国”“孤城”的幽思。加之词人又遭流放，这更加重了词人人世沧桑之感慨。于是，写下此词。

此词写法高妙，全词化用“诗豪”刘禹锡咏金陵的两首诗《石头城》和《乌衣巷》，浑然天成，“如自己出”（梁启超语）。巧用景物描写作今昔对比，抒悲情壮怀于空旷的境界之中，“压遍古今”，“当为绝唱”（清 · 陈廷焯《云韶集》）。

赏 析

词之上片，重在写金陵胜景。

词一落笔，便直写金陵昔日之繁华：“佳丽地，南朝盛事谁记。”金陵是江南的佳丽胜地，南朝当年的繁华、鼎盛有谁还记得？“佳丽地”三字，巧妙化用南朝齐诗人谢朓“江南佳丽地，金陵帝王州”（《隋王鼓吹曲 · 入朝曲》）之诗意，总说金陵的地利之胜。后句追问，以示强化，为后面之感慨埋下伏笔。

接着，词人便以如椽之笔展现金陵之美景：“山围故国绕清江，髻鬟对起。怒涛寂寞打孤城，风樯遥度天际。”金陵城四周群山环抱，面临那清澈的长江流水；秀丽的山峰，如髻鬟般相对而立。长江的滚滚怒涛寂寞地拍打着这座孤城，只见那顺风扬帆的船只驶向天际。这里，词人巧妙化用刘禹锡《石头城》之诗意，又用“髻鬟”作比，形象感极强。尤其是“风樯”一句，使阔远之景有了生气和气势。

词之中片，描写金陵古迹并生发凭吊之情。

此时，词人的目光聚焦于崖树和莫愁湖：“断崖树，犹倒倚。莫愁艇子曾系。”那断崖之上倒长着的老树，仍然斜倚着，莫愁湖的游艇曾在它上面拴系。这里，词人化用古乐府“艇子打两桨，催送莫愁来”之诗意，把一种苍凉之悲蕴含其中。“犹”“曾”二字，强化了这种悲叹。

“空余旧迹郁苍苍，雾沉半垒。夜深月过女墙来，伤心东望淮水。”这四句写景中含悲：林木郁郁苍苍仅留下旧迹，雾霭笼罩着残破的营垒。夜深时分，伤心东望，只见月光越过女墙，那赏心亭望着淮水东去。这里，词人再次化用刘禹锡《石头城》之诗意，妙以谐音“伤”与“赏”，表现其内心的悲伤和愁苦。

词之下片，描写眼前景物，并触发千古兴亡之叹。

“酒旗戏鼓甚处市？”这一句是词人的发问：当年酒旗飘飘、戏鼓阵阵的闹市，而今在哪里呢？词人明知故问，言下之意：如今的金陵已与过去全然不同。

“想依稀、王谢邻里。燕子不知何世，入寻常、巷陌人家，相对如说兴亡，斜阳里。”词末这几句是词人之慨叹：猜想那破落的里巷，大概就是王谢两家的旧庭院。你看那对燕子，它们不知道现在是什么时代，竟飞入寻常的百姓之家，斜阳里相互呢喃，似乎诉说着这古都的兴衰。词人借用刘禹锡的诗意，并添加了“闲话兴亡”之情景，暗含对国家兴亡之担忧。

这首词最为显著的特点是：化用巧妙。词人把“诗豪”刘禹锡的两首诗妙为己用，且上下关联，严丝无缝，旨意翻新，悲慷深重，用心良苦，把个人悲愁化为对国家命运之担忧，比之刘诗高出一筹。其词气象沉雄悲壮，在古代金陵怀古诗词中可谓首屈一指。

叶梦得

叶梦得（1077—1148），字少蕴，号“石林居士”。苏州吴县（今江苏苏州）人。宋代词人。宋哲宗绍圣四年（1097）进士。曾任吏部尚书、龙图阁直学士等。晚年退居湖州卞山，以读书吟咏自乐。能诗工词，长于议论。因身经北宋覆亡与南宋偏安，早年婉丽，中年学东坡，晚岁简淡而时出雄杰。著有《建康集》《石林词》《石林燕语》等。

贺新郎①

睡起流莺语。掩苍苔、房栊向晚②，乱红无数③。吹尽残花无人见，惟有垂杨自舞。渐暖霭④，初回轻暑⑤。宝扇重寻明月影⑥，暗尘侵、上有乘鸾女⑦。惊旧恨⑧，遽如许⑨。　　江南梦断横江渚⑩。浪粘天、葡萄涨绿⑪，半空烟雨⑫。无限楼前沧波意⑬，谁采蘋花寄取⑭？但怅望、兰舟容与⑮。万里云帆何时到⑯，送孤鸿、目断千山阻。谁为我，唱金缕⑰？

注　释

① 贺新郎：词牌名。又名“贺新凉”“金缕曲”“乳燕飞”等。

② 房栊（lóng）：即窗户。向晚：即傍晚。

③ 乱红：此指零落的花朵。

④ 暖霭（ǎi）：指天气日暖。

⑤ 轻暑：此指初夏的暑气。

⑥ 宝扇：此指团扇。形状如圆月。此处化用汉班婕好《怨歌行》“裁为合欢扇，团团似明月”之诗句。

⑦ 乘鸾（luán）女：此指扇上所绘的仕女图画。此处化用秦穆公小女弄玉乘鸾仙去之典。

⑧ 旧恨：此指与恋人相别之恨。

⑨ 遽（jù）如许：强烈到这样的程度。遽，强烈、急迫。

⑩ 渚（zhǔ）：指水中小块陆地。

⑪ 葡萄涨绿：此处形容碧绿的江水。葡萄，指江水的颜色。

⑫ 半空烟雨：这里形容浪花飞溅空中，似雨雾一般。

⑬ 沧波意：这里是说楼前的悠悠江水，亦别意无穷。

⑭ 采蘋（pín）花寄取：此为古诗文中常用之语，以采蘋花寄赠故人来表相思之情。

⑮ 兰舟：此为舟船之美称。容与：指徘徊不前的样子。

⑯ 云帆：白色船帆，借指船。

⑰ 金缕：即《金缕衣》，唐宋曲调名，多表达青春易逝的情怀。

题 解

这首怀人之词是宋代词人叶梦得所作，是词人平生得意之作，据考作于青年时期。

此词借暮春景色抒发无尽相思、青春虚掷之怅恨失意的情感。写暮春景致笔触清新明快，画面绝佳，而其情思则低回掩抑，既有男女相思之无限眷恋之情怀，又有理想遥远、如阻沧海之无尽怅惘之情愫，可谓“低回哀怨，寄托遥深”（清·陈廷焯《词则·别调集》）。

赏 析

词之上片，重在写景。

此词从词人午睡乍醒写起：“睡起流莺语。掩苍苔、房栊向晚，乱红无数。”

词人午睡醒来，只听见门外黄莺在鸣啼。此时已是傍晚，房门外苍苔满地，凋零的红花无数。“流莺语”三字，以黄莺之婉转鸣叫来突出环境之幽静，妙用反衬手法，与“蝉噪林逾静，鸟鸣山更幽”（南朝梁·王籍《入若耶溪》）有异曲同工之妙。“向晚”二字，点明了时间。“乱红无数”，既说明时已暮春，又将春光已尽的惋惜之意蕴含其中，亦可见出词人心中之怅惘不快。

词人再定睛四顾，又是另一番景致：“吹尽残花无人见，惟有垂杨自舞。”庭院里空寂无人，可惜无人看那飘飞的落花，只有垂柳在风中自在地摇摆。这里，词人摄取“残花”与“垂杨”两个镜头，以春末特有之动景，更加衬托出庭院之静寂。这样以动衬静之法，亦显示了词人环顾四周、徘徊院中之孤独、寂寞的心情。尤其“自舞”二字，既是拟人，又是反衬，“垂杨”不惧春尽，而词人则有一种与“诗仙”一般的“春不留兮时已失，老衰飒兮逾疾”（唐·李白《惜余春赋》）的伤感和失落，词人正当青春，但功名无望的忧虑显然左右着他年轻的心。

此时，词人又有了新的发现：“渐暖霭，初回轻暑。宝扇重寻明月影，暗尘侵、上有乘鸾女。惊旧恨，遽如许。”天气渐暖，已到初夏。他寻找那把圆如明月的宝扇，只见扇上已沾满了灰尘，上面画着骑凤的仙女。词人见物生情，触动了他积聚在心头的旧恨，马上怅恨不已。这里，词人摄取了寻找团扇的镜头，引起他的联想，勾起他心底的隐痛：北宋覆亡，国仇家恨，心上佳人，还有壮心难以如愿的忧怨，一股脑儿地涌上词人的心间。故而，词人以“惊”字引出“旧恨”，有一种“报国无门空自怨，济时有策从谁吐”（宋·吴潜《满江红》）的幽怨和苦衷隐含其中。

词之下片，重在抒情。

过片处是词人忆想之时的所见之景：“江南梦断横江渚。浪粘天、葡萄涨绿，半空烟雨。”当年的江南情事如同梦境已成过去，如今洲渚边空横着小舟。那葡萄酒般的碧绿水面，连着天际，波浪滔天，化为半空烟雨。这里，词人巧妙化用“诗仙”“遥看汉水鸭头绿，恰似葡萄初酦醅”（唐·李白《襄阳歌》）之诗意，以眼前烟雨迷蒙的画面而陷入回忆之中，又以“江南梦断”与上片末之“旧恨”相呼应，为引出所思所念之人做了很好的铺垫。

于是，词人心骛八极，展开了想象的翅膀：“无限楼前沧波意，谁采蘋花寄取？”你在楼上面对苍茫的烟波，会采摘江边的白蘋花来寄给我吗？这里，词人运用“写对方”的手法，想象了一幅心上人采花相寄的画面，与过片处的“梦断”相呼应，把词人与心上人“两相思，两不知”（南朝宋·鲍照《代春日行》）之痛苦思念的深重怨恨蕴含之中。

无奈之下，词人“但怅望、兰舟容与”——只能怅然遥望，任自己的小船在江中徘徊等待。词人与心上人相隔遥远，望之不及，小舟难到，只能心内怅怅，思念无尽。于是，他在心里呼唤着：“万里云帆何时到，送孤鸿、目断千山阻。谁为我，唱金缕？”我的船儿啊，何时能到达万里之外，与你相见呢？我目送孤雁远去，视线又被群山所阻隔。谁又能为我唱一曲叹息青春的《金缕衣》？“何时到”三字，把词人独自品尝离愁别恨之凄楚、凄伤和凄苦抒写出来。“唱金缕”三字，又把词人对美好不再、无人相伴和年华虚度的悔恨以及对远方心上人深深的眷念之情表达出来。

这首词构思精妙，词旨深刻。全词因“暖”而觅“宝扇”，于是瞥见“乘鸾女”而“惊旧恨，遽如许”，自然转入忆江南昔游，以采花相寄的画面，与“江南梦断”相呼应，引出一番“万里云帆何时到”的无尽思念，将男女相思的眷恋之情和报国无门、理想难遂的忧愁、怅恨之意皆含词中。

赵 佶

赵佶（1082—1135），即宋徽宗，宋神宗之子、宋哲宗之弟。公元1100—1125年在位。在位时不理朝政，沉湎于苑囿宫观，任用蔡京、童贯等人主持朝政，穷奢极欲，滥增捐税，以致国政日堕，导致多地爆发农民起义。宣和七年（1125），金兵南下，遂传位于太子赵桓（即钦宗）。靖康二年（1127），金人攻破汴京，父子二人皆被金人所掳，后死于金五国城（今黑龙江依兰）。吹弹、书画、声歌、词赋无不精擅。以帝王之尊，沦为阶下之囚，其词饱含沉痛。有辑本《宋徽宗词》留世。

燕 山 亭[①]

北行见杏花

裁剪冰绡[②]，轻叠数重，淡著燕脂匀注[③]。新样靓妆[④]，艳溢香融，羞杀蕊珠宫女[⑤]。易得凋零，更多少、无情风雨。愁苦。闲院落凄凉，几番春暮。　　凭寄离恨重重[⑥]，这双燕，何曾会人言语。天遥地远，万水千山，知他故宫何处。怎不思量，除梦里、有时曾去。无据[⑦]。和梦也、新来不做[⑧]。

注　释

① 燕山亭：词牌名。又名“宴山亭”。

② 冰绡：本指洁白的丝绸，此处喻花瓣。

③ 燕脂：即胭脂。“燕”通“胭”。

④ 靓妆：指美丽的妆饰。

⑤ 蕊珠宫女：指传说中的仙女。蕊珠宫，道家所说的天上仙宫。

⑥ 凭寄：即凭谁寄或托谁寄之意。

⑦ 无据：没有凭据，不可靠。

⑧ 和：意为“连”。

题　解

这首词是北宋宋徽宗赵佶所作。靖康之变后，北宋徽、钦二帝被掳往金国。绍兴五年（1135），徽宗在北行途中见馆驿杏花盛开，便作此词托物自喻，抒发亡国之恨。

此词借杏花之凋零以哀伤自己悲苦无告、横遭摧残之命运。正如近代大学者王国维所言：“尼采谓：‘一切文学，余爱以血书者。’后主之词，真所谓以血书者也。宋道君皇帝《燕山亭》词亦略似之。”（《人间词话》）不过，李后主之词多抒发常人喜怒哀乐之共感，而徽宗此词则仅限于亡国君王之独感，其情感内涵显然有大小之异。

赏　析

词之上片，借杏花以忆昔。

词人乍一开篇，就以细腻的笔触描绘出杏花盛开之景致：“裁剪冰绡，轻叠数重，淡著燕脂匀注。”杏花的花瓣重重叠叠，像用白绸裁剪而成，上面染着淡淡的、均匀的胭脂红。这里，词人工笔细描杏花的形态和色泽，能够抓住杏白中有红之特征，用具体可感的比拟来描述，形象地勾勒出一幅绚丽的杏花图，使得精美绝伦的朵朵杏花呈现于读者眼前。

接着，词人又把杏花比拟为装束入时的美人："新样靓妆，艳溢香融，羞杀蕊珠宫女。"那时髦的漂亮衣服，式样新颖，妆束精美，艳色灼灼，香气融融，就是天上蕊珠宫中的仙女，见到也会羞愧得无地自容。这里，词人仍以比拟手法从装束入时、匀施粉黛、散发浓香等方面写出她之光艳照人。又以比衬的手法，用"羞杀"二字，以天上仙女之自愧不如更加衬托出杏花之形态、色泽及芳香之无与伦比之美，卓然独秀，非凡俗之花。可说把杏花之美艳"扬"到了极致。

上片的后几句"易得凋零，更多少、无情风雨。愁苦。闲院落凄凉，几番春暮"，词人笔锋突转，描写出杏花遭受风雨摧残之凄惨场景：可是那娇艳的花朵最容易凋落飘零，又加之有那么多的凄风苦雨！这情景实在令人愁苦啊！这凄凉的院落里，还能经受几番春暮？这哪里是在写花啊?！这分明是词人泣血饮恨般的申诉：我以帝王之尊，而耻为阶下之囚，其流徙千里之外的痛楚、凄苦非笔墨所能形容！词人只能以借杏花吐露心中苦楚，真的是"小楼昨夜又东风，故国不堪回首月明中"（五代南唐·李煜《虞美人》）之无限凄苦蕴含其中。

词之下片，借燕子和梦境以抒怀。

换头处三句"凭寄离恨重重，这双燕，何曾会人言语"，词人万千离恨，无处诉告，只能托付给纷飞的燕子：我被掳押着北行，凭借谁来寄托这重重的离恨？托付给这对燕子吧，可燕子又怎能懂得人的语言和心情？！词人离恨深重，愁苦难当，叫天不应，呼地不灵，无奈之下，只得托付"双燕"，可燕子却不识人语、人情，何以能够传达？！真的是呼告无门，到了"寻寻觅觅，冷冷清清，凄凄惨惨戚戚"（宋·李清照《声声慢》）之不堪忍受的悲惨地步！

无法忍受，仍得忍受，此种痛苦吞啮着词人的心："天遥地远，万水千山，知他故宫何处。"天遥地远，已被掳押着走过了万水千山，又哪里能够知道故宫此时的情形？！词人回首南望，心如刀绞，泣下如雨，肝肠断绝。尤其是"故宫何处"四字，把词人怀念故国之情全盘托出，倍增伤感，达至绝望的境地。

于是，词人只能托于梦中："怎不思量，除梦里、有时曾去。无据。和梦也、新来不做。"我怎么能不思念故国呢？只有做梦才能回到故国去。可这也无济于事，难以如愿，如今连梦也难以做成，因而痛苦万分，彻夜难眠。词末，词人的痛苦、绝望达到顶峰，万念俱灰，希望全无，哀痛至极，肝肠寸断，真个到了“梦魂纵有也成虚，那堪和梦无”（宋·晏几道《阮郎归》）之惨绝人寰的地步。

这首词最为显著的特点是“真”。词人把自己深重的亡国之痛融于词中：以杏花、双燕言其悲苦，怜花怜己，语意双关，诉诸双燕，道其凄哀，无与伦比。尤其是词末写梦，且问且叹，如泣如诉，真情真意真心，袒露无遗，“哀情哽咽”“令人不忍多听”（清·徐釚《词苑丛谈》）。

李 清 照

李清照（1084—约1151），号“易安居士”。济南（今属山东）人。南宋女词人。学者李格非之女，其夫赵明诚为金石考据家，系宰相赵挺之之子。金兵入侵，夫妻相继南奔。不久，其夫病死于南京，只身漂泊于杭、越、台州及金华一带，景况孤寂困苦。工诗能文，尤以词名于世。诗多反映社会现实，表达爱国热情，风格豪迈遒劲。词以南渡前后分为两个时期。前期多写闺情，表现闲适生活，妩媚风流，韵调悠美。后期多抒身世之感，寄寓家国之思。感情凄苦、低沉。其词善用白描手法塑造形象，能以常语创意，在两宋词坛中独树一帜，被称为“李易安体”。有《漱玉词》留世。

凤凰台上忆吹箫①

香冷金猊②，被翻红浪③，起来慵自梳头④。任宝奁尘满⑤，日上帘钩⑥。生怕闲愁暗恨，多少事、欲说还休。新来瘦，非干病酒⑦，不是悲秋。　　休休，这回去也，千万遍《阳关》⑧，也则难留⑨。念武陵人远⑩，烟锁秦楼⑪。惟有楼前流水，应念我、终日凝眸。凝眸处⑫，从今又添，一段新愁。

注 释

① 凤凰台上忆吹箫：词牌名。取自传说中萧史与弄玉吹箫引凤的故事。又名“忆吹箫”。

② 金猊（ní）：狮子形铜香炉。

③ 被翻红浪：化用宋柳永《凤栖梧》：“鸳鸯绣被翻红浪。”红浪，指红色被铺乱摊于床上，有如波浪。

④ 慵：懒。

⑤ 宝奁（lián）：指华贵的梳妆镜匣。

⑥ 日上帘钩：化用唐杜甫《落日》“落日在帘钩”诗意。

⑦ 干：关涉。病酒：指因饮酒过度而生病。

⑧《阳关》：唐王维《送元二使安西》：“渭城朝雨浥轻尘，客舍青青柳色新。劝君更进一杯酒，西出阳关无故人。”后据此诗谱成《阳关三叠》，为唐宋时的送别曲。

⑨ 也则：即依旧、也是。

⑩ 武陵人远：“武陵”在宋词、元曲中有两个含义：一是指陶渊明《桃花源记》中的渔夫故事；一是指刘义庆《幽明录》中的刘晨、阮肇天台山采药遇仙女故事。此处借指丈夫赵明诚远离自己。

⑪ 烟锁秦楼：这里指独居妆楼。秦楼，即凤台、凤楼。相传春秋时秦穆公之女弄玉与其夫萧史乘凤飞升之前的住所。冯延巳《南乡子》词：“烟锁秦楼无限事。”

⑫ 眸（móu）：指瞳仁，泛指眼珠。

题 解

这首词是南宋女词人、“易安居士”李清照所作，是抒写离愁的名篇之一。写于宋徽宗重和元年（1118）至宣和三年（1121）之间，是李清照早期的作品。

此词“以浅俗之语，发清新之思”，字字有意，句句含情。婉转曲折，情真意切。词人以细腻的笔触，把离愁写得缠绵悱恻，格外动人。

赏 析

词之上片，重在表现女主人公之复杂心境。

词一开篇，便描写女主人公早晨起床后之情景——“香冷金猊，被翻红浪，起来慵自梳头。”那狮子造型的铜炉里的熏香已经冷透，床上的绵被翻卷起红色的波浪，她翻来覆去睡不着，只好起身懒懒地梳头。这里，词人巧妙化用柳永“鸳鸯绣被翻红浪”（《凤栖梧》）之句意，把女主人公内心的忧戚直截了当地描写出来：既难以安睡，又无心收拾、整理胡乱摊在床上的被子。“香冷”二字，一语双关，不仅仅是炉香已冷，而实则是心冷，心冷到毫无心思去打理应打理的事。这里着一“慵”字，把女主人公倦怠没有精神的状态刻画出来。“香冷”无心再焚，床上绵被乱堆和髻鬟散乱而无心梳理皆是“慵”之表现。

女主人公的慵懒不止如此，请看：“任宝奁尘满，日上帘钩。”梳妆台上任由它铺满厚厚的尘土，太阳任由它上了三竿照到那帘钩。这里，词人仍通过具体的细节来表现女主人公之“慵”：宝镜尘满，无心拂拭；日上三竿，无心做事。那么，她为何如此慵懒呢？下面定有答案的。

“生怕闲愁暗恨，多少事、欲说还休。”这两句点明了词人慵懒的缘由：最怕分别时刻那心里的万分难受，有多少心里话要向他倾诉，可刚要说又不忍开口。词人用“闲愁暗恨”四字，抒写别离之愁恨，说明“慵懒”皆由离别之“愁暗恨”而产生。“欲说还休”四字，写出词人一种痛苦、矛盾之心理：本当尽情倾吐，但思念之人不在身边，只能欲言又止。

“新来瘦，非干病酒，不是悲秋。”上片末的这三句道明女主人公“瘦”之原因：最近一段时日身体日渐消瘦，既不是因为喝酒过量而伤身，也不是因为看到景物而悲秋。这里，词人写出女主人公之致“瘦”缘故：既不是“日日花前常病酒”（五代南唐·冯延巳《鹊踏枝》），亦不是“万里悲秋常作客”（唐·杜甫《登高》），而是伤离惜别之“愁”！

词之下片，重在描写女主人公之相思愁苦。

过片处紧承上片，进一步抒写别离之情：“休休，这回去也，千万遍《阳关》，也则难留。”算了罢，算了罢，这回他必须要走，离别已成定局，即使千万遍地唱起那《阳关三叠》，也无法将他挽留。“休休”“难留”二词，将女主人公对丈夫离别后之感伤写得十分哀婉。丈夫离去，女主人公只有离愁别恨：“念武陵人远，烟锁秦楼。”想到心上人就要远去，剩下自己独守空楼。这里，词人化用“武陵人远”和“烟锁秦楼”两个典故，合写词人和丈夫的相思之苦。

词人无法挽留丈夫，离别的痛苦令她难以忍受，她只能将愁苦诉于楼前流水：“惟有楼前流水，应念我、终日凝眸。”只有你——楼前流水，应该忘不了我整日眼望丈夫所在方向双泪横流的模样。这里，词人运用诉告之方式和细节描写之手法，以思念之苦、流水可证之独特的表达方式，把“离愁别苦”推向了高潮。

“凝眸处，从今又添，一段新愁。”词末三句，词人采用顶针手法，再写“新愁”：从今而后，我只能呆望着流水泪流不休，寄托我不断滋生的相思和悲愁。词人用“又添新愁”，写出了离愁日日滋生、与日俱增和无法排遣的凄苦，这才真是“怎一个、愁字了得”（李清照《声声慢》）！

这首词除了用语传神、字字蕴情之外，词人避开正面描写离别情景，而落笔于别前愁绪和别后新愁，由物到人、由表及里，层层深入地把“离愁”推向时时俱增、了无穷尽的境地。“笔致绝佳，余韵尤胜”（清·陈廷焯《云韶集》）。没有识尽离愁滋味者是绝对写不出这样的佳作的。

醉　花　阴①

薄雾浓云愁永昼②，瑞脑消金兽③。佳节又重阳④，玉枕纱厨⑤，半夜凉初透。　东篱把酒黄昏后⑥，有暗香盈袖⑦。莫道不消魂⑧，帘卷西风⑨，人比黄花瘦⑩。

注　释

① 醉花阴：词牌名。又名“九日”。

② 愁永昼：即愁难排遣便觉得白天太长。永昼，漫长之白天。

③ 瑞脑：即龙脑，今称冰片，一种香料。消金兽：即香炉里的香料逐渐燃尽。金兽，兽形铜香炉。

④ 重阳：指重阳节，每年的九月九日即为此节。《周易》以“九”为阳数，日月阳数相重，故而得名。

⑤ 纱厨：即纱帐，夏天用来避蚊蝇。

⑥ 东篱：泛指采菊之地。典出东晋陶渊明《饮酒》：“采菊东篱下，悠然见南山。”

⑦ 暗香：指菊花之幽香。盈袖：即满袖。

⑧ 消魂：亦作“销魂”，形容心神沮丧的样子。南朝梁江淹《别赋》：“黯然销魂者，唯别而已矣。”

⑨ 帘卷西风：即秋风吹动帘子。西风，秋风。

⑩ 黄花：即菊花。晋张翰《杂诗三首》之一：“黄花如散金。”

题　解

这首词是南宋女词人、“易安居士”李清照所创作。写于宋徽宗大观二年（1108）的重阳节。丈夫赵明诚“负笈远游”，词人独居青州家中，已有好长时间，百无聊赖，难解寂寞，遂作此词，不料竟成《漱玉集》中之佳篇。

此词抒写重阳佳节词人思念丈夫之心情。尤其“莫道不消魂，帘卷西风，人比黄花瘦”三句，以菊写人，融情于景，成为千古名句。元人记载传闻：赵明诚收到此词后，对这三句深为叹赏，花三天时间作词十五首，且将此三句混杂其中，请友人陆德夫评论，陆说只有三句绝佳，即是李清照的这三句。

赏　析

词之上片，以咏节而抒别情。

丈夫赵明诚“负笈远游”之后，词人独居深闺之中，思念之情日臻浓烈，日日夜夜，时刻萦念，真的是“遥夜复遥夜，遥夜忧未歇。坐对风动帷，卧见云间月”（南朝梁·宗夬《遥夜吟》）啊！

终于挨到重阳佳节了。这一天，“薄雾浓云愁永昼”。终日里，天气阴沉沉的，弥漫着薄雾浓云。词人的心情也如同那天气一样，愁苦烦闷。她独守空房，越发寂寞无聊，思念折磨着她，使她感到度日如年。那“薄雾浓云”哪里是密布在天空，而是笼罩在词人的心头。

“瑞脑消金兽”，这是词人又回到闺房之中的所见：那兽形的铜炉里，瑞香已渐渐燃尽。看着袅袅上升的香烟，词人顿觉周遭一片凄寂和凄冷……日复一日，月复一月，年复一年，词人在这“天上星河转，人间帘幕垂”（李清照《南歌子》）的日日夜夜里，想起与丈夫时而唱和诗词、时而又搜集、赏玩书画金石的情景，每每总是“柔肠一寸愁千缕”（李清照《点绛唇》）、“思苦自看明月苦，人愁不是月华愁”（唐·戎昱《秋月》）！

人常说：每逢佳节倍思亲。这不，“佳节又重阳”——明天，又到了重阳佳节。词人又想到丈夫临走时对她的安抚：“待到重阳日，还来就菊花！”（唐·孟浩然《过故人庄》）然而，多少个重阳节过去了，哪里还有丈夫的影子呢？！此时，正是夜半时分，“玉枕纱厨，半夜凉初透。”词人只觉玉枕冰凉，纱帐凄冷，简直要把心儿伤透！

词之下片，以赏菊饮酒之情景而融入离情。第二天，“东篱把酒黄昏后，有暗香盈袖。”词人在东篱边饮酒，直到黄昏以后，那菊花幽幽的香气，充满了衣袖。尽管香气盈袖，而词人的心中全然没有“采菊东篱下，悠然见南山”（晋·陶渊明《饮酒二十首》之五）的兴致，反而平添了“思君已惆怅，黄叶更翩翩”（宋·余靖《晚至松门僧舍怀寄李太祝》）的思念丈夫的愁苦。而且这种愁苦愈来愈加浓重……

词人匆匆回到闺房，像是自言自语，又像是对丈夫直言相告：不要说思念不会使人伤神憔悴，请你看看珠帘偏被那无情的西风卷起，闺中之人比那风中摇曳的菊花还要寂寞、清瘦！“莫道不消魂，帘卷西风，人比黄花瘦。”这三句是全词之高潮，亦是千古名句。这是因为：词人以帘外之黄花与帘内之玉人相比相衬，形神、境况相似相类，创意佳极；因花瘦而人瘦，以宾陪主，同命相恤，物我同一，手法新极；以人瘦胜似花瘦，深沉而又含蓄地表达相思之苦，蕴藉深极。此三“极”，亦正是本词最突出之特点。

永遇乐①

落日熔金②，暮云合璧③，人在何处？染柳烟浓④，吹梅笛怨⑤，春意知几许！元宵佳节，融和天气，次第岂无风雨⑥？来相召、香车宝马⑦，谢他酒朋诗侣⑧。　中州盛日⑨，闺门多暇⑩，记得偏重三五⑪。铺翠冠儿⑫，捻金雪柳⑬，簇带争济楚⑭。如今憔悴，风鬟霜鬓⑮，怕见夜间出去⑯。不如向、帘儿底下，听人笑语。

注　释

① 永遇乐：词牌名。又名“消息”。
② 落日熔金：形容落日的余晖像熔解的金子一样闪闪发光。
③ 合璧：这里形容四周暮云连成一片，如玉璧相合一般。
④ 染柳烟浓：这里指柳树为浓浓的烟霭所笼罩。
⑤ 吹梅笛怨：这里指笛子吹奏出哀怨的《梅花落》曲调。
⑥ 次第：即接着，转眼。
⑦ 香车宝马：此指贵妇所乘坐的雕镂工致、装饰华美的车驾。
⑧ 谢：这里是辞谢、谢绝的意思。
⑨ 中州：本指今河南一带，此专指汴京（今河南开封）。
⑩ 闺门：本指内室之门，此借指女子。
⑪ 三五：此指正月十五元宵节。
⑫ 铺翠冠儿：此指饰有翠鸟羽毛的帽子。
⑬ 捻金雪柳：指一种用丝绸或彩纸剪成的妇女头饰。
⑭ 簇带：宋时俗语，指插带很多头饰。济楚：整洁。
⑮ 风鬟霜鬓：指发髻散乱、两鬓如霜。此指无心妆饰打扮。宋周邦彦《减字木兰花》：“风鬟雾鬓，便觉蓬莱三岛近。”
⑯ 怕见：意即害怕，也可理解为懒得。

题 解

这首元宵节怀京洛旧事之词为南宋女词人李清照所作，是词人晚年流寓江南时的作品，当作于宋高宗绍兴十七年（1147）前后。此时词人正居于南宋都城临安（今浙江杭州）。

此词通过对昔日元宵佳节的回忆，既抒写了身世之悲和故国之思，又含蓄地表达了对南宋统治集团苟且偷安之不满。用语平易，化俗为雅，是以平淡口语入词且蕴意委婉含蓄之佳作。

赏 析

词之上片，重在写今。

“落日熔金，暮云合璧，人在何处？”落笔三句，词人由景而情，由眼前而写感受：落日金光灿灿，就像那熔化的金子一般，暮云色彩淡蓝，仿佛碧玉一样晶莹鲜亮。景致如此美好，可我如今又置身于何处？乍一开篇，词人先用一组对仗工稳、极有色彩的句子，精练而生动、形象地描绘出元宵佳节之景。比喻恰切逼真，丽景如在目前。然后，用“人在何处”一句宕开一笔，以明知故问的口吻表达出无尽的迷惘与痛苦，把词人国破家倾、夫亡亲逝之哀恸尽含其中：孤身一人，何处为家啊？！融入了一种“故乡何处是，忘了除非醉”（李清照《菩萨蛮》）的无尽伤感。

词人泪眼四顾，但见初春之景：“染柳烟浓，吹梅笛怨，春意知几许！”新生的柳叶如绿烟点染，《梅花落》的笛曲中传出声声幽怨，这眼前的春意究竟又有多少呢？！词人以“烟浓”“笛怨”来描写春景，将哀恸之情融汇景中，显然有一种“乍暖还寒时候，最难将息”（李清照《声声慢》）的悲哀。“几许”二字，更是词人发自肺腑的哀怨，尽管眼前“染柳烟浓”，但家破夫亡之痛，令词人“泪眼愁肠先已断”（宋·钱惟演《木兰花》），哀思无限。

“元宵佳节，融和天气，次第岂无风雨？”词人一想到颠沛流离之境遇和深重之国难家愁，便生发出一种特殊心理：正值元宵佳节，天气和暖，但转眼之间，难道就不会出现凄风苦雨？饱经丧乱的词人，面对元宵佳节“融和”之天气，心里全然无有春和日暖，有的只是冷雨凄风，这与“梧桐更兼细雨，到黄昏，点点滴滴，这次第，怎一个、愁字了得”（李清照《声声慢》）有异曲同工之妙。

词人虽则晚景凄凉，但她毕竟出身名门，才高于世，故而临安城中贵家妇女“来相召、香车宝马，谢他酒朋诗侣”：那些酒朋诗友驾着华美的车马来接我同游，亦被我一一谢绝了。词人以看似平淡、冷静的语言来叙事，却恰恰透露出饱经忧患、愁闷焦烦、近乎漠然之封闭的心理状态。

词之下片，重在忆昔。

词人想到了昔日的元宵佳节：“中州盛日，闺门多暇，记得偏重三五。”记得汴京繁盛的岁月，我闺中悠闲，特别看重这正月十五。词人早年生活优裕，夫妇唱和，何其乐哉！那欢度元宵佳节之“火树银花合，星桥铁锁开”（唐·苏味道《正月十五夜》）之情景，词人怎能忘怀？！

想到曾经的欢乐，那情那景那人如在眼前：“铺翠冠儿，捻金雪柳，簇带争济楚。”这天晚上，词人同闺蜜戴上插着羽毛的帽子和漂亮的头饰，穿戴得整整齐齐去游玩。这里，词人以昔日元宵节穿戴打扮之华美、漂亮，来衬托当时无忧无虑之愉悦心情，与如今的悲苦、凄凉、哀怨的处境形成鲜明的对比，以反衬的手法更加重了词人“凄凄惨惨戚戚”（李清照《声声慢》）之哀痛。如今的词人，心情又是如何呢？“如今憔悴，风鬟霜鬓，怕见夜间出去。”如今的词人，饱经风霜，容颜憔悴，蓬头霜鬓亦无心梳理，最怕夜间出去。这里，词人用强烈的对比，以“如今”与“盛日”迥然不同的心境，真实地反映了历经丧乱之后的心理状况。亦可见出今昔霄壤之别的生活境遇，给词人的心灵留下了多么巨大的创伤！

词人的心理又是多么的矛盾啊！她真的想重新获得昔日之欢乐，可又难以做到。千思万想，她“不如向、帘儿底下，听人笑语”——还不如独个儿躲在窗帘下面，听听人家的欢声笑语。结尾这看似慰藉自己痛苦心情的一笔，实则把词人无法驱遣之孤寂、凄凉和悲苦皆蕴含其中。

这首词最突出的特点是：意蕴深厚，练句精妙。词人以平淡的口语和常见的细节，如“如今憔悴，风鬟霜鬓，怕见夜间出去”及“不如向、帘儿底下，听人笑语”之真意真情，“熔金”“染柳”及“合璧”“笛怨”之炼字精巧，由元宵节怀京洛旧事之一己之身世凄凉，而推及到家国之兴亡，具有鲜明的时代特征和深厚的社会价值，确是难得的上乘佳作。

声　声　慢[1]

寻寻觅觅[2]，冷冷清清，凄凄惨惨戚戚[3]。乍暖还寒时候[4]，最难将息[5]。三杯两盏淡酒[6]，怎敌他、晚来风急[7]。雁过也[8]，最伤心，却是旧时相识。　满地黄花堆积，憔悴损[9]，如今有谁堪摘。守著窗儿，独自怎生得黑[10]？梧桐更兼细雨[11]，到黄昏、点点滴滴。这次第[12]，怎一个、愁字了得[13]。

注　释

① 声声慢：词牌名。又名“胜胜慢”。
② 寻寻觅觅：意即把失去的一切都找回来。表现出极为迷茫空虚、怅惘失落之心态。
③ 凄凄惨惨戚戚：极为忧愁苦闷的样子。
④ 乍暖还（huán）寒：此指秋天的天气，忽然回暖，忽然又冷。
⑤ 将息：调养休息。
⑥ 淡酒：味道浅薄的酒。
⑦ 敌：即抵挡、对付。
⑧ 雁：鸟名。相传能传递书信。
⑨ 损：这里指程度极深。
⑩ 怎生：怎样。得黑：挨到天黑。
⑪ 梧桐更兼细雨：此句暗用唐白居易《长恨歌》“秋雨梧桐叶落时”之诗意。兼，加上。
⑫ 次第：指情形、光景、情况等。
⑬ 了得：即概括得尽。

题解

这首词是南宋女词人李清照《漱玉集》中的压卷之作，是词人的晚年之作。当时金兵入侵，北宋灭亡，志趣相投的丈夫也病死任上。词人备尝南渡流离之苦，且在逃亡避难之中，她又丢失了珍爱的文物和古籍，这一连串的国破家亡、颠沛流离之痛苦的打击，使她心力交瘁。在这种背景下，词人写下这首千古名作。

此词通过对残秋之景的描述和感受，抒写了词人国破家亡、沦落天涯之孤寂凄凉、悲伤愁苦的心绪，具有浓郁的时代特色。笔力遒劲，描写深入，境界逼真，情感深挚。尤其是揭示内心世界沉痛、真切，自然而精巧，清新却不事雕琢。

赏析

词之上片，重在以清冷之景衬托孤寂、凄凉之情。

写这首词时，时光已到词人"醉莫插花花莫笑，可怜春似人将老"（李清照《蝶恋花》）之晚年。她在经受了常人难以忍受的国破、家亡、夫丧、金石丢失等一连串的无情打击之后，"寻寻觅觅，冷冷清清，凄凄惨惨戚戚"，竟在四处苦苦地寻觅着什么。可是，四周是一片冷冷清清，这使她的心中充满了哀愁、凄楚和难以忍受的悲戚。她感到真的是"悲愁天地白日昏"（宋·王安石《河北民》）啊！她的心中全是凄惨和愁苦。

"乍暖还寒时候，最难将息。"在这忽冷忽热、冷暖交替的季节，她深感最难调养的是"人比黄花瘦"（李清照《醉花阴》）的身体。词人由以上茫然之寻觅转入对天气骤变之感受，其中不仅仅是描写、感受天气，而且是对个人遭际的形象、真切的写照。

词人悲戚不已，凄寒难当，只能借酒御寒。"三杯两盏淡酒，怎敌他、晚来风急。"谁料，虽然饮下几杯淡酒，可这怎么能抵挡得住傍晚秋风凛冽的寒气！

这是因为酒味太淡薄吗？显然不是！而是因为词人之愁苦太深重了，酒入愁肠愁更愁，酒力哪里能够压住心愁？！由此可见，词人的晚年是何等之凄凉，心境又是何等之凄苦！她恐怕有了“寒者愿为蛾，烧死彼华膏”（唐·孟郊《寒地百姓吟》）的绝望之想了吧？

正在此时，“雁过也，最伤心，却是旧时相识。”在她最伤心的时候，一行秋雁向南飞去。那身影，那叫声，竟是那么的熟悉，仿佛是自己的老相识。蓦地，她想起“云中谁寄锦书来？雁字回时，月满西楼”（李清照《一剪梅》）之情景，一时间，“雁相识”（曾为她给丈夫捎过信笺的大雁）而人已殁的哀哀欲绝之悲戚又涌上她的心头……词人这一奇思妙想蕴含了无尽的凄苦和无法言说的凄哀。

词之下片，重在以残秋之景表现凄伤凄苦之情。

词人再看眼前：“满地黄花堆积，憔悴损，如今有谁堪摘。”只见满地上落花堆积，那菊花已经枯黄殒落，如今还有谁忍心去摘呢？！她本是爱花之人，丈夫曾为她摘花买花，那“卖花担上，买得一枝春欲放”（李清照《减字木兰花》）的自己心花怒放之情景如在目前，令她黯然神伤！她再也难有“东篱把酒黄昏后，有暗香盈袖”（李清照《醉花阴》）之雅致了！以往夫妻诗词唱合、互鉴互赏古籍、文物的惬意之情景已永远逝去，如今只剩下自己孤身一人承受这无边无际之孤寂的煎熬了！物亦依然，摘花买花之人却与自己阴阳相隔，真个是“旧时天气旧时衣，只是情怀不似旧家时”（李清照《南歌子》）啊！

词人独对孤“雁”残菊，倍感凄楚。一股冷风袭来，顿觉心寒：“守著窗儿，独自怎生得黑？”自己整日独自守着窗儿，伶仃孤苦，像那“孤灯暖不明，寒机晓犹织”（南朝梁·沈约《夜夜曲》）的织妇一般，不！自己哪里比得上织妇呢？！那织妇还有思念之人，而自己丈夫已殁，孤寂一人，连想念也是如此地难以忍受？怎样才能挨到那天黑呀！

词人好不容易挨到黄昏，谁知“梧桐更兼细雨，到黄昏、点点滴滴。这次第，怎一个、愁字了得。”在这黄昏时节，又下起了细雨，点点滴滴打在梧桐叶上，声声入耳，令人心碎。此情此景，怎能用一个“愁”字来了结啊？！此情此景，可说浸满了词人的凄苦和哀愁。全词至此，戛然而止，看似收，实则放，自然而又别致，可谓言有尽而意无穷。

这首词的显著特点有三：一是巧用叠字。词首的十四个叠字，如珠玉落盘，声情并茂，创奇出意，意蕴深厚：“寻寻觅觅”重在写动作，“冷冷清清”重在写环境，“凄凄惨惨戚戚”，重在写心情。这样，就把词人哀愁忧伤、惆怅迷茫之感受和凄清寂寞之外在环境融为一体，为全词定下了情感基调。二是语言浅俗自然。“守著窗儿”“独自怎生得黑”等语，直是口语入词。词人以家常白话，写心中事，抒肺腑情，信手拈来，语浅意深情挚。三是融情入景，情景交融。词人以秋气、秋风、秋雁、秋花、秋日和秋雨，触目生愁，哀愁聚积，篇末爆发出“这次第，怎一个、愁字了得”之灵魂呼喊。意境极为凄凉、惨淡。

吕本中

吕本中（1084—1145），字居仁，号“紫微”，世称“东莱先生”。寿州（今安徽寿县）人。南宋诗人、词人。宋高宗绍兴六年（1136）赐进士出身。曾官中书舍人等职，因赞成恢复中原大计，要求政治清明，见罪于秦桧，被罢官。曾作《江西诗社宗派图》，被后人列入江西诗派。其诗初受黄庭坚、陈师道影响较深，后有所变化，风格渐趋明畅，南渡后亦有悲慨时事之作，较为沉痛，《兵乱后杂诗》颇为动人。其词多写离情别意，语言通俗，风格清新，民歌气息较浓。有《东莱集》《紫微词》等留世。

采桑子①

恨君不似江楼月②，南北东西，南北东西，只有相随无别离。　　恨君却似江楼月③，暂满还亏④，暂满还亏，待得团圆是几时？

注　释

① 采桑子：词牌名。原为唐教坊大曲名。又名“丑奴儿令”“罗敷媚”“罗敷艳歌”等。

② 君：此指词人的妻子。

③ 江楼：指靠在江边的楼阁。

④ 暂满还亏：此指月亮短暂的圆满之后又会有缺失。满，指月圆。亏，指月缺。

题 解

这首词是南宋词人吕本中所作。词人以借喻明月来倾诉别离之情。

此词语言朴实，清新自然，有“清水出芙蓉，天然去雕饰”（唐·李白《经乱离后天恩流夜郎忆旧游书怀赠江夏韦太守良宰》）之特色。尤其是全词纯用白描手法，采用重章复沓的形式来结构全篇，具有回环跌宕、一唱三叹之美感，富有鲜明的民歌风味。确是宋词中难得之佳作。

赏 析

词之上片，重在写怀念。

词人赐进士出身、为官之后，倾心于恢复大计，到处漂泊，宦海沉浮，日夜操劳，常常是“积忧全少睡，经劫抱长饥”（吕本中《兵乱后杂诗》）。故而，他常常思念妻子，然而，“有梦常嫌去远，无书可恨来迟”（吕本中《西江月》）！他每每夜深人静之时，遥望明月，思念之情难以抑制，油然而生“恼人风味阿谁知，请君问取江楼月（原句是‘南楼月’）”（吕本中《踏莎行》）之情愫，口中喃喃自语“恨君不似江楼月，南北东西”，我的妻子啊，可恨你不像江边楼上高悬的明月啊，南北东西都跟随着我！词人寄情于月，把对妻子的无限思念之情表达出来，因为他“思君如日月，回环昼夜生”（南朝齐·许瑶之《拟自君出矣》）啊！

词人突发奇想，“我”若是“江楼月”该多好啊：“南北东西，只有相随无别离。”不管人们南北东西四处漂泊，明月都与人相伴相随无有分离。由此可见，词人对妻子情真意挚，看似“恨君”，实则“思君”（即深情地思念妻子）。词人多么希望能与妻子“只有相随无别离”啊！可是事难遂愿，实则别离是家常便饭。词人一心恢复中原，几被奸臣秦桧贬谪。在那远离妻子的边远之地，他常是以醉解离愁，“到今犹恨轻离别”（吕本中《踏莎行》）！

词之下片，重在盼团圆。

"恨君却似江楼月，暂满还亏"，过片处词人仍然以月作喻：我的妻子啊，可恨你就像江边楼上高悬的明月啊，短暂的圆满之后又会有缺失、别离。这里，词人又用"江楼月"作比，且以与上片相反的角度来写，变赞词为恨词，表达了"人有悲欢离合，月有阴晴圆缺，此事古难全"（宋·苏轼《水调歌头》）的无奈和理解。词人知道，自己就如那"往来梁上燕"一般，虽则聚少离多，但是"相顾却情亲"（吕本中《兵乱后杂诗》）呀！由此可见，词人与妻子情意深挚，心心相印。

词末，词人以热切之企盼来表达至深之情。"暂满还亏，待得团圆是几时？"江楼月在短暂的圆满之后又会有缺失，等到明月再圆、我与妻子团圆不知还要等到什么时候？虽则这里用"却似"之"暂满还亏"来写，但仍然抒写出对妻子之一往情深，热切盼望与妻子得以团圆之愿望，有一种"情知梦无益，非梦见何期"（唐·元稹《江陵三梦》）之情真、情深和情痴。

这首词有两大特点：一是以"恨"写思，情真意挚。无论"恨"圆"恨"缺，都把词人那颗对爱情忠贞不渝之心融汇其中。二是比喻恰切，极有特色。不论"江楼月"是圆是缺，总能把词人对妻子的真挚情感融入其中，赞"月"也罢，恨"月"也罢，一颗爱妻之心是永远不变的！这正是本词匠心独具之处。

韩元吉

韩元吉（1118—1187），字无咎，号“南涧”。许昌（今属河南）人。南宋词人。宋室南渡后，寓居信州上饶（今属江西）。韩维四世孙。官至吏部尚书，有政绩。曾与张元幹、张孝祥、范成大、陆游、辛弃疾等以词唱和。其词风格亦近辛派。有《南涧甲乙稿》《南涧诗余》留世。

好事近①

汴京赐宴闻教坊乐有感②

凝碧旧池头③，一听管弦凄切。多少梨园声在④，总不堪华发⑤。　　杏花无处避春愁，也傍野烟发。惟有御沟声断⑥，似知人呜咽。

注　释

① 好事近：词牌名。又名“钓船笛”“翠圆枝”等。

② 汴京赐宴：指金人在其“南京”（汴梁）招待南宋使节之宴。教坊乐：本指皇家音乐，此指原属宋朝的教坊乐班。

③ 凝碧池：在唐东都洛阳禁苑之中。计有功《唐诗纪事》载：“安禄山大会凝碧池……王维时拘于菩提寺，有诗曰：‘万户伤心生野烟，百官何日更朝天。秋槐叶落深宫里，凝碧池头奏管弦。’”

④ 梨园：唐玄宗教授宫中乐工伶人排演的地方。后指戏院或戏曲界。

⑤ 不堪华发：指因伤感而更觉老迈。

⑥ 御沟：指护卫皇宫的河沟。

题 解

这首词是南宋词人韩元吉创作。写于宋孝宗乾道九年（1173）三月，韩元吉以试礼部尚书充贺金生辰使的身份出使金国，祝贺万春节（金主完颜雍生辰）。行至汴梁（时为金人之南京），金人赐宴。席间词人触景生情，感而赋词。

此词字字含悲，句句含愤，以爱国情思通贯全篇，有着同“诗圣”一样的“感时花溅泪”（唐·杜甫《春望》）的为国担忧之情感。

赏 析

词之上片，重在以典写情。

词人作为使者，来到原为大宋故都且建有宫殿、苑囿和宗庙的汴京（此时已被金人所占），尤其是宴饮之地上源驿，原是宋太祖赵匡胤发动陈桥兵变、夺取后周政权而奠定大宋基业之发祥地，由于“靖康之耻”而变成金人的天下。词人来到此地，但见江山依旧，而人事全非，“独怆然而涕下”（唐·陈子昂《登幽州台歌》）！于是，想到了与此时此刻极为相似的典故，挥笔写下词首的两句：“凝碧旧池头，一听管弦凄切。”想起旧日宫廷中的凝碧池边，一听到那昔年宫中的管弦声起，就令我心中凄切。第一句就以“凝碧”二字，暗用了一个与词人所处情境极为相似的典故：天宝末年，安禄山叛军攻陷东都洛阳之后，便在凝碧池大会宴宾，令梨园演奏乐曲以助兴。乐工雷海青愤而掷乐器而大恸。“诗佛”王维在囚禁中闻知此事，作诗“万户伤心生野烟，百官何日再朝天？秋槐叶落深宫里，凝碧池头奏管弦”，以表哀苦之心境。词人显然借用此典此诗之意，把自己身置故国之地，在金人为主、自己做客之历史颠倒的时刻，身心受到强烈刺激的隐痛含于其中。第二句中的“凄切”二字，直接把词人心中的隐痛淋漓尽致地描写出来，那种“泪空垂”（韩元吉《六州歌头》）之凄楚、悲哀的情景不难想见。

“多少梨园声在，总不堪华发。”上片末这两句，抒写词人听乐声而生发的悲哀之情：那熟悉的梨园曲调，一声声，一段段，令我这白发之人实在难以忍受心灵的震颤。故国故宫的一砖一瓦，教坊乐曲中的一字一腔，吞噬着有着强烈爱国情感的词人的心，让他悲愁顿生，羞愧难当，只能以感慨老大迟暮的心理来表达此时此刻的复杂心情，有一种强忍悲愤、包藏隐痛之苦衷。

词之下片，重在借景融情。

换头二句“杏花无处避春愁，也傍野烟发”，词人描写此时之景：杏花无法躲避春愁，只能傍依着荒野独自开放，没有人欣赏，亦没有人爱怜。这里，词人运用拟人手法，以虚写实，寄意颇深。所谓写实，即是汴京赐宴之时，正是杏花开放的农历二月，既点明了时间，又以“避春愁”三字，暗写自己虽避开了令他万分愁恨的金人，却因身负国之使命，不得不参与这个宴会。所谓虚者，即是词人在这重以“杏花”自况，以其美丽、高洁之形象，表达自己不辱使命，完成此次出使任务之心愿。尤其是“无处避春愁”五字，不仅把国家破败而自己却无力恢复的怨恨和伤感蕴含其中，而且把词人深挚的爱国情结融汇其中，这又是移情于“杏”的手法。由此可见，这五字应是本词词眼所在。

末尾二句“惟有御沟声断，似知人呜咽”，词人再以拟人手法，抒写心中之悲哀：只有那御沟中的流水不再流动，似乎知道我心里的悲伤呜咽。这里，词人把一个看似寻常的现象写入词中：北宋汴京御沟里的水，本是长年流淌的。然而战乱一起，沟渠阻塞，竟导致御沟干涸。词人把国土沦陷的故国之思、黍离之悲赋予这一寻常的“御沟”流水，让其为词人分担无限的伤痛，手法极为高妙。

这首词最突出的特点是：移情于物。词人心有感伤而移情于物，触目所见之“旧池”之“梨园”之“御沟”，这些故宫景物，因江山易主，而使词人感到“凄切”“呜咽”。这正是近代大学者王国维所谓的“物皆著我色彩”之“有我之境”。

朱 淑 真

朱淑真（生卒年不详），号“幽栖居士”。钱塘（今浙江杭州）人。一说海宁（今属浙江）人。南宋女作家。南宋绍定（况周颐《蕙风词话》说她曾与北宋曾布之妻魏氏为词，应为北宋绍圣）中尚在世。生于仕宦之家，相传因不满婚姻，抑郁终生。善画，通音律，能诗工词。词多表现惆怅幽怨之情，风格婉约，情调感伤。据传，她死后，作品多为父母所焚，宛陵魏瑞礼将焚余之作辑为诗集《断肠集》二卷，词集《断肠词》一卷传世。

蝶 恋 花①

送 春

楼外垂杨千万缕，欲系青春②，少住春还去③。犹自风前飘柳絮④，随春且看归何处。

绿满山川闻杜宇⑤，便做无情⑥，莫也愁人苦⑦。把酒送春春不语⑧，黄昏却下潇潇雨⑨。

注 释

① 蝶恋花：词牌名。因梁简文帝诗有“翻阶蛱蝶恋花情”而得名。又名“凤栖梧”“一箩金”“黄金缕”“卷珠帘”“鹊踏枝”等。

② 青春：指大好春光、美好春天。喻指青春年华。系（xì）：拴住。

③ 少住：意谓稍稍停留一下。表达时光短暂之意。

④ 犹自：依然，仍然。

⑤ 杜宇：即杜鹃鸟。

⑥ 便做：即使。

⑦ 莫也："岂不也"之意。

⑧ 把酒：举杯，拿酒。送春：阴历三月末是春暮，古人有把酒浇愁以示送春之习俗。

⑨ 潇潇雨：形容雨势急骤。

题 解

这首惜春词是南宋女词人朱淑真所作。词人的少女时代充满阳光，"天资秀发，性灵钟慧"（宋·魏仲恭《朱淑真断肠诗词序》），写过许多欢快明丽、充满少女情怀的诗作。比如"斗草寻花正及时，不为容易见芳菲"（《春景》），"一枝淡贮书窗下，人与花心各自香"（《秋夜牵情》六首之一）。然而，婚姻的不幸，令她心情抑郁，临风对月，触目伤怀。这首悲凄幽怨之词就是在这种情形下写成的。

赏 析

词之上片，重在抒写对春的眷恋之情。婚后的词人，遇人不淑的痛苦令她难有好心情，在这"困人天气日初长"（朱淑真《初夏》）的暮春时节，她常常是"满院落花帘不卷"（朱淑真《谒金门》），"独自倚栏杆"（朱淑真《菩萨蛮》）。然而，"十二栏杆闲倚遍"，愈加感到"愁来天不管"（朱淑真《谒金门》）之惆怅、落寞。她放眼望去，只见"楼外垂杨千万缕，欲系青春，少住春还去"——楼外的垂杨千条万缕，它仿佛要拴住春天的脚步，然而春天却匆匆而过，不曾稍作停留。这里，词人化用唐代诗人贺知章"万条垂下绿丝绦"（《咏柳》）之诗意，把词人"柳条弄姿（原句是'色'）不忍见"（唐·高适《人日寄杜二拾遗》）之愁苦抒写出来。词人本想让那柳枝"系"住春天，然而柳条亦只能把春天拖到三月，春天还是在短暂逗留之后，决然而去了。词人用极为形象的拟人手法，表达了对"匆匆春又归去"（宋·辛弃疾《摸鱼儿》）的无限伤感。

“犹自风前飘柳絮，随春且看归何处”，词人再看那“著人春共老”（宋·范成大《暮春上塘道中》）、“送春归”（宋·蔡伸《朝中措》）之“飞絮”，只见它仍然在风里飘飞，它是不是要随那春风看看春到底要归向何处？这里，词人恰切地运用拟人和想象的手法，托情于“柳絮”，去探看“春归何处”，可说把惜春之意写到了极致，与“山谷老人”之“若有人知春去处，唤取归来同住”（宋·黄庭坚《清平乐》）有异曲同工之妙。

词之下片，重在描绘暮春之景中抒发伤春情怀。

过片处，词人又在残春之景中听到了杜鹃鸟的鸣声——“绿满山川闻杜宇，便做无情，莫也愁人苦。”在这绿色的山川之中，只听杜鹃鸟在声声啼叫，它本是无情之鸟，那凄厉的叫声莫不是也在为人愁苦？！这里，词人寄情于鸟，把惜春的愁苦之情抒写出来，有一种“杜宇声声，黄昏庭院，那更半帘风雨”（宋·何梦桂《喜迁莺》）的凄伤和凄苦。尤其是着一“人”字，与词首的“楼外”相呼应，词人那倚栏而望的憔悴身影和悲苦万般之心情不难想见。

词末，真的雨来了：“把酒送春春不语，黄昏却下潇潇雨。”词人举杯送别春天，然而春天却不言不语。在这黄昏之时，天却下起了潇潇细雨。这里，词人“系”春不能，亦不能如“柳絮”一般随春而去，万般无奈之下，只能怅惘地送春归去。这就把词人“把酒送春惆怅在，年年三月病恹恹”（唐·韩偓《春尽日》）之愁苦抒写出来。词末之“却下潇潇雨”一句，与“试来把酒留春住，问春无语，帘卷西山雨”（宋·王灼《点绛唇》）有异曲同工之妙，这“潇潇”的细雨里，大概也饱含着词人的惜春之泪吧？！

这首词最显著的特点是：寄情于景，情景交融。那“欲系”春天之“楼外垂杨”，那“犹自”飘飞之“柳絮”，还有那“绿满山川”之中传来的“杜宇”的凄厉叫声，更有那“送春春不语”“却下潇潇雨”之令人肠断之情景，皆把词人惜春感伤之情融汇其中，“情致缠绵”（清·李佳《左庵词话》卷上），颇为感人。

陆 游

陆游（1125—1210），字务观，号“放翁”。越州山阴（今浙江绍兴）人。南宋诗人、词人。有“小李白”之称。出生第二年，值金兵攻陷北宋首都汴京，在襁褓中即随家人颠沛流离。因社会和家庭环境影响，幼时便立下“上马击狂胡，下马草战书”之爱国壮志。孝宗时，赐进士出身，后因力说张浚北伐而免职。中年入蜀，先后参加王炎、范成大幕府，投身军旅生活。嘉定二年辞世，享年八十五岁。陆游一生力主抗战，虽在政治上屡遭投降集团的打击，但报国信念至死不渝。诗作数量极多，现存经他自己删削的诗尚有九千三百余首。多抒发自己的政治抱负和炽热的爱国激情，同时鞭挞投降集团，同情人民疾苦，思想性很强。词如其诗，纤丽、雄快和超爽兼而有之，充满爱国内容和恬淡之意。有《放翁词》《剑南诗稿》等。

钗 头 凤①

红酥手②，黄縢酒③。满城春色宫墙柳④。东风恶⑤，欢情薄⑥。一怀愁绪，几年离索⑦。错，错，错！　春如旧，人空瘦。泪痕红浥鲛绡透⑧。桃花落，闲池阁⑨。山盟虽在⑩，锦书难托⑪。莫，莫，莫⑫！

注 释

① 钗头凤：词牌名。本名“撷芳词”，因北宋宫中有撷芳园而得名。词人因无名氏本词调之词中有“可怜孤似钗头凤”的句子，故名。又名“折红英”“惜分钗”“玉珑璁”等。

② 红酥手：红润而细柔的手。

③ 黄縢（téng）酒：即官家酿造的黄封酒。

④ 宫墙柳：指宫墙旁边的杨柳。南宋以陆游家乡山阴（今浙江绍兴）为陪都，故有宫墙之说。

⑤ 东风恶：喻指陆游的母亲，以代封建势力的凶恶。

⑥ 欢情薄：指美好的爱情生活被母亲拆散。

⑦ 离索：指离居后孤独的生活。

⑧ “泪痕”句：泪水带着胭脂湿透了手帕。红浥（yì）：指泪水浸润胭脂而红。浥，湿润。鲛绡（jiāoxiāo）：这里指丝绸手帕。本是传说中鲛人所织之绡。

⑨ 池阁：指池上的楼阁。

⑩ 山盟：盟誓要像山那样不可改变。古人常对山立盟、指海起誓。

⑪ 锦书难托：指书信难寄。锦书，书信。用前秦窦滔妻苏蕙用锦织成回文诗赠丈夫之典故（见《晋书·列女传》）。

⑫ 莫：罢了。

题 解

这首词是南宋著名文学家陆游所作，抒写了词人自己的爱情悲剧，倾吐了与前妻唐婉被其母强拆离异后的痛苦之情。当写于词人三十一岁之时。二十岁时，词人与唐婉结婚，但其母不喜欢唐婉，强迫儿子三年后休妻。尽管词人百般不舍，因他们二人伉俪情深，但后来还是被活活拆散。词人写此词时，恰与唐婉夫妇（她改嫁赵士程）偶遇沈园，唐氏安排酒肴，以慰词人。词人百感交集，遂赋此词题于园壁之上。此词悱恻动人，具有强大的心灵悲剧的震撼力。

赏 析

词之上片，追忆爱情之美好，感叹离异之痛苦。

词人十多年后，又与逼迫离异的前妻重逢，加之唐氏安排酒肴，词人便写下这样三句："红酥手，黄縢酒。满城春色宫墙柳。"红润而细柔的手里，捧着盛有黄縢酒的杯子。眼前是杨柳依依，满城春色。这里，词人选取了一个敬酒的细节，以"红酥手"三字，用部分代整体的手法，抓住"越女天下白"（唐·杜甫《壮游》）、"越女手如酥"之特征，写出了唐氏之美，蕴含了词人对他们柔情蜜意的婚后美满、幸福生活的回忆。"墙柳"又为夫妻把酒之细节勾勒出一个温馨的背景。词人通过视觉（"红"）和触觉（"酥"）及敬接之物（"黄縢酒"）三色错综之中，似乎闪现出昔日夫妻美好生活之幻觉。这似真似幻的描写之中，把词人内心之"好景良天，彼此，空有相怜意，未有相怜计"（宋·柳永《婆罗门令》）的被无情拆散的悔恨和痛苦尽含其中。

"东风恶，欢情薄。一怀愁绪，几年离索。"这四句，是词人追悔莫及的回忆。春风是多么的可恶，欢情被吹得那样稀薄，美满的姻缘被生生拆散，心中是满满的忧愁，几年来的生活多么的萧索。"东风恶"三字，巧用双关，点示出爱情悲剧的根源。以"东风"喻指母怒，怨责之中又有所保留。用语十分精妙。着一"恶"字，含有控诉之意："东风"导致了"欢情薄""几年离索"的不堪回首之境遇。故而，这精神的痛苦已融入"一杯"酒中，这酒亦满是"愁绪"！

此时此刻，十多年来的离散之感和孤寂之情涌上心头，千般愁苦、无限相思凝结："错，错，错！"词人连用三个"错"字，极写心情之激愤，使人仿佛看到词人那切齿顿足之态。既是悔恨，更是控诉，情感极为沉痛。这到底是谁人之"错"呢？母错？子错？妻错？还是全部皆错而铸成人生之大错？总之，词人感到了一种不可挽回的人生之悲哀，而且是大悲哀。

词之下片，回到现实，抒写被迫离异之哀痛。

"春如旧，人空瘦。泪痕红浥鲛绡透。"过片处三句，是词人对沈园相逢时的前妻唐婉神情动态之描写：杨柳春色依然如旧，只是人却因无尽的相思而十分消瘦。泪水洗尽脸上的胭脂红，竟把丝绸手帕全都湿透。"春如旧"三字，意承上片之“满城春色”，在点示相逢背景之中，蕴含今非昔比的深重伤感。“人空瘦”，显示出“几年离索”给唐婉带来的巨大的精神痛苦，不堪忍受，形容憔悴。着一“空”字，把词人之怜爱、痛惜、抚慰等复杂情感融汇之中。“泪痕”句直写唐婉之表情动态，以白描的手法，写出了她不堪伤痛之内心。这三句与词首的两句遥相呼应，词意细密，丝丝入扣。

词人不忍看这泣血的一幕，只得转看眼前之景：“桃花落，闲池阁。”桃花无情地飘落，飘落在荒凉的池阁中。这两句，与上片之“东风恶”相呼应，喻示了词人和唐婉的幸福生活很快就被破坏之人去室空、清冷孤寂、一片凄楚的境况。一笔两写，手法巧妙，意蕴深厚。

“山盟虽在，锦书难托”，这是词人此时痛苦心情的流露：永远相爱的海誓山盟、磐石之约还记忆犹新，而今却相逢无言，衷肠难诉。这两句寥寥八字，抒写出了词人百感交集、万箭穿心之难以名状的悲哀和痛苦。故而，“莫，莫，莫！”三字冲口而出。这三个“莫”字，将词人那种纵然于心不甘，但又无可奈何、只好作罢的复杂心情充分地表达出来。

这首词最突出的特点是：情感真，手法巧。词人以沈园相会为中心，运用对比、照应、双关及细节描写等多种手法，抚今追昔，真实而又真切地抒写出词人刻骨铭心的爱情悲剧，具有震撼人心的艺术魅力。唐婉深受感动，回家之后亦以一首《钗头凤》相和，以“难，难，难！”和“瞒，瞒，瞒！”六字，将凄惨哀怨之真挚强烈的情感熔铸词中。不久，唐婉因极度的哀怨和不可解脱的痛苦郁郁成疾，含恨而死。吃人的封建礼教就这样夺去了一个憧憬幸福爱情生活的无辜生命。

赵长卿

赵长卿（生卒年不详），自号“仙源居士”。宋宗室子弟，居南丰（今属江西）。南宋词人。词作甚多，远师南唐，近承晏（殊）、欧（阳修），模仿张先、柳永，颇得其精髓，于艳冶之中又具清幽之致，为柳（永）派一大作家。词风婉约，文词通俗，善抒情爱，颇具特色。有词集《惜香乐府》留世。

临江仙①

暮春

过尽征鸿来尽燕②，故园消息茫然③。一春憔悴有谁怜？怀家寒食夜，中酒落花天④。　　见说江头春浪渺⑤，殷勤欲送归船⑥。别来此处最萦牵⑦。短篷南浦雨⑧，疏柳断桥烟⑨。

注释

① 临江仙：词牌名。原为唐教坊曲名。又名“临江山”“谢新恩”“庭院深深”等。

② 征鸿：指远飞的大雁。

③ 故园：此指词人在汴京的故居。茫然：指模糊不清的样子。

④ “怀家”二句：化用杜牧《睦州四韵》“残春杜陵客，中酒落花前”句意。寒食：古代节日，在清明节前一天或两天。古

人从这一天起，三天不生火做饭，只吃冷食，故称寒食。中（zhōng）酒：即醉酒。

⑤ 见说：指告知、说明。

⑥ 殷勤：这里指热情。

⑦ 萦牵：即牵挂。

⑧ 短篷：这里指小船。南浦：指水边的送别之所。

⑨ 断桥：在杭州西湖白堤的东端。又名宝祐桥、段家桥。

题 解

这首思乡抒怀之词是南宋词人赵长卿所作。大约作于“靖康之变”之后。北宋亡于金人，宗室南迁，定居临安（今浙江杭州）一带。此时，有人苟安一隅，歌舞升平，醉生梦死。亦有人不忘故国，以诗词歌赋来抒发怀念家乡之情感，表达收复失地之愿望。此词就是在这样的背景下写成的。此词抒写了词人思念故国、渴盼回归的情感。语言不事雕饰，自然流畅，又别有韵味，含蓄隽永。

赏 析

词之上片，重在抒写思家之情怀。

词人本是皇家宗室之后，在国破家亡、“靖康耻，犹未雪”（宋·岳飞《满江红》）、心头恨仍未灭的日子里，他的心中异常悲愤，“兴亡无限惊心语，说向时人总不知”（赵长卿《鹧鸪天》）。那种念国思家之情时时萦绕在心头。他每每仰望长空，然而，“过尽征鸿来尽燕，故国消息茫然。”无数次的鸿雁飞过，无数次的梁燕归来，词人望眼欲穿，却没有一点家乡的消息。这里，词人运用比兴的手法，以“征鸿”自比自己国亡家破、漂泊不定的伶仃凄惨，词人显然把那种南渡之后流离失所的凄苦、凄伤之境况融汇其中，以归“燕”兴起思家之情感，蕴含了一种“燕子归来愁不语，旧巢无觅处”（宋·李好古《谒金门》）的家国败亡的憾恨。这两句亦是反衬：鸿雁、梁燕尚能秋去春来，犹能回到塞北，而南渡的自己却年复一年远离故土，回归无望！“茫然”二字，把词人念国怀乡的无尽痛苦含于其中，与首句的“尽”字相呼应，词人那翘首云天、望眼欲穿之渴盼回归的神态如在目前，有着“唯余昔时泪，无复旧时容”（唐·高适《逢谢偃》）之无尽的凄哀。

此时，词人百感交集，惆怅万分：“一春憔悴有谁怜？”从春分到春社，他都处在思乡痛苦的煎熬之中，人亦消瘦、憔悴，又有谁同情呢？！这一句，承上启下：既总括上文，说明词人无时无刻不处在思乡的哀愁苦思之中。又以词人处于如此凄苦之境，竟然无一人同情之遭际，把涌满心间的飘零之苦、羁旅之愁蕴含其中。尤其是“有谁怜”三字，以反问的语气，表达了一种不甘屈辱之讥讽：南宋投降派置人民背井离乡、处于水深之中而不顾，与金人签订屈辱求和的“绍兴和议”。在此种形势之下，还能有谁会怜惜皇家宗室子弟的词人呢？！寥寥七字，把词人无尽的国仇家恨表露无遗。

此刻，词人“归梦如春水，悠悠绕心间（原句为‘绕故乡’）”（唐·刘睿虚散句）：“怀家寒食夜，中酒落花天。”词人常常怀念家乡寒食节的夜晚，想起酣醉在落花时节的情景。词人抓住清明给祖宗扫墓之特殊时刻，以表达深切之思家情怀：词人的先茔皆在河南，此刻正沦入金人的铁蹄之下，词人欲祭扫却不得，怎能不令他“行子肠断，百感凄恻”（南朝梁·江淹《别赋》）呢？！这两句，上句叙事，下句说景，一实一虚，对仗工整，化用巧妙境界阔大，他用巧且与词之首句“过尽征鸿来尽燕”遥相呼应，把思家之意绪、酣醉之情怀表现得迷离凄恻、哀婉动人。

词之下片，重在表达归家之渴望。

词人沉醉在思家的痛苦之中几欲难以自拔之际，忽然获得一个信息，情绪为之一振：“见说江头春浪渺，殷勤欲送归船。”忽然听说钱塘江春潮高涨，那江水似乎殷勤地想送我回去。这两句与词首的二句语意相反，词人由词首之怅然失落、失望，而因江头春讯激发起回乡之欣然惊喜、热望，情绪为之一振：钱塘江之浩渺“春浪”，有情有意，大献“殷勤”，要送他回乡。这里，词人实则是一种反衬：江水有情而人世无情！这又与上片之“一春憔悴有谁怜”相呼应，托讽极为深远：人世间无人理解、同情词人的思乡之伤痛，而无知的江水却能给词人以深切之同情！有情者无情，无知者却有情。词人以拟人和对比的手法，道出心中无限的悲哀。这悲哀里，也有着对南宋朝廷投降派的怨愤。

“春浪”已来，船也靠岸，词人就要离开临安乘船归乡，即刻一种缠绵不尽、矛盾复杂的情感萦绕在心头：“别来此处最萦牵。”说到离别，还是临安这个地方令我魂牵梦绕。词人毕竟是宗室之一，虽说苟且临安，精神上痛苦，但物质条件、生活水准别人是无法企及的，故而此种欲去又流连、不去更思归的矛盾心理是极为真实的。这里，我们可以窥见南宋时代上层贵族中一个心灵诚挚而备受折磨的真实的人！

“短篷南浦雨，疏柳断桥烟”，词末二句，词人以景语作结：南浦的雨敲打着低矮的船篷，只见那断桥边杨柳如烟。这里，词人寄情于景：登船归乡之时，当他回望之时，只见断桥一带，杨柳笼罩于烟雾之中，万千离情皆融景中，有一种“年年柳色，灞陵伤别”（唐·李白《忆秦娥》）的含蓄不尽之意味。

这首词手法高妙，托讽深远。词人妙用比兴、反衬、反问、化用及首尾呼应、虚实对照、情寓于景等多种手法，把思国怀乡的深挚情感表达出来，意在言外，感人至深。

辛弃疾

辛弃疾（1140—1207），字幼安（原字坦夫），号“稼轩”。南宋爱国词人。二十一岁参加耿京抗金义军。不久投归南宋，先后在江西、湖北、湖南、福建等地担任地方官，因积极主张抗金遭主和派忌恨，免官闲居达二十年之久。今存词六百余首，多以国家、民族现实问题为题材，抒发慷慨激昂的爱国之情，表现奋励向前、坚持抗战的雄心，以及壮志难酬的忧愤，对南宋上层统治集团的屈辱投降进行嘲讽和批判。亦有一些吟咏祖国河山的作品。所作气势纵横，不为格律所拘束；语言多有创新，又善于熔铸经史诗文乃至民间口语入词，使词体散文化，丰富了词的表现力。艺术风格多样，把苏轼开创的豪放词风推向了新的高峰，因之与其并称“苏辛”。为传诵之名篇甚多。有《稼轩长短句》留世。

摸鱼儿①

淳熙己亥②，自湖北漕移湖南，同官王正之置酒小山亭③，为赋。

更能消、几番风雨④，匆匆春又归去。惜春长怕花开早⑤，何况落红无数⑥。春且住。见说道、天涯芳草无归路⑦。怨春不语。算只有殷勤，画檐蛛网，尽日惹飞絮⑧。　长门事⑨，准拟佳期又误。蛾眉曾有人妒[10]。千金纵买相如赋[11]，脉脉此情谁诉[12]。君莫舞[13]，君不见、玉环飞燕皆尘土[14]！闲愁最苦[15]。休去倚危栏[16]，斜阳正在、烟柳断肠处[17]。

注 释

① 摸鱼儿：词牌名。原为唐教坊曲名。又名“摸鱼子”“买陂塘”“迈陂塘”“双蕖怨”等。

② 淳熙己亥：指宋孝宗淳熙六年（1179），岁在己亥。

③ “自湖北”二句：辛弃疾此年由湖北转运副使调任湖南转运副使。漕，漕司，宋代称主管漕运的转运使。王正之，名正已，四明人，时任湖北转运判官。作者调任后，由王正之接任，故称同官。王正之是作者旧交。小山亭，在鄂州（今湖北武昌）。

④ 消：经受。

⑤ 怕：一作“恨”。

⑥ 落红：落花。

⑦ 无：一作“迷”。

⑧ “算只有”三句：意为想来只有画檐下的蜘蛛殷勤地结网，去粘住纷飞的柳絮，力图留住春色。画檐，有画饰的屋檐。飞絮，飘飞的柳絮。

⑨ 长门：汉代宫殿名，武帝陈皇后失宠后被幽闭于此。

⑩ 蛾眉：指女子容貌的美丽。

⑪ 相如赋：即司马相如的《长门赋》。

⑫ 脉脉：绵长深厚。

⑬ 君：指那些忌妒别人来邀宠的人。

⑭ 玉环飞燕：指杨玉环、赵飞燕，皆貌美善妒。皆尘土：用《赵飞燕外传》附《伶玄自叙》中的语意。伶玄妾樊通德能讲赵飞燕姊妹故事，伶玄对她说：“斯人（指赵氏姊妹）俱灰灭矣，当时疲精力，驰骛嗜欲蛊惑之事，宁知终归荒田野草乎！”

⑮ 闲愁：指自己精神上的郁闷。

⑯ 危栏：指高楼上的栏杆。

⑰ 断肠：形容极度思念或悲痛。

题 解

这首词是南宋大词人辛弃疾的名作。写于宋孝宗淳熙六年（1179）。这是一首忧时感世之作。词人极写美女伤春、蛾眉遭妒、春意阑珊的哀怨之情，从而寄托了词人壮志难酬之忧愤和对国家命运的关切之情。

此词托物起兴，借古伤今，词人把身世之悲和家国之痛熔于一炉，情感深沉，寄托深远。词人以婉约之手法来表达豪放之内容，使热烈之内容与婉约之外表和谐统一，婉约含蓄，出色动人。

赏 析

词前小序交代了写作缘由。

词之上片，着重写春意阑珊。

词人乍一落笔，便着眼于春光之流逝，“更能消、几番风雨，匆匆春又归去”，时已暮春，哪里还能经得住几回风雨，春天又将匆匆归去。这里，词人用拟人的手法，表达他对春天的无限留恋。“能消”“几番”二词把词人内心的担心、忧虑和不舍写了出来。“匆匆”“归去”二词又把词人的不舍之情蕴含其中。着一“春”字，点明题旨，实为词眼。上片将围绕、紧扣着“春”字而展开。

接着，词人紧承上句，直写惜春之情：“惜春常怕花开早，何况落红无数。”珍惜春天我常常怕花儿开得过早，何况此时已经是花落无数。这两句，词人把自己“惜春”的心理极真切地描写出来：总害怕花落春去，故而担心春天的花若开得过早，那么谢得也早。花若谢去，春将离去。这里把词人的心理活动描写得特别细腻。“落红无数”采用借代手法，其“惜春”之情显然可见。与李清照之“绿肥红瘦”手法相同，表意亦同。

词人情急之下，只能大声疾呼：“春且住。见说道、天涯芳草无归路。”春天啊，请你暂且留步。难道你没听说吗，连接天边的芳草也阻断你的归路？！词人以大声之呼唤，想唤回春天。但可恨的是，那铺到天边的春草，遮断了春的回归之路！词人巧用拟人手法，以极为激动的口吻，表达心中的怨恨。当然，这正蕴含了词人惜春、留春之深意和深情。

“怨春不语。算只有殷勤，画檐蛛网，尽日惹飞絮。”上片末四句写“怨春”之情：真让人恨啊，春天就这样默默无语，对我的痴情挚意不屑一顾，又不声不响地归去。看起来，对春天殷勤多情的，只有那雕梁画栋间的蜘蛛，整天在屋檐下辛苦地编结着蛛网，想留住飞扬的柳絮。这里，词人仍用拟人手法，又兼用比喻和象征，表面看似写春景之衰微，实则隐喻和象征国势之衰微。因为“蛛网”当道，词人再“殷勤”无比，也无济于事。“殷勤”二字，把词人对国家忠心耿耿之情感突现出来。

词之下片，着重写美人迟暮。

“长门事，准拟佳期又误。蛾眉曾有人妒。”换头三句，词人用典言情：当年的阿娇被打入长门宫，用千金买到司马相如的《长门赋》，但却一次次地耽误了会面的佳期，那都是因为她之美丽有人嫉妒。词人用陈皇后失宠被汉武帝幽禁于长门宫之典故，来表达自己的失意。这里，词人写出了幽闭于“长门”宫之陈阿娇眼看再幸无望，故而幽怨深重。

“千金纵买相如赋，脉脉此情谁诉”，二句续说“长门事”：纵然用千金买来了司马相如的名赋，这一份脉脉深情她向谁倾诉？这里，词人用陈皇后不惜拿黄金购得司马相如之《长门赋》，希望凭它打动汉武帝的心，然而仍是“佳期”无望，再宠渺茫。

“君莫舞，君不见、玉环飞燕皆尘土！”这三句是词人借古伤今之感慨，奉劝你们不要得意忘形！难道你们没有看见那受宠的杨玉环、赵飞燕都化作了尘土吗？！“君莫舞”三字，是词人对那些置国家之危亡而不顾的投降派的义正词严的警告：得宠之人化为尘土，你们高兴一时，终将成为历史的罪人，被牢牢钉在耻辱柱上！

“闲愁最苦。休去倚危栏，斜阳正在、烟柳断肠处。”词末三句，词人发出喟叹，且以景语作结：精神上的折磨是最痛苦的。还是不要去倚靠高楼的栏杆吧，因为那斜阳正在一片烟柳的地方慢慢落下，令人痛断肝肠。这里，“闲愁”二字，词人着一“闲”字，其实“闲”字不“闲”：这正是郁积于词人内心的对南宋朝廷之黯淡前途的担忧。词末的暮色之景，景语乃情语，收合全词，表达了词人对国事的无比忧虑：南宋朝廷日薄西山、前途暗淡。

这首词最显著的特点有二：一是以婉约的笔法来写豪放之词，用隐讳曲折的笔法抒写爱国豪情。词人在婉约含蓄的外衣之内，有一颗火热滚烫的爱国之心在跳动。二是全词用了象征的手法。词中的意象无一不是词人情感、心志的表达，它兼用了比喻、拟人和借代等手法。比如，词中之“风雨”象征金人的侵犯，“落红”“斜阳”“烟柳”等景物则象征南宋朝廷日落西山、日暮途穷的前景，“草迷归路”，更是象征南宋朝廷奸佞当道、贤路蔽塞和爱国志士无法施展抗战救国之能力的真实局势。

菩　萨　蛮①

书江西造口壁②

郁孤台下清江水③，中间多少行人泪。西北望长安④，可怜无数山⑤。　青山遮不住，毕竟东流去。江晚正愁余⑥，山深闻鹧鸪⑦。

注　释

① 菩萨蛮：词牌名。原为唐教坊曲名。又名“菩萨鬘（mán）”“子夜歌”“重叠金”“花溪碧”“晚云烘日”等。
② 造口：又名皂口，在今江西万安西南，皂口溪在这里流入赣江。
③ 郁孤台：在今江西赣州西北部贺兰山顶，又称望阙台，因“隆阜郁然，孤起平地数丈”得名。清江：赣江与袁江合流处旧称清江。
④ 长安：即今陕西西安，为汉唐古都。此处代指北宋古都汴京。宋刘攽《九日》：“可怜西北望，白日远长安。”
⑤ 无数山：很多座山。
⑥ 愁余：这里是“使我发愁”。
⑦ 鹧鸪：鸟名。传说其叫声如“行不得也哥哥”，啼声凄切。

题　解

这首词是南宋著名词人辛弃疾的登楼抒怀之作。作于宋孝宗淳熙三年（1176）词人任江西提点刑狱时。词人路过造口，想起宋高宗建炎三年（1129），金兵大规模南下，一支追赶隆祐太后（宋高宗赵构的伯母）的军队，深入到造口，所过之处，抢劫屠杀，无恶不作。想起这些，他便作了这首词。此词痛惜河山残破、国事日非，表达了对南宋朝廷苟安江南的不满和词人恢复大计实行艰难之一筹莫展的愁闷。此词成功地运用了比兴手法，想象十分丰富，于含蓄蕴藉中见丰富意蕴，看似浅近，实则深厚。

赏　析

词之上片，重在借史抒情。

词人来到造口，想到了四十多年前金人在这里烧杀抢劫、无恶不作的情景，想到了遭难泣血、流离失所的百姓，不禁潸然泪下："郁孤台下清江水，中间多少行人泪。"郁孤台下这赣江清澈的水日夜奔流，江水中有多少被金兵折磨、逃难流离的人的眼泪！词人触景生情，倾泄出对沦陷区人民的一腔哀痛和满腹同情、忧虑。"郁孤台"三字领起全词，可见出词人之满腔激愤。"行人泪"三字，直点造口当年悲惨的史实，深深愤恨金兵之猖狂、残忍，国耻未雪的仇恨如火山般燃烧在词人心头。三字之中，意蕴深广。这一江流水之中，不仅有当年无数人的泪水，也有词人洒下的悲泪。

"西北望长安，可怜无数山。"这里，词人把京城看作民族希望的象征，来抒发自己心中无限的情思：举头遥望西北方向的汴京城，可惜被那无数重叠的山峰挡住了视线。词人着一"望"字，满腔的悲愤皆含其中，既有"南共北，正分裂"（辛弃疾《贺新郎》）的愤懑，又有一种"要挽银河仙浪，西北洗胡沙"（辛弃疾《水调歌头》）之志在恢复的坚定信念。尤其是"可怜"二字，将词人怀念故国的深厚之爱国情怀融汇其中。

词之下片，重在触景生情。

"青山遮不住，毕竟东流去。"换头两句，紧承上片的"山"字，景中蕴情：青山怎能把滚滚江水遮挡住？！江水仍然要滔滔向东流去。这里，词人明是写景，实则抒写胸怀：抗金之志就如绵绵群山阻不住东流之水一样，将长在而不息。"毕竟"二字，深沉有力，更加显示出词人收复失地的坚定决心。"东流去"三字，意味深长，表达了词人驱逐金人、振兴家国是正义之举，就如东流之水势不可挡。正如唐代诗人"诗圣"杜甫所写："浩浩终不息，乃知东极临。众流归海意，万国奉君心。"（《长江二首》）由此可见，收复失地、恢复国家统一是词人坚定不移的志愿。

“江晚正愁余，山深闻鹧鸪。”词末两句，抒写词人之愁苦：夕阳西下，傍晚的江边我正在发愁，忽然听到从深山里传来鹧鸪“行不得也哥哥”那凄切的鸣叫声。“江晚”“山深”之暮色苍茫之境，正是词人沉郁、苦闷心情之写照。“愁余”二字，词人借用《楚辞·九歌·湘夫人》之词意，把哀怨、苦闷和愁苦之情酣畅淋漓地描写出来。“闻鹧鸪”三字，以鹧鸪之凄厉、凄切的叫声，更加映衬出词人心头的无限悲凉，表现了词人百感交集的复杂情怀。

此词运用比兴手法，想象丰富。作者以赣江的流水起兴，借眼前之山水景物寓托政治感怀，联想到四十多年前的民族苦难，如以“清江水”喻行人之泪，以“无数山”喻中原的阻隔，以江水“东流”喻抗金意志，尤其是以“鹧鸪”自比，寄寓恢复大计实行艰难，抒情明志，更是匠心独运。鹧鸪“其志怀南”之可爱形象坚定了他南归报国之心志，深化了词旨。

青 玉 案①

元 夕②

东风夜放花千树③。更吹落，星如雨④。宝马雕车香满路⑤。凤箫声动⑥，玉壶光转⑦，一夜鱼龙舞⑧。 蛾儿雪柳黄金缕⑨，笑语盈盈暗香去⑩。众里寻他千百度⑪。蓦然回首⑫，那人却在，灯火阑珊处⑬。

注 释

① 青玉案：词牌名。取东汉张衡《四愁诗》“美人赠我锦绣段，何以报之青玉案”之诗意。又名“横塘路”“西湖路”等。

② 元夕：古时夏历正月十五日为上元节（即元宵节），此夜称元夕或元夜。

③ “东风”句：形容元宵夜花灯之繁多。花千树：花灯繁多如千树开花，形容花灯之盛。

④ 星如雨：这里指焰火纷纷，乱落如雨。星，指焰火，即满天的烟花。另说指灯多。

⑤ 宝马雕车：此指马车之豪华。

⑥ “凤箫”句：指笙、箫等多种乐器的演奏。凤箫，箫之美称。一说即排箫。

⑦ 玉壶：喻指明月。亦可指用白玉做成的灯。

⑧ 鱼龙舞：此指舞动鱼形、龙形的彩灯，其景象如鱼龙闹海一般。

⑨ “蛾儿”句：写元夕观灯妇女的装饰。蛾儿、雪柳、黄金缕皆是当时妇女头上所戴饰物。此指盛装之妇女。

⑩ 盈盈：此指声音轻盈悦耳，亦可指娇美的仪态。暗香：本指花

香。这里指女子身上散发出来的香气。

⑪ 他：泛指第三人称，亦包括“她”。千百度：即千百次、千百遍。

⑫ 蓦（mò）然：即突然、猛然。

⑬ 阑珊：此指零落稀少。

题解

这首词是南宋著名豪放派代表词人辛弃疾所创作的婉约词。词人以绚丽多彩的笔触，极力描写出临安元宵灯节之热闹景象，呈现出一种极美的境界，反衬出一位孤高淡泊、静美脱俗之非同一般的女性形象，把词人政治失意、不愿与世俗同流合污的品性和追求寄寓其中。

此词语言精妙，构思别致，意蕴丰厚。“艳语亦以气行之”（清·陈廷焯《词则·大雅集》），抒其心胸，“发其才气”（清·谭献《谭评词辨》卷二），“别有怀抱”（梁启超《饮冰室评词》丙卷），确是千古名篇。

赏析

词之上片，极写元夕之盛况。

这是南宋朝廷偏安江南一隅，不思恢复，沉湎歌舞的享乐时期，我们的爱国词人辛幼安，却满怀着哀伤、怨恨和志在报国收复的激情——“我最怜君中宵舞，道男儿、到死心如铁。看试手，补天裂。”（《贺新郎》）他想起了“闻鸡起舞”之激动人心的故事，想起了女娲补天的美好传说，更加坚定了统一祖国的必胜信念。然而，面对眼前的“暖风熏得游人醉，直把杭州作汴州”（宋·林升《题临安邸》）之情景，他只有用手中的笔，来抒写心中的追求：“东风夜放花千树。更吹落，星如雨。”词人描写元夜之灯彩和烟火：元宵之夜，春风吹开了千朵万朵的火树银花，又吹得焰火如星雨从天上落下。词人展开了想象的翅膀，春风尚未催开百花，却已在元夕吹落了地上千树万树的灯花，吹落了直冲云霄又犹如星雨般落下的烟火。“花千树”三字，词人描写出彩灯缀满街巷、犹如千树繁花盛开之景致，十分巧妙地化用“忽如一夜春风来，千树万树梨花开”

(唐·岑参《白雪歌送武判官归京》)之诗意，毫无斧凿痕迹。“星如雨”，想象奇妙，烟火满天、纷纷飘落之景如在目前。

“宝马雕车香满路。凤箫声动，玉壶光转，一夜鱼龙舞。”词人用五彩神笔描写出一幅车马流转、鼓乐喧天、灯火交辉的人间盛景：华丽的车马熙熙攘攘，脂粉和香气弥漫在南宋都城的大街小巷。随处可以听到悦耳动听的音乐之声，明月如同悬挂在空中的玉壶，闪着洁白的光在空中缓缓移动，鱼龙形的彩灯整夜都在翻腾飞舞。这里，词人极有层次地描述出车马、鼓、乐以及灯月交辉的犹如仙境之元宵夜景，那种高端、大气、上档次之热闹繁盛我们今人不难想见，只那“宝”“雕”“凤”“玉”，亦让我们目不暇接、流连忘返。区区二十字，描写出如此盛大、华丽、壮观之景象，可谓“下笔如有神”之大手笔！

词之下片，凸现意中之人。

“蛾儿雪柳黄金缕，笑语盈盈暗香去”，过片两句，词人转写盛景之中的丽人：观灯游赏的美人，头上都戴着时髦的饰物，那蛾儿、雪柳、黄金缕在灯火中闪烁。只见她们说说笑笑，洒下一路的香气，从我面前软盈盈地走过。这里，词人极有层次地从头饰、行走之中和走后的高端、大气、上档次之三个方面，描写出丽人们的非同一般。这就为“意中人”之出现做了很好的铺垫。

“众里寻他千百度。蓦然回首，那人却在，灯火阑珊处。”词末这几句，是词人千般寻觅、万般找寻之中的眼前一亮。我在人群里找了她千百次也没有找到，突然回头一看，她一个人正在那灯火零落之处。这里，词人描写了一个从寻找到发现的眼睛一亮的特写镜头：终于找到梦寐以求的“意中人”！这一瞬间，乃是点睛之笔，是词旨之所在！大而言之，“她”是词人收复失地、统一祖国的理想和愿望；小而言之，“她”是词人美德自守、忠于祖国、热爱人民、不与世俗同流合污之品性、心志的形象写照。

这首词最突出的特点是：构思巧妙，意旨深刻。词之上片对元夕盛况极尽笔墨之描写和词之下片众多美人之夸饰描绘，皆是为词末意中人的出现做铺垫、衬托，这种层层映衬、卒章显志的手法，使本词表达崇高理想、追求和坚守美好品性、心志的词旨形象而含蓄地显示出来，明事富理，启人思致。尤其是词末之点睛之笔，成为千古名句，且被近代大学者王国维列为“古今之成大事业、大学问者，必经过三种之境界”之“第三境”(《人间词话》)。

章 良 能

章良能（？—1214），字达之。丽水（今属浙江）人。南宋词人。周密之外祖父。宋淳熙五年（1178）进士。累官至枢密院事、参知政事。有《嘉林集》百卷，不传。周密《齐东野语》称其为“间作小词，极有思致”。存词仅此一首。

小 重 山①

柳暗花明春事深②。小阑红芍药③，已抽簪④。雨余风软碎鸣禽⑤。迟迟日⑥，犹带一分阴⑦。　　往事莫沉吟⑧。身闲时序好⑨，且登临。旧游无处不堪寻⑩。无寻处，惟有少年心。

注　释

① 小重山：词牌名。又名“小冲山”“小重山令”。

② 春事：这里指春色、春意。

③ 阑：意同“栏”。芍药：一种多年生草本花卉。曾被古人誉为“花仙”“花相”，列为“六大名花”之一，又称之为“五月花神”“爱情之花”。

④ 抽簪：此指含苞待放的情状。簪，本指妇女插髻的针形首饰，这里形容纤细的花芽。

⑤ 风软碎鸣禽：此处化用唐代诗人杜荀鹤“风暖鸟声碎，日高花影重”（《春宫怨》）之诗意。碎，鸟鸣之声细而杂。

⑥ 迟迟：缓慢的样子。

⑦ 一分阴：这里是说天上有少许乌云，一点点阴。

⑧ 沉吟：这里指深思。

⑨ 时序：即时节、节候。

⑩ 旧游：此指昔日游览的地方。不堪：这里为“不能”“不可”之意。

题 解

这首词是南宋词人章良能所创作，是词人旧地重游、春日感怀之作。语言浅易，意蕴颇深。词人时隔多年，回到昔日游览之地，虽则旧迹似可追寻，但是年少之心已难再寻，怅惘之情顿然而生。

此词写法独到，词人妙用宕开、拨转之法，把重游旧地之万般感慨抒写出来，把颇为复杂的情怀层层深入地一一揭示出来，确有层层剥茧之妙。

赏 析

词之上片，重在绘景。

词人大概为官多年，重回少年时的游赏之地（亦可能是家乡某地），寻找昔日的旧迹，但见眼前——“柳暗花明春事深。小阑红芍药，已抽簪。”此时已是晚春时节，柳色浓郁深暗，春花明丽清新，春意已深。栏杆边的红芍药，尖尖的花苞宛如美人的头簇，已开始抽出花蕾。词人采用先总后分的写法，先以“柳暗花明”总写景色特点，一“暗”一“明”，相互衬托，似有一种“山重水复疑无路，柳暗花明又一村”（宋·陆游《游山西村》）的重回旧地的惊喜，又巧妙地突出了季节特征。“春事深”三字，直接点示季节，对“柳暗花明”加以补充、说明。“小阑”两句，词人用精细的笔墨，工笔描绘出红芍药枝繁叶茂、花儿含苞待放之景，是对“春事深”三字的形象补充，亦有一种“春回常恨寻无路，试向我、小园徐步。一阑红药，倚风含露，春自未曾归去”（宋·晁补之《金凤钩》）之窃喜，充分显露出词人重回旧地、景色尚好的惊异和愉悦。

“雨余风软碎鸣禽。迟迟日，犹带一分阴。”上片末三句，再写景色：新雨后的春风温柔轻软，到处响着各种鸟雀婉转的歌唱之声。阳光和暖，晴空之中尚有一点乌云。词人仍用工笔细描暮春之景。“雨余”句巧妙化用唐代诗人杜荀鹤“风暖鸟声碎，日高花影重”（《春宫怨》）之诗意，似有些许的惋惜、挽留之意，又似乎有点不如早来的懊悔。后二句，再次点明季节特征，把暮春时节，白天渐长，日影移动缓慢之特点写了出来。着一“犹”字，看似写“阴”，实则显示“晴空一点云”之妩媚多彩，亦显示出词人重游旧地之喜悦。

词之下片，重在抒情。

“往事莫沉吟。身闲时序好，且登临。”过片处三句，紧承上片词意，直写心情：以往的事情，不必总是回顾思索。还是要趁着身闲景美这么好的时节，赶快去登山临水赏目悦心。这里，词人从旧地的景致之中找回了昔日年少时的愉悦，从眼前之“好”景来自我宽慰，虽则面临年少游览之地对往昔有所“沉吟”，但很快从“身闲时序好”中找回了感觉，似乎又有了年少时的欢愉心情。

“旧游无处不堪寻。无寻处，惟有少年心。”词人欢愉之心情，忽又一转：旧游之地的风光，似乎都可以寻见。只有年少时的心情，已经无处可找。这里，词人运用突转之写法，以旧地风光之历历可寻引出一种更深层的伤感。比之“欲买桂花同载酒，终不似、少年游”（宋·刘过《唐多令》）之今昔心情不同更深一层：词人怅然若失、苦苦寻找和追索的究竟是什么，是那种再难追回的豪情壮怀！由此可见，词人用“卒章显志”之法，写出心中之伤痛，这当然不只是词人个人际遇之感伤，而有着对国事日非、词人无能无力之深重的痛悔。由此可见，词人写这首词的时候心绪是颇为复杂的。

这首词最突出的特点，可用一个字来概括，就是“真”。词人以旧地重游为契机，巧以景中融情及宕开、拨转等手法，层层深入地抒写出真切的情意，确是“为情者要约而写真”（南朝梁·刘勰《文心雕龙·情采》）之佳作。

张镃

张镃（1153—1235），字功甫，原字时可，号“约斋”。祖籍凤翔（今属陕西），徙居临安（今浙江杭州）。南宋词人。抗金名将张俊之曾孙。历官大理司直、直秘阁、婺州通判、司农少卿等职。出身华贵，能诗善词，又善画竹石古木。曾学诗于陆游。与尤袤、杨万里、辛弃疾、姜夔等皆有交游。有《南湖集》《玉照堂词》留世。

满庭芳①

促织儿②

月洗高梧，露漙幽草③，宝钗楼外秋深④。土花沿翠⑤，萤火坠墙阴。静听寒声断续，微韵转⑥，凄咽悲沉。争求侣，殷勤劝织⑦，促破晓机心⑧。　儿时，曾记得，呼灯灌穴⑨，敛步随音⑩。任满身花影，犹自追寻。携向华堂戏斗⑪，亭台小⑫，笼巧妆金⑬。今休说，从渠床下⑭，凉夜伴孤吟。

注释

① 满庭芳：词牌名。又名“满庭霜”“锁阳台”等。

② 促织儿：即蟋蟀。

③ 露溥（tuán）：指露水很多的样子。《诗经·郑风·野有蔓草》："野有蔓草，零露溥兮。"

④ 宝钗楼：指唐宋时咸阳酒楼名。

⑤ 土花：这里指青苔、苔藓。

⑥ 微韵：这里指细微的声音。

⑦ 劝织：晋陆机《毛诗草木鸟兽虫鱼疏》："里语曰：趣（同促）织鸣，懒妇惊。"蟋蟀鸣则天气转凉，敦促思妇早制寒衣。故而说"促破晓机心"。

⑧ 机心：本指机巧功利之心。此处是说蟋蟀为"劝织"而煞劳苦心。

⑨ 灌穴：此指古时抓蟋蟀的一种方法，即将水灌入蟋蟀穴，逼迫蟋蟀出来。

⑩ 敛步：指放慢脚步，声音轻微。

⑪ 华堂：指精美的厅堂。

⑫ 亭台：这里指盛蟋蟀的笼子。

⑬ 笼巧妆金：这里是说蟋蟀笼子制作精巧，饰以黄金。

⑭ 从渠：意即听随它。渠，它。

题 解

这首词是南宋词人张镃所作。作于宋宁宗庆元二年（1196）。词人在张达可家与姜夔会饮之时，闻听屋壁间有蟋蟀鸣声，词人与姜夔相约，同以"蟋蟀"为题作词，词人先成。然后一并交与歌者演唱。姜夔认为此词"甚美"。

这首词确实比姜夔咏蟋蟀之《齐天乐》一词之笔法更工细，有"心细如发"之精美。词人化无形为有体，化抽象为具体，寓个人情感体验和志趣爱好于所咏物中，使词人的主观情志与所咏之物融为一体，达到了"咏物入神"（宋·周密《历代诗余》卷七引）之佳境。

赏 析

词之上片，描写闻听蟋蟀之声的感受。

"月洗高梧，露溥幽草，宝钗楼外秋深"，起笔三句，直写秋夜庭院环境之幽静、恬美：高高的梧桐树沐浴在月光之中，角落里的小草沾濡了许多露水，宝钗楼外一片深秋的景色。乍一落墨，词人便以“月洗”二字，用拟人手法赋予月光人情味，给人以美感，写出了“月出皎兮”（《诗经·陈风·月出》）的明净之美。“露溥幽草”一句，巧妙化用《诗经》之“野有蔓草，零露溥兮”（《诗经·郑风·野有蔓草》）的诗意，把那种露湿小草的月下之景极细致、生动而逼真地描写出来，如在读者目前。“秋深”二字，点示时令，亦让人顿生月皎“露洁”之秋夜美好之感。以景寓情，不着痕迹。

“土花沿翠，萤火坠墙阴”二句，词人进一步衬托环境之幽美：青苔长满了墙根，一点萤火飘落下来。词人着一“沿”字，化静为动，似乎那青苔正沿着墙根生长、延伸，用字极为生动、精巧。着一“坠”字，动感极强，可见出即使在皓月之下，那“萤火”亦是十分耀眼。这自然就把读者的视线引向“墙阴”，为主角“促织儿”的出场做了很好的铺垫和陪衬。词人描写得如此精细、真切，显然与其闲适的生活实践以及多样的情趣爱好是分不开的。

“静听寒声断续，微韵转，凄咽悲沉。争求侣，殷勤劝织，促破晓机心。”这五句，方入正题，主角登场：静静地听着蟋蟀的鸣叫，一阵凄寒的声音断断续续地传来，音调宛转，声声呜咽悲凉。这是蟋蟀争着求偶，也是它在起劲地劝人纺织，催促织妇一早起来织布，真可谓煞费苦心。这里，词人以极为细腻、生动而真切的笔触，写出对蟋蟀鸣声之体会，写得极有人情味，用现在的话说，具有正能量。悲凉的鸣声之中，关乎着生存和对人类之殷切关怀。这哪里是在写蟋蟀，分明是在写人生，写人生体验，写精神关怀，是词人性情志趣和人生追求的体现。起码可以说明词人具有劳动人民的本色。

词之下片，追忆儿时捕、斗蟋蟀之情趣，反衬词人内心之孤寂、凄凉。

换头处词人直写少儿之时捕捉蟋蟀之情景——“儿时，曾记得，呼灯灌穴，敛步随音。任满身花影，犹自追寻。”曾记得小时候，小伙伴们相互呼唤着，提着灯笼四处搜寻蟋蟀。一旦发现蟋蟀的洞穴，就用水灌进穴中，又蹑手蹑脚地仔细辨听，辨听那逃跑的蟋蟀的鸣声，轻手轻脚地循声跟踪。任凭满地都是月光花影，任凭花草沾满全身，也要独个儿去追寻。这里，词人用精细入微、生动逼真的笔触，活灵活现地刻画出捕捉蟋蟀的过程，通过“发现灌水”“敛步辨听”和“独自追寻”三个镜头，展现得如在眼前，童趣横生，白描手法运用极为成功。

“携向华堂戏斗，亭台小，笼巧妆金”，紧承上句，描写斗蟋蟀之情形：我兴致勃勃地带着捉到的蟋蟀，来到精美的厅堂参加斗蟋蟀的游戏，那亭台形状的涂有金色的蟋蟀笼，十分小巧精美。词人用“华堂”“小”“巧”“妆金”等字眼，极尽夸饰、渲染参与者对“斗蟋蟀”之重视和斗时之热烈好看。这亦反映出当时社会的一些习尚。

词末三句“今休说，从渠床下，凉夜伴孤吟”，是词人抚今追昔之感慨：如今这一切都不必再度提起，因为全都成为过眼烟云，再也没有那种雅兴。蟋蟀正在我的床下低声吟唱，在寒冷的夜里陪伴我这孤独的人哀叹悲吟。这里，词人从儿时欢乐的顶峰跌入了现实孤寂、哀怨之深渊，从“扬”之顶点落至“抑”之极限。这亦是词人对现实之真切的感受。

这首词是“有境界”之作。词人笔下那小小的“促织儿”，分明是词人人生之写照和衬托，有喜有悲，有笑有泪。正如近代大学者王国维所说：“能写真景物、真感情者，谓之有境界。”（《人间词话》）

姜　夔

姜夔（1154—1221），字尧章。因所居临近苕溪白石洞天，故自号“白石道人”。鄱阳（今江西鄱阳）人。南宋词人。早年孤贫，屡试不第，布衣终身。擅长诗词，尤以词名。其诗初学黄庭坚，后学晚唐，并曾以唐代诗人陆龟蒙自比，虽在字句间精心刻意，却无纤巧之痕。诗风清妙秀远，时有名句佳作。所著《诗说》，论及诗的作法、体制、意境等，颇多独到见解。因精通音律，能自度曲，词的艺术成就更高。其词多为咏物、记游之作，格律谨严，音调谐婉，能用健笔抒写柔情，风格清幽冷峭。但格高意浅，内容贫乏。是南宋格律词派的主要代表人物。亦有少数作品表现身世飘零之感和追怀丧乱之情。自度曲《扬州慢》（淮左名都）为其名作。姜夔对诗词、散文、书法、音乐无不精善，是继苏轼之后又一难得的艺术全才。有《白石道人诗集》等，存词八十四首。

点　绛　唇①

丁未冬过吴松作②

燕雁无心③，太湖西畔随云去④。数峰清苦⑤，商略黄昏雨⑥。　第四桥边⑦，拟共天随住⑧。今何许⑨？凭阑怀古，残柳参差舞⑩。

注 释

① 点绛唇：词牌名。因南朝江淹诗有“明珠点绛唇”句而得名。又名“南浦月”“点樱桃”等。

② 丁未：即宋孝宗淳熙十四年（1187）。吴松：今吴江，属江苏。

③ 燕（yān）雁：指北方幽燕一带的鸿雁。燕，此指北地。无心：无机心。燕雁无心：意即词人羡慕飞鸟的无忧无虑、自由自在。

④ 太湖：指江苏南部的大湖泊。

⑤ 清苦：这里用来状写山之荒寒、寂寥。

⑥ 商略：意为商量、酝酿、准备。

⑦ 第四桥：这里指吴江城外的甘泉桥。乾隆《苏州府志》：“以泉品居四。”故名。

⑧ 天随：指晚唐文学家陆龟蒙，自号“天随子”。晚年隐居松江甫里。

⑨ 何许：意为何处、何时。

⑩ 参差（cēncī）：不整齐、不一致。

题 解

这首写景怀古之词，是南宋词人姜夔创作。写于宋孝宗淳熙十四年（1187）丁未冬天。词人从湖州往苏州见范成大，道经吴松（今江苏吴江），心仪曾在此地隐居的晚唐诗人陆龟蒙，乃作此词。

此词通篇有景，景中融情，含蓄蕴藉，将洒脱、旷达的胸襟和潇洒自在之情融于景中。语言精妙，生动活泼。

赏 析

词之上片写景。

开首二句“燕雁无心，太湖西畔随云去”，写“燕雁”“随云”而翔之情景：在太湖西边，北方的大雁无忧无虑、自由自在地伴随着云彩飞去。这里，词人把时值冬天、北雁南飞之情形，用一个特写镜头展现出来。“无心”二字，以拟人手法，既写“燕雁”随季节而飞（即“无心”）之景象，又喻示了词人之性情——纯任天然，不受拘束、限制。词人曾以唐代诗人陆龟蒙自比，因而对陆诗崇尚有加。这两句就是化用了陆之诗句“心似孤云任所之，世尘中更有谁知”（《和袭美新秋即事次韵》）、“云似无心水似闲”（《秋赋有期因寄袭美》）。“太湖西畔随云去”一句，亦暗喻词人自在悠闲地在人世之漂泊。

接着，词人转写眼前之山峰：“数峰清苦，商略黄昏雨。”只见远处的几座孤峰，呈现出一副凄清愁苦的样子，似乎在酝酿着黄昏时的一场大风雨。这两句，词人以含情之笔触、拟人之手法来写“数峰”，妙用正衬的手法，以“数峰清苦”来写人之万千愁苦，拟人和正衬兼而用之，这与稼轩词句“我见青山多妩媚，料青山，见我亦如是”（宋·辛弃疾《虞美人》）之手法何其相似！

词之下片怀古。

“第四桥边，拟共天随住”，换头两句，抒写词人之心愿：我真想在第四桥边，跟天随子一起隐居。“第四桥”是唐代诗人陆龟蒙的故乡。“天随子”是陆龟蒙的自号，出自《庄子·在宥》：“神动而天随。”陆龟蒙本有济世之志，可他身处晚唐，多次举进士不第，便自号“江湖散人”，隐居松江甫里。姜夔自比陆龟蒙，先前亦有壮志，结果亦举进士不第，最终漂泊江湖，做到了“三生定是陆天随”（《除夜》）。“拟共”二字，写出了词人的向往，一种打破甚至泯灭了古今时间界限的精神向往。

“今何许？凭阑怀古，残柳参差舞”，词末两句，点题写景：可如今像天随子这样的人又在什么地方呢？我独自倚着栏杆缅怀千古，只见那残柳参差不齐地在寒风中飞舞。“今何许”三字，语意极丰，既有何时、何处之意，又有为何、如何等意，甚至可以囊括人生、历史和宇宙，可说是“精骛八极，心游万仞”（晋·陆机《文赋》）。“怀古”二字，点示词旨，把词人追慕古人的心迹直接道出。“残柳参差舞”这一景语实为情语，既有词人对自己人生之喻指，又有对南宋衰世之喻示，象征了身世之哀和国衰之痛。

这首词最显著的特点是：巧妙地运用比喻、拟人和象征等手法，把词人内心的身世之悲和国衰之痛精妙地融入笔下的景物之中，确有一种“无穷哀感”“不能自止”（清·陈廷焯《白雨斋词话》卷二）的艺术魅力。

扬 州 慢①

淳熙丙申至日②，予过维扬③，夜雪初霁④，荠麦弥望⑤。入其城⑥，则四顾萧条，寒水自碧⑦。暮色渐起，戍角悲吟⑧。予怀怆然⑨，感慨今昔，因自度此曲⑩。千岩老人以为有《黍离》之悲也⑪。

淮左名都⑫，竹西佳处⑬，解鞍少驻初程⑭。过春风十里⑮，尽荠麦青青。自胡马窥江去后⑯，废池乔木⑰，犹厌言兵⑱。渐黄昏⑲，清角吹寒⑳，都在空城。　　杜郎俊赏㉑，算而今、重到须惊。纵豆蔻词工㉒，青楼梦好㉓，难赋深情㉔。二十四桥仍在㉕，波心荡、冷月无声。念桥边红药㉖，年年知为谁生。

注 释

① 扬州慢：词牌名。此为词人自制曲。姜夔路过扬州，有感于被金兵劫掠后的城邑萧条，因制此曲。又名“郎州慢”。

② 淳熙丙申：指宋孝宗淳熙三年（1176），岁在丙申。至日：冬至。

③ 维扬：扬州的别称。

④ 霁：指雨雪停止，天气放晴。

⑤ 荠麦：指荠菜和野生的麦子。弥望：指远望。

⑥ 其：此，指扬州。

⑦ 自：独自。

⑧ 戍角：城上守兵吹出的号角声。悲吟：悲鸣。

⑨ 怆然：悲痛的样子。

⑩ 自度此曲：自己制作了这首曲子。

⑪ 千岩老人：此指南宋诗人萧德藻，自号“千岩老人”。作者是其侄女婿，亦曾跟他学诗。黍离：《诗经 · 王风》篇名，以黍离代指国家破败。

⑫ 淮左名都：此指扬州。宋代扬州属淮南东路（另有淮南西路），淮南东路亦称“淮左”。名都，著名的都会。

⑬ 竹西：竹西亭，位于扬州城东禅智寺旁。唐杜牧《题扬州禅智寺》有诗云：“谁知竹西路，歌吹是扬州。”后人因以竹西作亭名，亭在扬州北门外五里。

⑭ 少驻：稍作停留。初程：初次的历程或初段行程。

⑮ 春风十里：这里形容曾经十分繁华的扬州街道。

⑯ 胡马窥江：此指金兵于宋高宗建炎三年（1129）和绍兴三十一年（1161）两次南侵，打到长江边上，扬州在江北，受到严重破坏。

⑰ 废池乔木：指被金兵废毁的池台和残存的古树。以此表明劫后城中人烟萧条，十分荒芜。

⑱ 犹厌言兵：即“言兵犹厌”。

⑲ 渐：即向、到。

⑳ 清角：指凄清的号角声。

㉑ 杜郎：即唐代诗人杜牧。杜牧在唐文宗大和七年（833）至大和九年（835），在扬州淮南节度使牛僧孺幕中任职，经常游览扬州市区。俊赏：风流秀逸，有高超的鉴赏能力。

㉒ “豆蔻（kòu）”句：指杜牧《赠别》诗：“娉娉袅袅十三余，豆蔻梢头二月初。”豆蔻，比喻少女美艳。

㉓ 青楼梦好：杜牧《遣怀》诗有“十年一觉扬州梦，赢得青楼薄倖名”之句。青楼，指妓院。

㉔ 赋：写。

㉕ 二十四桥：桥名，旧址在今扬州西郊。亦称吴家砖桥或红药桥。

㉖ 桥边红药：二十四桥旁多栽种芍药，故二十四桥一名“红药桥”。红药，即芍药花，是扬州繁华时期之名花。

题　解

这首词是南宋著名词人姜夔的代表作之一。作于宋孝宗淳熙三年（1176）冬至。二十余岁的词人，路过扬州，只见昔日繁华的都市，因金兵频频南侵，屡遭浩劫，已破败不堪，于是追怀丧乱，感慨今昔，通过描写扬州兵燹（xiǎn）

后之寂寞荒凉，以寄托词人对国事之关怀及对扬州昔日繁华之怀念、对今日山河残败之哀思。

词人首次远游即选扬州，因其多读杜牧之诗，对杜诗中扬州盛名早有向往之情，亦颇多憧憬。谁料亲见亲闻无不触目惊心，于是即事写景，“情景逼真”（清·陈廷焯《白雨斋词话》卷二），触景生情，抒发了内心深重的郁愤，表达出一片深挚的爱国之情。

赏 析

词之上片，重在写景。

词人时年二十二岁，第一次远游。在淳熙丙申（1176）冬至这一天，经过扬州。那天夜里下了雪，第二天天亮转晴。词人举目眺望田野，满眼皆是野麦、荠菜。词人进入城内，环顾四周，一片萧条残破之景象，唯有那清冷的河水让他感到绿得可爱。在那暮色渐渐升起之时，镇守城楼的兵士吹出的低沉而悲凄的号角声，使词人心中十分悲痛，为扬州今昔之变化感慨万千，于是写下了这首词。

词人长途旅行，来到这“淮左名都，竹西佳处，解鞍少驻初程”——淮左著名的都市扬州，这里有竹西亭这样的名胜，词人终于能够骑马来到此地暂住游览。词人先从自己的行踪起笔，其向往之情显然可见，此处化用杜牧诗意而不留痕迹。

词人走上扬州街道，“过春风十里，尽荠麦青青。”——经过当年“春风十里扬州路”（唐·杜牧《赠别》）的地方，原来那时十分繁华之地，如今却野草遍地，一片荒凉。这里经过金兵的劫掠，已无有当年之车水马龙、醉舞酣歌的十里长街，只有满目疮痍，荒草一片。通过今昔对比反衬，词人为今日扬州之荒凉不堪的景象而伤悲。词人真的不敢想象，如此名驰天下之胜地，“自胡马窥江去后，废池乔木，犹厌言兵。”——自从金兵渡江南侵肆意蹂躏之后，满城皆是荒废的池塘和枯槁的大树，它们仿佛至今还在控诉着敌人侵略的罪行。这里，词人以拟人手法，表达了“物犹如此，人何以堪”之痛恨和诅咒之情。可见词人目睹金兵铁蹄践踏、洗劫之惨景的满腔愤恨。用“以少总多”的手法，摄取

"春风十里，尽荠麦青青"和满城"废池乔木"两个镜头，将词人无尽的痛恨、诅咒之情蕴含其中。

"渐黄昏，清角吹寒，都在空城。"渐渐到了黄昏时分，在空城的上空，萦绕着令词人顿然而生凄寒之号角声。词人以角声既衬托城之寂静，又将听觉化为触觉，写出内心之凄寒，再次突出"黍离之悲"。

词之下片，重在抒情。

词人对唐代诗人杜牧特别偏爱，熟读其诗，见到扬州之破败，使他黯然想到："杜郎俊赏，算而今、重到须惊。"杜牧当年曾经盛赞扬州的繁华。料想他如果今天重来此地，也一定会万分心惊。词人虚拟设想，使词情跌宕而浓烈：风流秀逸之杜牧，亦心"惊"万分，词人内心之痛惜、吃惊就不言而喻了。

词人紧承上句，再加设想："纵豆蔻词工，青楼梦好，难赋深情。"即使是像杜牧那样有才华的诗人，能写出"豆蔻梢头二月初"之名句，能在自己的诗中写出"十年一觉"之青楼美梦，但今天面对如此荒凉之扬州城，恐怕也难以写出极富深情的诗章。这里，词人紧承上句之"杜郎俊赏"，再以"豆蔻词工""青楼梦好"之化用，来反衬今日之风流云散、对景难排及深情难赋，更可见出今日扬州之萧条，含蓄地抒发了词人抚今追昔之情感。

词人再看目前之景："二十四桥仍在，波心荡、冷月无声。"二十四桥仍在眼前，但没有了桥上吹箫的美人，只留下荡漾的水波和无声冷月在水中的倒影。这里，词人巧妙化用杜牧"二十四桥明月夜，玉人何处教吹箫？"（《寄扬州韩绰判官》）之诗意，以昔时之乐景，来反衬今日之哀景。尤其是"波心荡、冷月无声"的特写镜头，以鲜明、精细之画面，动静相衬，似乎让我们看到低首沉吟、百般哀痛之词人形象。

词末词人又一次虚拟设想："念桥边红药，年年知为谁生。"想那桥边的红芍药花年年盛开，又有谁来欣赏呢？！花开依然，人事已非，词人心中之感伤可想而知，深蕴其中。可谓耐人寻味，意味深长。

这首词意旨深刻，手法精妙。词人巧用对比、反衬、化用及虚拟设想等多种手法，尤其是特写镜头的摄取，景中含情，化景物为情思，抒发出内心之郁愤，表达出深挚的爱国之情。

暗　香①

辛亥之冬②，予载雪诣石湖③。止既月④，授简索句⑤，且征新声⑥，作此两曲。石湖把玩不已，使工妓隶习之⑦，音节谐婉，乃名之曰《暗香》《疏影》。

旧时月色，算几番照我，梅边吹笛。唤起玉人，不管清寒与攀摘⑧。何逊而今渐老⑨，都忘却、春风词笔⑩。但怪得、竹外疏花，香冷入瑶席。　江国⑪。正寂寂。叹寄与路遥，夜雪初积。翠尊易泣⑫，红萼无言耿相忆⑬。长记曾携手处，千树压、西湖寒碧⑭。又片片、吹尽也，几时见得。

注　释

① 暗香：词牌名。作者自创曲。

② 辛亥：指宋光宗绍熙二年（1191），岁在辛亥。

③ 石湖：这里指范成大，晚年隐居苏州西南石湖，自号“石湖居士”。

④ 止既月：住满一月。

⑤ 简：纸。

⑥ 征新声：征求新的词调。

⑦ 工妓：乐工和歌女。隶习：学习。

⑧ “唤起”二句：化用贺铸《浣溪沙》“玉人和月摘梅花”句意。玉人：美人。

⑨ 何逊：南朝梁诗人，曾在扬州作《咏早梅》诗，甚有名。

⑩ 春风词笔：指何逊所作《咏春风》诗。

⑪ 江国：指水乡。

⑫ 翠尊：翠绿的酒杯。这里指酒。

⑬ 红萼：即红梅。耿：心怀不安的样子。

⑭ 千树：这里是说杭州西湖孤山的梅花成林。

题 解

这首词是南宋词人、“白石道人”姜夔自创词牌的作品，与《疏影》是姊妹篇，皆是咏梅之佳作。其名取自于北宋诗人林逋“疏影横斜水清浅，暗香浮动月黄昏”（《山园小梅》）之诗句。作于宋光宗绍熙二年（1191）。由词前小序可知：这年冬天，词人冒雪去拜访“石湖居士”范成大。住满一月，范向词人索要新作，还要求他创作新曲，词人便创作了这两首词。范吟赏不已，教乐工歌妓练习演唱，两词音调节律悦耳婉转。词人便将其命名为《暗香》和《疏影》。

此词以梅花为线索，通过回忆对比，表达了词人对今昔盛衰之感慨。

赏 析

词人写梅花，由月下梅边吹笛勾起对往事之回忆：“旧时月色，算几番照我，梅边吹笛。唤起玉人，不管清寒与攀摘。”回忆起旧时的月色，曾经多少次照着我在梅树旁吹笛。那幽怨的笛声唤起了美人，她全不顾夜间之寒气，踏着月光去攀折梅枝。词人以景开篇，烘托环境气氛，以“月色”之好引出词人“梅边吹笛”之情节，妙点“梅”字，见出词旨。再以“笛”“唤玉人”，以美人映衬梅花，相映而美。又以“不管清寒与攀摘”之细节，展现出一幅“美人摘梅花”于幽幽的笛声和清淡的月色之中的图景。景情融合，有声有色，吹者、摘者和谐相衬，是多么美好的一幅生活图景啊！难怪词人念念不忘、铭记于心。

接着，词人由回忆又转到了眼前之现实：“何逊而今渐老，都忘却、春风词笔。”如今，我像何逊般渐渐老去，早已失却了当年的风情，荒废了昔日的诗笔，已经写不出优美的诗篇来歌咏梅花了。词人以自谦之语，表达出内心“春未绿，鬓先丝，人间别久不成悲”（姜夔《鹧鸪天》）之伤悲。在今昔的对比之中蕴含着凄楚之情。

然而，词人伤感之间，“但怪得、竹外疏花，香冷入瑶席。”忽然看到那竹外一枝疏疏的梅花，居然把它的冷香送进了酒席。这里，词人点醒题目：梅花依旧有情，把幽香送入词人的酒席之上，尽管词人年衰才疏，诗笔不再。词人在凄哀之中，又有了些许的欣慰，撩起了深长的情思，引发了心中的诗兴。随后，他又陷入了回忆：“江国。正寂寂。叹寄与路遥，夜雪初积。翠尊易泣，红萼无言耿相忆。”江南的冬夜是多么的寂寞啊，想把折下的梅花寄给远方的友人，可惜路途太过遥远迷离，何况白茫茫夜雪初积。此刻，连眼前的绿酒，室外的红梅，都在深深地思念友人。词人独处异乡，心中无比冷寂，却又心起波澜：想以梅相赠友人，但又怕山遥水远，风雪阻隔，难以寄达。只能借酒浇愁，却又见眼前酒、室外梅亦同样饮泣含悲。词人移情于物，以“翠尊”之“泣”和“红萼”之“忆”，来表达胸中之离情别恨。

回忆之门一旦打开，另一扇回忆之窗亦相继掀开：“长记曾携手处，千树压、西湖寒碧。”词人永远记得两人携手之处，雪后的梅花盛开，花朵茂密，与那清冷碧绿的湖水相挨相近，相映成趣。词人以西湖孤山红梅之傲雪凌寒，似乎带来了春意，来映衬出心中“携手”之惬意，使词情达至高潮。

词末词人又回归现实，眼前是“又片片、吹尽也，几时见得”——梅花一片片地被风吹落，真不知道我们什么时候才能再度相遇？词人以“几时见得”一语双关：“梅花吹尽”何时再开？相忆之人久别何时再逢？深挚之幽思，引起无限之悬念。

这首词机杼独出，蕴意深厚。词人以梅花为线索，通过回忆、对比，把今昔盛衰之情捏合一起，无限情事，万端感慨，岁月之叹，身世之悲，皆寓梅中。故而给人“不惟清空，而且骚雅”之美感，堪称咏梅词中之上乘佳作。

史 达 祖

史达祖（1163?—1220?），字邦卿，号“梅溪”。汴（今河南开封）人。南宋词人。曾为权相韩侂胄堂吏，掌文书，颇受宠信，故谄媚者多趋其门，呼为“梅溪先生”。韩败，被黥面，死于贫困之中。其词长于咏物，以描写细腻工巧见长。词风妥帖轻圆，清新闲婉，具有浓厚的富贵气息。其词中不乏身世之感，亦充满沉痛的家国之情。但重形式，尚雕琢，意境不高。有《梅溪词》留世。

绮 罗 香①

咏春雨

做冷欺花②，将烟困柳，千里偷催春暮。尽日冥迷③，愁里欲飞还住。惊粉重④、蝶宿西园⑤，喜泥润、燕归南浦⑥。最妨它，佳约风流，钿车不到杜陵路⑦。　沉沉江上望极，还被春潮晚急，难寻官渡⑧。隐约遥峰，和泪谢娘眉妩⑨。临断岸、新绿生时，是落红、带愁流处。记当日、门掩梨花⑩，剪灯深夜语⑪。

注 释

① 绮罗香：词牌名。史达祖创调。绮罗香常喻豪华旖旎之境。

② 做冷欺花：意为春天寒冷，妨碍了花儿的开放。

③ 冥迷：即迷蒙。

④ 粉重：这里是说蝴蝶身上的花粉经春雨淋湿后，蝴蝶飞不起来。

⑤ 西园：泛指园林。

⑥ 南浦：泛指水滨。

⑦ 钿车：用罗钿（金银、珠宝等制成的饰物）装饰的车子。杜陵：地名，汉宣帝陵墓所在地，位于陕西长安城南，是唐代郊游胜地之一。也叫乐游原。这里泛指游乐处。

⑧ 官渡：指官府设置的渡口。

⑨ 谢娘：本指唐代歌妓谢秋娘。这里泛指歌女。眉妩：指眉样美好。

⑩ 门掩梨花：化用唐刘方平《春怨》："寂寞空庭春欲晚，梨花满地不开门。"宋李重元《忆王孙》："雨打梨花深闭门。"

⑪ 剪灯深夜语：化用唐李商隐《巴山夜雨》"何当共剪西窗烛，却话巴山夜雨时"诗意。

题 解

这是南宋词人史达祖所作的一首咏物词，该词以"春雨"为吟咏对象，采用多种艺术手法摹写春雨缠绵之景象。

词人是咏物高手，措词精粹，尤善形容。此词正是这样，用笔纤巧，摹写生动，穷极物态，既重体物，亦重神采，体物而传神，确是咏物之佳作。

赏 析

词之上片，重在写近处春雨。

乍一开篇，词人并不着眼于春雨之形，而是以虚笔写出春雨之神："做冷欺花，将烟困柳，千里偷催春暮。”春雨带来微微的清冷，把初放的花儿欺凌。春雨带来的烟雾，笼罩得春柳困眼蒙胧。春雨弥漫千里，随处可见，悄悄催促着春光，令它脚步匆匆。词人首先给读者创设了一个烟雨的迷离境界，以拟人之手法，赋予“春雨”以情感，真可谓传神。词人连用“做”“将”和“偷”三个动词，从“冷”“困”和“催”之触觉、视角和听觉三个方面，让读者感受到了沙沙春雨“欺花”“困柳”“催春暮”之魂，使“细如愁”之“无边丝雨”（宋·秦观《浣溪沙》）变得可触、可见和可闻。前两句对仗工整，后一句“偷”字用得精妙，既有形，又有神。

接着，词人从“静”和“动”两个方面再写春雨之形：“尽日冥迷，愁里欲飞还住。”春雨使得整个天地昏暗迷离；春雨又时下时停，总下个没完没了，惹人春愁不断。词人以动静结合的手法，使春雨之形象更为鲜明、具体。尤其是着一“愁”字，不仅点染了气氛，而且奠定了全词之感情基调，有了一种“春雨断桥人不度”（宋·徐俯《春日游湖上》）之缠绵和惆怅之情味。

神、形兼具之后，词人再从侧面写春雨：“惊粉重、蝶宿西园，喜泥润、燕归南浦。”粉蝶沾上春雨吃惊自己翅膀太重，停憩在西园而不敢飞行；春雨把春泥润湿融融，喜得春燕飞往水边，一口口衔泥堆在房栊。这里，词人以粉蝶、春燕之“宿”“归”的行动，从侧面衬托春雨，词境扩大到天地和家舍，同时还以“蝶”惊、“燕”喜之气氛反衬出词人孤寂、凄凉之心境，使得上句的“愁”字有了着落。

春雨对蝶、燕有忧有喜，那么对于人事有没有影响呢？请看词人所写：“最妨它，佳约风流，钿车不到杜陵路。”更要紧的是，春雨使道路泥泞，妨碍了那些相约的风流男女，使他们华丽的小车不能到达杜陵，耽误了多少幸福的约会相逢。这里，与前面的“愁”字相呼应，具体地写出“雨妨佳约”之情形，景情融洽无间。确属绝妙之笔。

词之下片，重在写远处春雨。

换头处，词人转写春雨之中的郊野之景：“沉沉江上望极，还被春潮晚急，难寻官渡。”词人极目眺望，江面上烟雾沉沉。再加上春潮带雨到傍晚更急，令人难把官家的渡口找寻。这里，词人巧妙化用唐代诗人韦应物之“春潮带雨晚来急，野渡无人舟自横”（《滁州西涧》）的诗意，承接上片之陆路不通、再寻水道之思路，使“愁”进一步加深。词人借江天景色，为春雨传恨。

官渡寻而不见，映入眼中的是——“隐约遥峰，和泪谢娘眉妩。”远山全都隐隐约约，宛如美人那含泪多情的眼睛和愁眉。这里，词人兼用拟人和比喻的手法，既写出烟雨（即春雨）迷蒙之中山之形态，又以化用辛弃疾《贺新郎》“我见青山多妩媚”的词句，用“谢娘”之典故，写出春雨之中的春山亦含深愁。且在以人写山之中，更见出词人心头愁情之深。

词末，词人将伤春念远之意融于笔下之景中：“临断岸、新绿生时，是落红、带愁流处。记当日、门掩梨花，剪灯深夜语。”临近残断的河岸，可见春雨使绿绿的水波涨起，使水面上漂着片片落红，带着幽愁漂流向东。记得当日，正是因为有了春雨，我怕梨花被吹打才掩院门。正是因为有了春雨，我才和佳人在西窗下剪灯谈心。这里，词人先用意境极美的对偶句，以春雨写出词人之寄托、情怀，将浓浓的春愁含于其中。再以化用“雨打梨花深闭门“(宋·李重元《忆王孙》）及“何当共剪西窗烛，却话巴山夜雨时”（唐·李商隐《夜雨寄北》）之意，借回忆以写心情：欢聚已成往事，眼下只有孤寂和愁楚。

这首词构思妙，手法巧。全词“咏春雨”而未见一个“雨”字，妙以拟人手法贯通全篇，并兼用比喻、衬托、化用及情景交融等手法，把词人浓重的伤春怀远之情融汇词中。以“春雨”写深情，可谓精妙。

卢祖皋

卢祖皋（1170—1225），字申之，又字次夔，号“蒲江”。永嘉（今浙江温州）人。宋宁宗庆元五年（1199）进士。累官至著作郎、将作少监、权直学士院。其词细致淡雅，文句工巧，词之风格近姜夔，但不及姜词之刚劲。华美婉约，学晏几道，但不似晏词沉郁。有《蒲江词》留世。

江城子①

画楼帘幕卷新晴②，掩银屏③，晓寒轻。坠粉飘香，日日唤愁生。暗数十年湖上路，能几度，著娉婷④。　年华空自感飘零，拥春酲⑤，对谁醒？天阔云闲，无处觅箫声。载酒买花年少事，浑不似，旧心情。

注　释

① 江城子：词牌名。又名“江神子”“水晶帘”等。

② 画楼：指雕饰华丽的楼阁。

③ 银屏：这里指镶银的屏风。

④ 著：遇到，碰见。娉婷：原意为姿态美好。此指风流倜傥之态。

⑤ 酲（chéng）：醉酒。

题 解

这首词写于临安，为伤春怨别、感叹飘零之作。

此词语言隽丽，韵律优美，读之朗朗上口。尤其是心理描写真实、细致而具体，把读者带入到一个无尽惆怅、万分感伤的意境之中。

赏 析

词之上片，触景而生情。

“画楼帘幕卷新晴，掩银屏，晓寒轻”，开头三句，写词人晨起的行动及感受：清晨，我在画楼上卷起帘幕，只见天气新晴，拂晓的寒意很轻，我掩紧银色的屏风。这里，词人先以行动“卷”带出明朗之“新晴”，看似客观的叙写中，却蕴含深意：就本句而言，“新晴”说明之前天气不阴就雨，而今天色晴朗，空气清新。就本词而言，与下面之“日日唤愁生”之沉闷心绪形成反衬，说明明朗、清新之景的人之心理并不似清晨天气一般。这里的“卷”字，用得极为精妙：“卷”起的那一瞬间，词人见“新晴”之惊异、惊讶和惊喜的神情动态显然可见。词人虽未详写“新晴”，但新晴之景已在读者面前，确有“不著一字，但见风流”之妙。既然“新晴”，那么“掩银屏”就是顺理成章的事了；索性收起银屏，让那和煦的阳光照进来。这又令词人感到一些微微之寒意。词人在平平常常之“卷”和“掩”之动作中，既写出感觉，又暗含着一个情感的过渡、转换过程。可见“卷”“掩”二字，别有意味。

“坠粉飘香，日日唤愁生。”词人来到室外，但见坠落的繁花像往常一样飘落而下，已是落花满地，不过飘落之中有一种淡淡的清香，这清香天天都在招惹人产生愁情。“坠粉飘香”，既是眼前之景，又自然含有“夜来风雨声，花落知多少”之夜间花落堆积之景。看似写眼前动景，实则有眼前静景在焉！可见，“坠”“飘”二字，亦别有意味。尤其是“唤”字，妙用拟人，把花落及落花满地之景与词人心中之“愁”联系起来，与“落花相与恨，到地一无声”（唐·韦承庆《南行别弟》一）有异曲同工之妙。

“暗数十年湖上路，能几度，著娉婷”，这三句，紧承上句之“愁”字，点示“愁”之内容：暗想我几十年来辗转湖上，有几次能与佳人一见钟情而共度良辰呢？！词人以反问之口吻出之，更可见出其内心的忧心辗转、缠绵悱恻之愁苦。

词之下片，抚今而忆昔。

“年华空自感飘零，拥春酲，对谁醒？”过片三句，词人紧扣上片之“愁”字，抒写今日之愁：我陡然感到年华已逝，多年飘零，整天沉溺酒中，无人把我唤醒。词人着一“空”字，把词人四处飘零、仕途险恶、情场多折之愁苦写了出来。在这样的愁思满腹、备受煎熬之中，如何打发这难挨之时光呢？词人只好借酒浇愁，“日日花前常病酒，不辞镜里朱颜瘦”（五代南唐·冯延巳《蝶恋花》）！等到酒醒之时，连个倾诉心曲之人也无有，岂不更令词人伤悲？！

“天阔云闲，无处觅箫声”，这两句，词人抒写深重之别离与漂泊之愁苦：天空那么宽广，云朵那么悠闲，无处再去寻找那悠扬欢乐的箫声。这里，词人运用“弄玉吹箫”之典故，把自伤别离、天涯漂泊及知音难觅之凄苦皆含其中，做到了虚中有实、情景交融。尤其是着一“觅”字，更把词人“天涯地角有穷时，只有相思无尽处”（宋·晏殊《玉楼春》）的思家念亲之情表达出来。

“载酒买花年少事，浑不似，旧心情”，词末三句，状写词人抚今追昔之痛悔：携酒买花是年轻时候的事了，现在一点也没有过去的心情了。词人饱经沧桑，受尽漂泊流离之苦，已毫无年少时那种寻欢作乐的闲情了！有的只是无尽之伤感。词人着一“浑”字，把词人内心之无尽的惆怅抒写出来，与“欲买桂花重载酒，终不似，少年游”（宋·刘过《唐多令》）有异曲同工之妙。

这首词机杼独出，炼字精妙。全词以“愁”字贯串全篇，以景衬情，情景交融，抚今追昔，怅恨无尽。尤其是炼字极见功夫，如“卷”“掩”“唤”“觅”等字，把词人内心之惆怅、感伤真切地表达出来。

严 仁

严仁，生卒年不详，字次山，号“樵溪”。邵武（今属福建）人。南宋词人。约宋宁宗庆元末前后在世。杨巨源诛吴曦，安丙惎而杀之，严仁作长愤歌，为时传诵。与同族严羽、严参齐名，并称“邵武三严”。工词，有《清江欸乃集》，已佚。词存《花庵词选》中。

玉 楼 春[①]

春 思

春风只在园西畔，荠菜花繁蝴蝶乱[②]。冰池晴绿照还空[③]，香径落红吹已断[④]。　意长翻恨游丝短[⑤]，尽日相思罗带缓[⑥]。宝奁明月不欺人[⑦]，明日归来君试看。

注 释

① 玉楼春：词牌名。又名“木兰花”“惜春容”“西湖曲”“归朝欢令”等。

② 繁：多，盛。

③ 冰池晴绿：这里形容池水碧绿澄澈。空：此指湖水清澈透明，好像空无一物。

④ 香径：指飘着花香的小路。

⑤ 意长：此指情意绵长。游丝：指飘。荡在空中的昆虫之丝。

⑥ “尽日”句：《古诗十九首》：“相去日已远，衣带日已缓。”罗带缓，

指因身体消瘦而显得衣带宽松。

⑦ 宝奁（lián）明月：此指梳妆匣中皎如明月的圆镜。宝奁，女子梳妆所用镜匣的美称。

题 解

这首闺怨词是南宋词人、人称“邵武三严”之一的严仁所作。严仁存词三十首，其中大半写闺情。闺情是唐宋词的主要内容，其表现手法亦多种多样，各有其妙，既有“换我心，为你心，始知相忆深”（五代后蜀·顾夐《诉衷情》）之直截明快，又有“月明人倚楼”（唐·白居易《长相思》）之含蓄曲深，更有“此情无计可消除，才下眉头，却上心头”（宋·李清照《一剪梅》）之缠绵悱恻。此词却别有特色，在词意和手法上皆有所创新，“古意深思，独标新警”（俞陛云《唐五代两宋词选释》）。

赏 析

词之上片，重在写景。

词人先从思妇所在的小园下笔：“春风只在园西畔，荠菜花繁蝴蝶乱。”春风似乎只吹向小园的西边，那里春光烂漫，荠菜花开得正繁，那白色的小花分外烂漫，引来许多蝴蝶飞舞忙乱。词人乍一开篇，就以闺妇对春天的感受写起。“只在”二字，暗示“多情思”之“春风”（唐·韩愈《风折花枝》），只偏爱“园西畔”，使之“花繁”“蝶乱”，而处于深闺之中的她，却是“思君如日月，回环昼夜生”（南朝齐·许瑶之《拟自君之出矣》），转而“黛娥长敛，任是春风吹不展”（宋·秦观《减字木兰花》）。即使面对繁花怒放、蜂蝶乱舞之景，亦无心赏看；即使看到曾经喜剜喜食的“荠菜”，亦无心剜食。词人以乐景衬哀情，把思妇因怀人而无心赏景、生活一塌糊涂的情形暗示出来。

一切对思妇来说，都难以使她的心情好起来。她将目光又移向池塘和花径：“冰池晴绿照还空，香径落红吹已断。”晴日照着池塘，碧绿澄浅。散发芳香的小路上铺满落花，那花瓣亦被风吹得老远。词人着一“空”字，融情于景，把思妇“空伫立，尽日阑干倚遍，昼长人静”（宋·徐伸《二郎神》）的凄哀之情衬托出来。“香径”与“落红”之反衬，更加显示出凝望中的思妇内心幽怨之深重。

词之下片，重在抒情。

香径之上的思妇，见景而情生：“意长翻恨游丝短，尽日相思罗带缓。”我的相思之情太深太长，反而恼恨那些游丝太短。整天里害着相思病，身上的罗带越来越宽。这里，词人先用“到地长”之“游丝”（宋·李之仪《南乡子》）来反衬思妇情意之长，再化用《古诗十九首》中之“相去日已远，衣带日已缓”的诗意，把“为伊消得人憔悴”（宋·柳永《凤栖梧》）之思妇日渐消瘦的形象刻画出来。

身体消瘦，内心更苦，她揽镜自照，不禁喃喃细语：“宝奁明月不欺人，明日归来君试看。”那圆如明月的镜子不会欺骗我，到你归来时，可以看到我因思念你而消瘦不堪的容颜。这里，词人妙用思妇揽镜、自语之细节，通过其语言真切地刻画出她之心理，把她之痴情挚意描写出来。这种间接描写的手法，词意深婉，文思巧妙。

这首词情意深挚，手法精妙。词人运用烘托、对比、反衬及融情于景、细节描写（亦是间接描写）等多种手法，把闺妇的至情思念抒写出来，情真意切，打动人心，确是“深情委婉，读之不厌百回”（清·陈廷焯《白雨斋词话》）之佳作。

刘克庄

刘克庄（1187—1269），字潜夫，号“后村居士”。莆田（今属福建）人。南宋文学家。出身世家，以父荫入仕。任建阳令时，曾作《落梅》诗，其中有“东风谬掌花权柄，却忌孤高不主张”语，被李知孝、梁成大指为诽谤当国权臣，因而免官。淳祐中，受宋理宗赏识，赐同进士出身，任史事。累官秘书监、工部尚书兼侍读。但仕途连蹇，竟四起四退，后以龙图阁学士致仕。学识广博，文、史、诗、词均工，负一代时名。诗词多讽刺南宋政权的苟安与懦弱，揭露统治阶级内部矛盾，反映民生疾苦，表现渴望恢复中原的心情。笔力雄健，风格豪放。诗初尚晚唐，后学陆游，惟喜用典故，好作对偶；词学辛弃疾，不受格律限制，有议论化、散文化偏向，是江湖派的重要作家。有《后村先生大全集》留世。

清平乐①

顷在维扬②，陈师文参议家舞姬绝妙③，赋此。

宫腰束素④，只怕能轻举。好筑避风台护取⑤，莫遣惊鸿飞去⑥。　一团香玉温柔⑦，笑颦俱有风流⑧。贪与萧郎眉语⑨，不知舞错《伊州》⑩。

注 释

① 清平乐（yuè）：词牌名。原为唐教坊曲名。又称“忆萝月”“醉东风”“清平乐令”等。

② 顷：最近。维扬：即扬州。

③ 陈师文：大概是作者的朋友或同僚。参议：官名。

④ 宫腰束素：采用楚宫细腰的典故。《后汉书·马廖传》载：“楚王好细腰，宫中多饿死。”束素，形容女子细腰如一束素绢。

⑤ 避风台：据《赵飞燕外传》所载，赵飞燕舞姿轻盈，每轻风至，飞燕几欲随风入水。汉成帝专为其筑建七宝避风台。护取：指护着。

⑥ 遣：含有使、令、送等意。惊鸿：本指惊飞的鸿雁，这里以喻美女。曹植《洛神赋》：“翩若惊鸿。”

⑦ 香玉：此形容女子芳香而貌美。

⑧ 笑颦：指欢乐与忧愁。

⑨ 萧郎：本指梁武帝萧衍，此指女子所爱恋的男子。

⑩ 伊州：古代舞曲名。

题 解

这首词是南宋词人、“后村居士”刘克庄所创作。作于宋宁宗嘉定十年（1217）或十一年（1218），因为词人一生之中，只有这两年到过扬州。南宋时期，贵族与官宦之家蓄养家姬（舞女）之风盛行，歌舞姬之表演已成为当时宴请、招待宾客的重要形式之一。此词就是在参议陈师文家的宴席上所作。

此词描写的是一位以歌舞佐酒的家姬。用语简洁，活用典故，极尽夸张铺陈之能事，情意缠绵，颇有余味。

赏 析

词之上片，重在描摹舞女体态之美。

词一开篇，词人便把目光聚焦在汉成帝专“好”之舞女的“细腰”（见《后汉书·马廖传》）之上：“宫腰束素，只怕能轻举。”舞女扭动着娇软、纤细的柳腰，身着那洁白素雅的罗绡。体态竟是如此的轻盈秀巧，恐怕毫不费力，便可将她举得高高。词人运用夸张、想象之手法，兼用“楚王好细腰，宫中多饿死”及“宫腰束素”（见战国楚·宋玉《登徒子好色赋》）之典故，突出了舞女的舞姿之美。

如此描写舞女，词人并未满足，再加以典故状写其体态之美：“好筑避风台护取，莫遣惊鸿飞去。”这么美妙的女子，定当筑起避风台，将她保护得好好的。这里，词人又以赵飞燕的典故（汉成帝恐飞燕舞姿轻盈有失，特筑建七宝避风台予以保护），以及“翩若惊鸿”（见曹植《洛神赋》）之典，着力写出舞女“舞态因风欲飞去”（宋·张咏《筵上赠小英》）之轻盈、飘逸的体态。

词之下片，重在刻画舞女的风韵之美。过片处紧承上片形态描绘的同时，词人又将审美的目光集中在舞女之精神风韵上：“一团香玉温柔，笑颦俱有风流。”只见她肌肤如玉，芳香幽幽，满身温柔。不论是喜笑颜开，还是紧蹙眉头，她都是那样的风神秀逸、风流秀雅。这两句，承上启下，过渡得十分自然。既对舞女之风韵从正面做了概括而又形象的描写，又为下文做了很好的铺垫。

“贪与萧郎眉语，不知舞错《伊州》”，词末两句，插写出一个“节外生枝”的喜剧场面：她只管与意中人眉来眼去，眉目传情，竟不知不觉之间，舞步错乱，合不上那乐曲《伊州》！这里，词人抓住最为传神的细节，以舞者与观者（“萧郎”，即舞女的意中人）之“意中人，人中意，则那些无情花鸟也情痴”（清·洪昇《长生殿·窥浴》）的传情而舞步出错，突现出他们情痴情挚，真实真切而又极为引人注目。同时，作为旁观者的“萧郎”进入词中，不仅烘托出热烈之场面，而且以尴尬而又深情的细节，使词中的人物、气氛以及全词之描写一下子生动活泼起来，具有了浓郁的生活气息，烟火味十足。更有值得注意的一点，前六句只是描写独舞，未写观者，这里一旦加入观者，而且是与舞者眉目传情之观者，不仅大大丰富了词之内容（热烈之场面不难想见），而且大大深化了词旨，使爱情成为词之主调。

这首词最为突出的特点是：手法精妙，细节传神。全词运用夸张、想象及用典等多种手法，尤其是词末之“警句”（见《词旨》）、“妙语”（见《古今词话》）之细节描写，明快、雅趣盎然之中，浓缩了美好的爱情内涵，使词之境界大为扩展。凭此“极隽美”（薛砺若《宋词通论》）之二句，此词当为佳作。

黄 孝 迈

黄孝迈（生卒年不详），字德夫，号“雪舟”。三山（今福建福州）人。南宋词人。尝交游于刘克庄。作词清丽绵密。有词集《雪舟长短句》一卷，刘克庄暮年曾为之作序，极赏其赋梨花、水仙及暮春等词作，以为“叔原（晏几道）、方回（贺铸）不能加其绵密”。但《雪舟长短句》已佚，《全宋词》辑其词四首。

湘春夜月①

近清明，翠禽枝上消魂②。可惜一片清歌，都付与黄昏。欲共柳花低诉③，怕柳花轻薄，不解伤春。念楚乡旅宿，柔情别绪，谁与温存？　空樽夜泣④，青山不语，残月当门。翠玉楼前⑤，惟是有、一波湘水，摇荡湘云。天长梦短，问甚时、重见桃根⑥？这次第⑦，算人间没个并刀⑧，剪断心上愁痕。

注 释

① 湘春夜月：词牌名。黄孝迈自创的曲名。

② 翠禽：指翠鸟。

③ 柳花：柳絮。

④ 空樽：空酒杯。

⑤ 翠玉楼：前文所述之“楚乡旅宿”之所。

⑥ 桃根：出自东晋《桃叶歌》：“桃叶复桃叶，桃叶连桃根。相怜两乐事，独使我殷勤。”桃根乃晋王献之爱妾桃叶之妹。此借指所爱恋之意中人。

⑦ 次第：情形。

⑧ 并（bīng）刀：古代并州（今山西太原）出产的剪刀，当时以锋利而著名。

题 解

这首《湘春夜月》是南宋词人黄孝迈的自度曲。词人通过描绘湘水之滨的春夜月色，抒写“楚乡旅宿”之时的伤春恨别之意绪。

此词语言清淡有味，意境凄美。构思机杼独出，上、下片皆以即景生情之思路，描写眼前之景，引出或倾诉离别和相思之离情别绪。尤其是“残月当门”四字，既点示夜景，又突出“残月”，意蕴丰厚，既与自度曲之《湘春夜月》词牌名相切合，又“风度婉秀”、别有意味，“真佳词也”（清·万树《词律》）。

赏 析

词之上片，重在以闻入情。

词人行旅他乡，“独在异乡为异客，每逢佳节倍思亲”（唐·王维《九月九日忆山东兄弟》），他踱步宿馆之外，“近清明，翠禽枝上消魂。可惜一片清歌，都付与黄昏。”清明节将近，枝头上翠鸟的叫声凄婉动人，令人生愁。那婉转凄清的歌唱，可惜都交给了黄昏。词人乍一下笔，先点示节令（“近清明”），给人一种“清明无客不思家”（明·高启《清明呈馆中诸公》）的情感氛围，虽不是“雨纷纷”“路上行人欲断魂”（唐·杜牧《清明》）之情景，但同样所见所闻并不悦目悦耳。虽是“翠禽”（即翠鸟），但其鸣于“枝上”之声，令人“消魂”！词人虽未摹其音，但从“消魂”之感受，就可见出词人心中之凄楚：“黯然销魂者，唯别而已矣。”（南朝梁·江淹《别赋》）这就点明了词旨，就可见出词人情动神伤之凄苦。“可惜”二字，做以转折，“清歌”虽则动听，然而客居他乡之人，闻清歌反生乡思，何况又是“庭院柳啼鸦”之“黄昏”（宋·陈亮《虞美人》）！这截然相反的景致，相反相成，使词人倍增忧伤和凄苦。故而，“可惜”二句，其口吻是极其沉痛的。

词人沉痛万分，“欲共柳花低诉，怕柳花轻薄，不解伤春。”他想把心中的忧愁、苦闷向柳絮诉说，又怕轻薄的柳絮不懂他的伤春之情。这里，词人以拟人的手法，把自己独居客舍的孤寂之情倾诉“柳花”，但又怕“闲度竹”之“柳花”（唐·韩愈《闲游二首》之一）难解心头之忧伤，只得作罢。欲诉难诉，心头忧伤再度加重。“伤春”二字，点示主旨，颇为巧妙。

词人眼看夜暮降临，心中悲情又生：“念楚乡旅宿，柔情别绪，谁与温存？”我独自漂泊在南国楚乡，满怀着柔情别恨，有谁能给我一点儿温存？！词人独自投宿，无人陪伴，心中万分冷落，只能以反诘的语气，表达出对“温存”（即亲情）之呼唤，其情炽情热，显然可见。这亦反衬出词人内心之苦楚。

词之下片，重在以见入情。

词人遥望“湘春夜月”，捧杯而愁生。“空樽夜泣，青山不语，残月当门。翠玉楼前，惟是有、一波湘水，摇荡湘云。”空空的酒杯仿佛在为我哭泣，青山无语宛如在为我伤心，一缕残月照在当门，我黯然而泪落。只见那翠玉楼前，一池悠悠之湘水，摇荡着湘云的倒影。“空樽夜泣”，写出了词人“酒入愁肠，化作相思泪”（宋·范仲淹《苏幕遮》）之万端忧伤、凄苦。“青山不语”，词人同样以拟人手法，有着与“数峰无语立斜阳”（宋·王禹偁《村行》）一样的以景衬情之忧闷。“残月当门”，更让词人生发“残月出门时，美人和泪辞”（唐·韦庄《菩萨蛮》）之忆想，不禁悲泪潸然而下。“翠玉楼前”，又照应上片之“楚乡旅宿”，更加强化孤居之悲。“惟是”二句，以景融情，更见出词人内心之空寂、凄冷。

结尾几句，词人的悲情更甚：“天长梦短，问甚时、重见桃根？这次第，算人间没个并刀，剪断心上愁痕。”白日漫长，春梦苦短，我什么时候再能见到我的爱人？这情景真叫人心酸，料想人间难有一把剪愁之并州剪刀，将我心中之千愁万绪剪断。词人突发奇想，把难以与妻子团圆的忧怨和愁苦，用一个造意新奇而又极为形象的句子出之，比之“易安居士”之“只恐双溪舴艋舟，载不动、许多愁”（宋·李清照《武陵春》），有过之而无不及，因为李清照还保有一种担心之揣度，而词人却已沉痛地将心中的美好意愿彻底打碎。

这首词最突出的特点是：创意特新。词人将思念妻子之一腔凄楚，化作了极有创新意味的词句。那“消魂”之“翠禽”，那“付与黄昏”之“清歌”，那“欲诉”之“柳花”，还有那“夜泣”之“空樽”，“不语”之“青山”，“摇荡湘云”之“一波湘水”，尤其是那“剪断心上愁痕”之“人间并刀”，词新意新，确是“出于己，不袭蹈前人一言一句”（唐·韩愈《南阳樊绍述墓志铭》）之上乘佳作。

吴 文 英

吴文英（1200?—1260?），字君特，号“梦窗”，晚年又号“觉翁”。四明（今浙江宁波）人。南宋词人。宋理宗绍定年间曾入苏州仓幕，为浙东安抚使幕僚，后往来江浙间，与贾似道、吴潜、史宅之等显贵交游。于词求雅、讳露、忌怪。词作苦心经营，字面妍丽，结构绵密，境界奇丽凄迷。于周邦彦、姜夔之外，别开生面，独树一帜。所作多赞美统治阶级的豪华生活，或抒写颓废感伤的情绪。虽字句研炼，音律和谐，但喜用典故，堆砌辞藻，词意晦涩，尤以长调为甚。故而有人称其词“如七宝楼台，眩人眼目，碎拆下来，不成片段”。惟《八声甘州·灵岩陪庾幕诸公游》尚能借古抒怀，较有内容。其小令亦有佳作，《风入松》《唐多令》，清疏明快，为人传诵。有《梦窗词》留世。

宴 清 都①

连理海棠②

绣幄鸳鸯柱③，红情密，腻云低护秦树④。芳根兼倚⑤，花梢钿合⑥，锦屏人妒⑦。东风睡足交枝，正梦枕、瑶钗燕股⑧。障滟蜡、满照欢丛⑨，嫠蟾冷落羞度⑩。　人间万感幽单，华清惯浴⑪，春盎风露⑫。连鬟并暖⑬，同心共结，向承恩处⑭。凭谁为歌长恨[15]？暗殿锁、秋灯夜语[16]。叙旧期、不负春盟[17]，红朝翠暮。

注　释

① 宴清都：词牌名。因南宋词人程垓词中有“那更春好花好，酒好人好”之句，又名“四代好”。

② 连理海棠：指双根相连的海棠。这里喻指唐玄宗李隆基与宠妃杨玉环。

③ 绣幄鸳鸯柱：这里指海棠全株花盛开时如绣幄，连理枝则如鸳鸯柱。

④ 秦树：指连理海棠。《辍耕录》载，秦中有双株海棠，高达十丈。秦中，古长安一带（今陕西西安）。

⑤ 兼倚：即鹣倚。鹣，比翼鸟。

⑥ 钿（diàn）合：本是女子盛珠宝首饰之饰物，由上下两扇合成。这里指花枝交错如钿盒般致密无隙。

⑦ 锦屏人：此代指富贵人家的女子。

⑧ “东风”二句：据《太真外传》载，一次，唐玄宗登沉香亭，召杨妃。杨妃酒醉未醒，钗横鬓乱，不能再拜。玄宗曰：“岂是妃子醉耶？海棠睡未足也。”交枝，相交的枝柯。燕股，似燕尾分为两股的玉钗。

⑨ “障滟蜡”句：化用苏轼《海棠》诗“只恐夜深花睡去，高烧银烛照红妆”之句意。滟蜡，指溶溶的烛光。

⑩ 嫠（lí）蟾：指月中嫦娥。嫠，寡妇。嫦娥无夫，故有此称。

⑪ “华清”句：化用白居易《长恨歌》“春寒赐浴华清池，温泉水滑洗凝脂”之句意。

⑫ 春盎：指春水盈满。

⑬ 连鬟：指女子所梳的双髻，又名同心结。

⑭ 承恩：白居易《长恨歌》中有“待儿扶起娇无力，始是新承恩泽时”。

⑮ 歌长恨：此指白居易《长恨歌》。

⑯ 夜语：白居易《长恨歌》中有：“七月七日长生殿，夜半无人私语时。”

⑰ 不负春盟：指白居易《长恨歌》李杨二人盟誓所云“在天愿作比翼鸟，在地愿为连理枝”。

题　解

这首词是南宋词人吴文英所作。此词名为吟咏“连理海棠”，实则关合唐明皇与杨贵妃的情爱事迹，咏花之中暗合情事，叙写情爱又处处照应题面之“连理海棠”，花中有人，人不离花，物态人情，难以分清。可说是咏物词中极有情致、富有蕴藉之佳作，是词人秾丽风格的代表作。

此词语言精美。尤其是善用丽词，颇有特色。比如，“红”“芳”“花”“钿”“绣幄”“鸳鸯”“翠暮”等等。皆紧扣“连理海棠”和李杨情事，为表现词之内容服务。

赏　析

词之上片，重在咏花，又关合情事。

词人先从海棠花及所处环境落墨。“绣幄鸳鸯柱，红情密，腻云低护秦树。”两株树干支撑着锦帐似的海棠，红花繁茂，浓密的绿叶像女子云鬓一样遮护着连理海棠。词人以“绣幄”“鸳鸯柱”为喻，来指代海棠及其花枝，既形象、贴切，又紧扣“连理海棠”之特点。“红情密”三字，直写海棠花之鲜艳、繁茂，紧紧抓住了“海棠不惜胭脂色”（宋·陈与义《春寒》）之特点。以“情密”之拟人手法来描写海棠，赋予海棠人之情味，就为下文写人事巧做铺垫。“腻云”二字，以女子之云鬓来喻指海棠的绿叶，就如女子的云鬓衬那美之香腮一般，绿叶护着那海棠之红花。“秦树”指代连理海棠。着一“秦”字，在此影射人事发生于长安一带，就把李杨情事隐含之中。可说含而不露，极为巧妙。

接着，词人正面描写“连理海棠”：“芳根兼倚，花梢钿合，锦屏人妒。”海棠那美丽的树根交相倚护，就如比翼鸟相互依偎，树枝交叉如玉钿相互交合，惹得深闺女子都羡妒不已。这里，词人兼用拟人、比喻的手法，以人喻花，紧紧关合所写之李杨情事。

“东风睡足交枝，正梦枕、瑶钗燕股”，这二句，词人描写海棠花之娇态：长在相交树枝上的海棠花朵，在东风中酣睡，如同情人进入甜蜜的梦境，形似燕尾的玉钗、金钗遗落枕旁。这里，词人化用《太真外传》之典故，明写海棠花，实含李杨情事，且以“梦枕”句关合《长恨歌》之“云鬓花颜金步摇，芙蓉帐暖度春宵。春宵苦短日高起，从此君王不早朝”之诗意。

上片末二句“障滟蜡、满照欢丛，嫠蟾冷落羞度”，描写人们连夜秉烛赏花之情景：多情之人高举红烛，用手把风来遮挡，遍照美丽的海棠，尽情游玩欢赏，月宫中孤居的嫦娥见此情景，更加幽怨哀伤。这里，词人巧妙化用“东坡居士”之“只恐夜深花睡去，故烧高烛照红妆”（宋·苏轼《海棠》）之诗意，把人们夜赏海棠花之情景展现出来。且以嫦娥之孤单、冷落来衬托海棠之美。

词之下片，重在叙事，又照应词题。过片处词人宕开一笔，由咏花转入叙人事：“人间万感幽单，华清惯浴，春盎风露。”人世间最难受的是幽独孤单，但杨贵妃却能常常在华清池洗浴，尽情地享受着皇帝的春风雨露。这里，词人化用“春寒赐浴华清池，温泉水滑洗凝脂”（白居易《长恨歌》）之诗意，以杨贵妃之受宠与上片末之“嫠蟾”相照应、反衬，亦与人世间不成连理、孤寂凄伤的夫妇相对比，描写出杨贵妃占尽风情雨露之情形。

“连鬟并暖，同心共结，向承恩处”，这三句，词人描写李杨之欢乐、盟誓：他们在温暖的芙蓉帐中，共结同心。指天为誓，愿世世代代永不分离。词人以“连”“同”二字，暗扣词题“连理”，又与上片之“兼倚”“钿合”二句相照应，以花喻人。且以“承恩”二字，化用“侍儿扶起娇无力，始是新承恩泽时”（白居易《长恨歌》）之诗意，描写李杨心同连理，幸福无比。

“凭谁为歌长恨？暗殿锁、秋灯夜语”二句，笔锋突转，描写李杨爱情的悲剧：可为什么生离死别两茫茫，凭谁创作《长恨歌》，把绵绵此恨永久传唱？马嵬事变后，唐明皇紧锁深宫，挑尽孤灯，秋夜孤凄何其漫长！对着一盏青灯，他喃喃私语，独自凄伤。这里，词人又化用“夕殿萤飞思悄然，孤灯挑尽不成眠”和“七月七日长生殿，夜半无人私语时”（白居易《长恨歌》）之诗意，写出了唐明皇的万千痛苦。“暗殿”一句，与上片之“障滟蜡、满照欢丛”形成强烈对比，把唐明皇回京后为太上皇，杨妃已死、他形同软禁之孤寂、凄冷之情景，形象地抒写出来。

词末二句“叙旧期、不负春盟，红朝翠暮”，词人把人和花合写：唐明皇盼望着佳人早日归来，实现旧日爱情的盟誓，双双化作这连理的海棠，永不分离，成对成双。这里，词人又化用“在天愿作比翼鸟，在地愿为连理枝”（白居易《长恨歌》）之诗意，以“旧期”紧承前句“夜语”，暗点“七月七日”这个相约的日子，以表朝朝暮暮、倚红偎翠，永不离分之意。同时，亦含有赏花者与“连理海棠”相约相对之意，巧妙收合全词。

这首词最显著的特点有二：一是工细。词人紧紧抓住“连理海棠”的特点，或细描，或比喻、借代，或正面刻画，或反衬、对比，以花写人，特征突出。二是含蓄。全词花中有人，人不离花，李杨情事，皆融于花，语意双关，物态人情，难分彼此。毫不浅露，十分精致含蓄。

唐　多　令①

何处合成愁？离人心上秋②。纵芭蕉、不雨也飕飕③。都道晚凉天气好，有明月、怕登楼。　年事梦中休，花空烟水流④。燕辞归、客尚淹留⑤。垂柳不萦裙带住⑥，漫长是、系行舟。

注　释

① 唐多令：词牌名。又名“糖多令”“南楼令”等。

② 心上秋：意为“心”上加“秋”字，即合成“愁”字。词首两句即点明“愁”字来自惜别伤离。

③ 飕飕（sōusōu）：形容风雨之声。此句是说即使不下雨，芭蕉仍然发出飕飕的秋声。

④ 年事：此指岁月。这两句是说往事如梦，似花凋零，入水而流。

⑤ “燕辞归”句：化用曹丕《燕歌行》“群燕辞归鹄南翔，念君客游多思肠。慊慊思归恋故乡，君何淹留寄他方”之诗意。客，作者自指。淹留，停留。

⑥ 萦：指旋绕、系住。裙带：这里指别去的女子。

题　解

这首羁旅怀人之词是南宋词人吴文英所作。此词通过眼前之景和内心之深层意绪，表现了词人漂泊生涯中的失意情怀。

这首词语言简洁明快，不事雕饰，自然浑成。尤其是借字传情，涉笔成趣，妙不可言，有“滑稽之隽”（清·王士禛《花草蒙拾》）。本词运用了比兴、双关和借代等多种手法，把离愁别绪写得形象、传神。

赏 析

词之上片，就眼前之景抒离别之愁。

面对离别，词人愁绪万端：“银烛泪深未晓，酒钟慳，贮愁多少？”（吴文英《天香》）故而，词人心生发问：“何处合成愁？离人心上秋。”怎样合成一个“愁”？那是离别之人“心”上加了个“秋”。这里，词人巧用离合拆字之法，将“愁”字拆分成“心”和“秋”，信手拈来，涉笔成趣，毫无娇媚造作之嫌，反而增添无尽意味：“心上秋”形象说明心中有了秋思之愁绪。可见，这两句又是双关的手法。加之，词人运用一问一答的形式，巧妙点示并紧扣住了本词之主旨，把秋思之离愁写得既直截了当，直入正题，又不失委婉曲折、相映成趣。

词人面对凄冷之秋景，一股冷意从心头生起：“纵芭蕉、不雨也飕飕。”纵然是秋雨停歇之后，芭蕉的叶片也会因那飕飕秋风，而发出凄凉的声响。这一句，明是写景，实则写情。“芭蕉”本是古人用来写离情别绪之常见意象，如“芭蕉不展丁香结，同向春风各自愁”（唐·李商隐《代赠二首》之一），“窗前谁种芭蕉树，阴满中庭。阴满中庭，叶叶心心，舒卷有馀情”（宋·李清照《添字丑奴儿》），都是借“芭蕉”抒写内心之愁苦和伤感。

“都道晚凉天气好，有明月、怕登楼”，这三句，词人巧妙道出心中之愁：别人都说晚凉时节的天气最好，可是我却害怕在明月之下登上高楼。词人用了有悖常情的说法，把心中之失意、愁苦表现得格外动人：“月是故乡明”，望月难免会触动乡思离愁。词人着一“怕”字，用看似心口不一之描写，把失意愁情写得哀婉而真切。

词之下片，着重展示心灵深处之离情别绪。

换头处，词人回想过去：“年事梦中休，花空烟水流。”往昔的种种情事，就如梦境一般而离去，就像那花飞花谢，就像那滚滚的烟波如水般奔流而去。这两句，词人叹息年光过尽，往事如烟。妙用比喻、拟人和借代等手法，既写出了青春年华之无情逝去，又表达了岁月如秋景一般的黯然失色，亦可见出词人长期漂泊他乡，此愁苦、失意绝非一日而成。

此时此刻，词人举目之间，但见“燕归”而生慨叹：“燕辞归、客尚淹留。”

成群的燕子已经飞回南方的故乡，而只有我这游子还在异乡停留难归。这里，词人用了比兴、反衬的手法，以“燕辞归”之“兴”中有“比”的手法，来反衬词人心中之愁苦：燕子尚能按时归家，自己却是有家难回。人不如“燕”，其情何其哀哉？！

转眼之间，词人又见依依杨柳，不禁情动而辞发：“垂柳不萦裙带住，漫长是、系行舟。”丝丝垂柳不能系住她的裙带，却牢牢地拴住我的行舟。这里，词人用“垂柳”二字，运用双关的手法（“柳”与“留”谐音），以写离情。“不萦”二字，运用拟人的手法，明是迁怒于“柳”，实则表达词人的愁苦与无奈。“萦”“系”二字，以拟人的手法，把如柳丝般绵长的愁思形象地描写出来。“裙带”二字，借指别去的女子，用借代之手法暗示出双方的情侣关系。可见，词末二句借埋怨柳丝，而抒发心中之千愁万绪，更可见出词人之情真、情纯、情深。

这首词短小精悍而意蕴深长，手法巧妙。词人综合运用了比兴、双关、拟人、借代和反衬等多种手法，把愁思、失意之情写得特别真切感人。尤其是“离人心上秋”之拆合法更是一大亮点。此与古诗中的“山上复有山”“二人土上坐”有异曲同工之妙。

刘辰翁

刘辰翁（1232—1297），字会孟，号“须溪”。庐陵（今江西吉安）人。南宋词人。少登陆九渊门，补太学生。景定三年（1262），廷试对策，忤贾似道，置丙第。曾任濂溪书院山长、临安府学教授。宋亡不仕，隐居而终。工诗词能文。其词风近辛弃疾，多感伤时事之作，多抒亡国之恨，风格遒劲绚烂。有《须溪词》留世。

永遇乐①

余自乙亥上元诵李易安《永遇乐》②，为之涕下。今三年矣，每闻此词，辄不自堪③。遂依其声，又托之易安自喻。虽辞情不及，而悲苦过之。

壁月初晴④，黛云远淡⑤，春事谁主⑥？禁苑娇寒⑦，湖堤倦暖，前度遽如许⑧！香尘暗陌⑨，华灯明昼，长是懒携手去⑩。谁知道，断烟禁夜⑪，满城似愁风雨。　宣和旧日⑫，临安南渡，芳景犹自如故。缃帙流离⑬，风鬟三五⑭，能赋词最苦。江南无路，鄜州今夜⑮，此苦又谁知否？空相对，残釭无寐⑯，满村社鼓⑰。

注 释

① 永遇乐：词牌名。又名“消息”。

② 乙亥：此指宋恭帝德祐元年（1275），岁在乙亥。上元：古节日名。古俗以农历正月十五日为上元节，亦称元宵节。

③ 不自堪：即自己不能忍受。

④ 璧月初晴：暮雨初晴，璧玉般的圆月上升。

⑤ 黛云：指青绿色如眉似的云朵。

⑥ 春事：此指春色、春意。

⑦ 禁苑：指专供皇帝游赏的园林。娇寒：指微寒。

⑧ 前度遽如许：意即再来临安时，局势突然变化得如此之快。前度，指上次、前回。遽（jù），突然。

⑨ 香尘暗陌：这里指街道上往来车马络绎，游人众多，尘土飞扬。香尘，即芳香之尘，多指女子步履而起之尘土。陌，即街道。

⑩ 长是：即时常、老是。

⑪ 断烟：炊烟断绝。表示京城居民多逃亡，只有很少的人还住着。禁夜：即宵禁，禁止夜行。

⑫ 宣和：即宋徽宗年号。北宋末年受金之威胁，终致靖康之耻，北宋覆亡。康王赵构南渡，建立南宋。

⑬ 缃帙（xiāngzhì）：浅黄色书衣，此指李清照逃难时失落的金石书籍。流离：散失。据李清照《金石录后序》载，南渡避难之时，李清照与丈夫赵明诚曾随带多年收集的金石古玩书画典籍，但几经磨难，所珍藏者十去七八。

⑭ 风鬟三五：李清照《永遇乐》词有“中州盛日，闺门多暇，记得偏重三五”和“如今憔悴，风鬟雾鬓，怕见夜间出去”的句子。风鬟，头发蓬松散乱的样子。三五，指农历正月十五之夜。

⑮ 鄜（fū）州：即今陕西富县。杜甫《月夜》诗有“今夜鄜州月，闺中只独看”的句子。

⑯ 残釭（gāng）：即油尽将熄的灯。

⑰ 社鼓：指旧时社日祭神所鸣奏的鼓乐。

题 解

这首元夕词是南宋词人、“须溪”刘辰翁创作。作于宋端宗景炎二年（1277），即临安被元军占领的第二年，当时词人仍在漂泊途中。此词通过今昔对比，融情于景，抒发了国破家亡之哀痛及对故国的思念与眷恋之情。

此词通篇道个人遭际之凄苦，但却映照出一个时代、一个民族的悲恸，具有震撼人心的艺术力量。确是难得之佳作。

赏 析

词人在德祐元年（1275）上元节，诵读了李清照的《永遇乐》，深有同感，为之痛哭流涕。在写此词之时，已有三年。三年之中，词人每每读起“易安”此词，内心之悲情就难以忍受。于是，就按照“易安”所表达之情感，依其声调，来抒写自己内心之悲苦。词人以为，虽然辞情不及“易安”词作，但悲苦之情却绰绰有余。

词之上片，着重通过今昔对比，引发出词人的感慨。

词之开篇，词人便直接从元宵夜色落墨：“璧月初晴，黛云远淡，春事谁主？”刚刚转晴的天上挂着一轮圆月，青云淡远，是谁主宰着这春天的一切？起首三句，词人先以景语点明时间，渲染气氛，重在提出“春事谁主”的问题，满含伤感。前两句以对句写景，生动而传神：首句巧妙化用“满月如璧”（南朝宋·何偃《月赋》）之句意，把月之晶莹、圆满和洁白极形象地描写出来；次句着一“黛”字，巧用拟人手法，把天青云淡之夜景展现于读者眼前。尤其是“春事谁主”一问，力有千钧，词人之万千感慨皆含其中，有一种深重的个人遭际、命运自己难以把控之痛楚在！

词人不由得追忆起往昔之“春事”：“禁苑娇寒，湖堤倦暖，前度遽如许！”乍暖还寒之时，故宫禁苑和西湖堤岸之上的景物，皆令人感到娇弱倦乏，无有生气，从上次到此，想不到事态竟发生如此突然的变化！这里，由“禁苑”“湖堤”之字眼，可知词人所写之地正是南宋都城临安。“前度”二字，词人化用“种桃道士归何处，前度刘郎今又来”（唐·刘禹锡《再游玄都观》）之诗意，表明词人在临安沦陷之后还重来过，表达了事态的急剧变化竟到了如此不可收拾的地步！这里，词人看似叹息光阴匆匆，好景不在，实则悲叹国家沦亡、事态变化如此之速。

词人不禁怀念起昔日都城临安之繁华：“香尘暗陌，华灯明昼，长是懒携手去。”记得从前的元夜，临安都城车水马龙，熙熙攘攘，香车扬起的尘土遮住了道路，灿烂的灯光照耀得如同白昼。我总是没有什么心情，与人们携手同游。词人以为繁华如是，年年不绝，故而“长是懒携手去”。这后一句，又呼应“易安”词之“来相召，香车宝马，谢他酒朋诗侣”（李清照《永遇乐》）之句意，照应词前小序。

词人转而哀叹今日都城临安之元夕：“谁知道，断烟禁夜，满城似愁风雨。”谁料如今元夕，元军宵禁，禁止灯火，满城寂寥冷清，似在为风雨将来而忧愁。这里，词人运用拟人手法，以景寓情，表达了今非昔比、冷落不堪之愁怨，国家沦亡之哀痛显然可见。

词之下片，词人借拟易安身世，感事抒情。

过片处，词人紧承上片词意，叙起李清照当年之情事：“宣和旧日，临安南渡，芳景犹自如故。”李清照南渡后，回忆宣和年间旧事，那时的临安照样的繁华。这里，词人借李清照之遭际，总写北宋和偏安一隅之南宋的繁华景象，又寓含了“风景不殊，正自有山河之异”（南朝宋·刘义庆《世说新语·言语》）的不堪回首之悲叹。

词人想到了李清照南渡之后的苦况：“缃帙流离，风鬟三五，能赋词最苦。”她辛苦收藏的金石书画，在逃难中几乎散失尽净。元宵佳节亦无心打扮，任凭头发散乱，形容憔悴，害怕晚上出去，这看《永遇乐》包含了多少的愁苦啊！词人巧妙化用李清照《永遇乐》“中州盛日”“偏重三五”“风鬟”“憔悴”“怕夜间出去”之词意，抒写出她“凄凄惨惨戚戚”（李清照《声声慢》）之万端悲愁。这就为抒发自己的凄苦，做了很好的铺垫。

于是，词人心头悲苦丛生：“江南无路，鄜州今夜，此苦又谁知否？”如今我在江南无路可走，庐陵的老家又不能回去，今夜亲人在思念着我，这份愁苦又有谁知晓？这里，词人化用“诗圣”之“今夜鄜州月，闺中只独看”（唐·杜甫《月夜》）的诗意，以强烈的反问语气，表达了对家乡亲人的无尽思念。

“空相对，残釭无寐，满村社鼓。”状写词人的万般无奈：我空自对着昏暗不明的一盏残灯，长夜漫漫，通宵无眠，只听得满村传来社鼓声声。词人以“声”收束，将国破家亡之痛苦以及对故国、亲人之思念、眷恋之深情尽皆蕴含之中。

这首词情真意挚，手法精妙。词人一笔两写，既拟易安身世，又自喻自身悲苦，综合运用了拟人、对比、化用及融情于景等多种手法，把真挚的爱国之情和对亲人的无限思念之意极为真切地表达出来，感人至深。

周　密

周密（1232—1298），字公谨，号“草窗”“蘋州”“四水潜夫”“弁阳老人”“华不注山人”等。原籍济南，后流寓吴兴（今属浙江）。南宋词人。宋理宗景定二年（1261）为临安府幕僚，后为义乌令。宋亡不仕，居杭州，与张炎、王沂孙等结社唱和，以歌咏著述自娱。早年即有词名。词与吴文英（梦窗）齐名，并称“二窗”。时有抒发羁旅思乡之情和悲慨宋室覆亡之作。格律谨严，语言清丽工巧，情调凄怆。又能诗，能书画，亦勤于辑录宋代文献。著有《草窗韵语》《齐东野语》《武林旧事》《草窗词》等数十种。

一　萼　红①

登蓬莱阁有感②

步深幽③，正云黄天淡，雪意未全休。鉴曲寒沙④，茂林烟草⑤，俯仰千古悠悠⑥。岁华晚、漂零渐远，谁念我、同载五湖舟⑦？磴古松斜⑧，崖阴苔老⑨，一片清愁。　回首天涯归梦，几魂飞西浦，泪洒东州⑩。故国山川，故园心眼，还似王粲登楼⑪。最怜他、秦鬟妆镜⑫，好江山、何事此时游！为唤狂吟老监⑬，共赋消忧。

注 释

① 一萼红：词牌名。

② 蓬莱阁：在今浙江绍兴卧龙山下。

③ 步：登上。

④ 鉴曲：即鉴湖一曲。《新唐书·贺知章传》载："(知章)又求周宫湖数顷为放生池，有诏赐镜湖剡川一曲。"镜湖即鉴湖。

⑤ 茂林：此指兰亭。晋王羲之《兰亭序》："此地有崇山峻岭，茂林修竹。"

⑥ 俯仰：又作"俛(fǔ)仰"。王羲之《兰亭序》："俛仰之间，已为陈迹。"

⑦ 同载五湖舟：此用范蠡携西施归隐太湖之典故。唐陆广微《吴地记》引《越绝书》："西施亡吴国后，复归范蠡，同泛五湖而去。"

⑧ 磴(dèng)：指山路，石阶。

⑨ 崖阴：山边。

⑩ 几：几度，几次。西浦、东州：皆为蓬莱阁附近的地名。词末周密自注云："阁在绍兴，西浦、东州皆其地。"

⑪ 王粲登楼：汉末诗人王粲避乱往荆州依刘表，不为重用，思念故乡，登荆州当阳城楼，而作《登楼赋》。赋中云："虽信美而非吾土兮，曾何足以少留！"周密原籍济南，南渡后人早已侨居江南，故即认为会稽为他的故乡。

⑫ 秦鬟妆镜：以美人喻绍兴山水。秦鬟，指形似发髻之秦望山。在今绍兴东南。语本汉乐府《陌上桑》："秦氏有好女，自名秦罗敷……头上倭堕髻，耳中明月珠。"妆镜，指镜湖。

⑬ 狂吟老监：此指唐代诗人贺知章。《旧唐书·贺知章传》："知章晚年尤加纵诞，无复规检，自号'四明狂客'，又称'秘书外监'，遨游里巷，醉后属词，动成卷轴，文不加点，咸有可观。"此言安得有如贺监其人者，与之吟咏消忧；表示怀念友人的意思，亦是虚说。李白有《对酒忆贺监》，诗二百首，又有《重忆》诗。其《重忆》云："稽山无贺老，却棹酒船回。"本句意略同。

题 解

此词是南宋词人周密的代表作，为登临抒怀之作。写于宋端宗景炎元年(1276)。此年正月元兵入杭州，宋室灭亡。在故国沦亡的情况下，词人登临古阁，观景伤情，怀古伤今，抒发亡国之痛和邦国之思，充满了对故国的眷恋与痛惜之情。

此词语言清丽，写景抒情颇有特点，用典贴切，充分体现出词人深厚的词学功底和创作才能。这首词一直被人们推举为词人词集《草窗词》之压卷之作。

赏 析

词之上片，着重于写景。

词人开篇即写登阁的过程及天气：“步深幽，正云黄天淡，雪意未全休。”步入幽深盘曲的小路，正是冬云凝重、天色灰暗的时节，似乎要下雪的样子。词首着一“步”字，交代登阁的过程。“云黄天淡”“雪意”写出天阴欲雪之天气，烘托词人心情之沉重和抑郁。

接着，词人写登阁所见之景色：“鉴曲寒沙，茂林烟草，俯仰千古悠悠。”镜湖一曲清澈可见寒沙，兰亭墙垣破败，衰草丛生，淡烟迷漫。仰俯之间，似乎悠悠千古岁月转瞬而过。“寒沙”“烟草”二词，写出原为历史上名士栖游的名胜之地，如今却是如此的萧瑟和衰败。“俯仰”二字，由写景转入抒情。“千古悠悠”是就眼前之景而生发的感慨：回望历史却是如此的短暂，仿佛转瞬而逝。

词人见景而生情，不禁对个人身世发出深沉的慨叹：“岁华晚、漂零渐远，谁念我、同载五湖舟？”我不知不觉之间已步入晚年，却还要四处漂泊，远离故乡，孤身只影，又有谁能同情我、理解我呢？还有谁愿与我一起泛舟五湖呢？“五湖舟”是用典，用范蠡在吴亡后偕西施泛舟五湖之事，表达孤身漂泊之凄苦。“岁华晚、漂零渐远”等词语抒发了词人寂寞伤怀之情。而范蠡之典故，又意在表明词人有归隐之意。

面对荒寂之景，词人油然而生悲愁：“磴古松斜，崖阴苔老，一片清愁。”蓬莱阁原本是游览胜地，如今却一片荒凉：古老的石阶上斜倾着老松，山崖背阴处布满苍苔斑驳的老朽，一片凄清之景色，令人愁情顿生。“清愁”二字，点出本词旨意：这一片荒芜破败之景，不正是王朝沉沦、山河破碎之象征吗？！

词之下片，着重于抒怀。

换头处词人愁情难抑，禁不住思念起故乡故都："回首天涯归梦，几魂飞西浦，泪洒东州。"回想那天涯漂泊的日子，我曾多少次梦回东州西浦，止不住热泪滚滚，洒落在这日夜思念的土地上。这里，词人运用互文的手法，表达了对故乡的魂牵梦萦、日思夜想。

"故国山川，故园心眼，还似王粲登楼。"这三句写词人今日登临蓬莱阁的愤懑之情：如今登上蓬莱阁，眼前分明是故土故园、故国山川，而心中的滋味就像王粲登楼时那般的悲哀。"故国"二字，与"故园"二字相继出现，把词人那种压在心间的江山易主、国破家亡之悲哀伤痛，极真切、深沉地表达出来。

"最怜他、秦鬟妆镜，好江山、何事此时游！"这两句是点题之语：辜负了，辜负了，惹人爱怜的秦望山如美人秀髻对镜湖弄妆梳洗，如此美好的江山，却被蹂躏如此，旧地重游为什么偏偏在这个时候！"何事此时游"一句，词人的情感极其强烈，集中抒发了国破家亡的巨大伤痛。"秦鬟妆镜""好江山"七字写出了山河之壮丽，实则反衬出亡国之惨不忍睹。词人以曲笔传情，更见悲慨。

"为唤狂吟老监，共赋消忧。"词末最后两句写如何消愁：请为我唤来那镜湖边的狂吟老监贺知章，我要与他一起吟酒赋诗，消解这一怀深重的烦忧。这两句似乎是词人的自我排遣，其实是忧愁郁结于心，绝难消除，反而"举杯消愁愁更愁"，使沉痛之情愈加深重。

这首词借景抒怀，情感深沉。上片以凄凉之景表达国破家亡、四处漂泊之忧思；下片直抒胸臆，倾吐因国家沦亡而郁积于心头之伤痛。词今昔对照，借典抒怀，层层推进，把亡国之痛写得令人断肠。由此可见，此词确是《草窗词》中的压卷之作。

王沂孙

王沂孙（约1230—约1291），字圣与，号“碧山”，又号“中仙”“玉笥山人”。会稽（今浙江绍兴）人。南宋词人。咸淳、景炎年间，与周密相往还。入元，曾任庆元路学正。能文，尤工词。其词多咏物之作，寄托家国之忧、身世之感，少数作品尚寓恢复之志。语言工丽，但意旨隐晦。情调消极感伤，风格纡徐婉曲。清人陈廷焯曾称他与周邦彦、姜夔为“词坛三绝”。《眉妩·新月》《齐天乐·蝉》是其代表作。有《碧山乐府》（一名《花外集》）留世。

眉　妩[1]

新　月

渐新痕悬柳[2]，淡彩穿花[3]，依约破初暝[4]。便有团圆意[5]，深深拜[6]，相逢谁在香径[7]？画眉未稳[8]，料素娥犹带离恨[9]。最堪爱、一曲银钩小[10]，宝帘挂秋冷。　千古盈亏休问[11]。叹慢磨玉斧[12]，难补金镜[13]。太液池犹在[14]，凄凉处、何人重赋清景[15]？故山夜永[16]，试待他、窥户端正[17]。看云外山河[18]，还老尽、桂花影[19]。

注 释

① 眉妩：词牌名。又名“百宜娇”。

② 新痕：此指初露之新月。

③ 淡彩：指微光。

④ 依约：即隐约、仿佛。初暝：指刚开始晦暗，即黄昏时刻，夜幕刚刚降临。

⑤ 团圆意：此处反用唐牛希济《生查子》“新月曲如眉，未有团圆意”之词意。

⑥ 深深拜：指古代风俗，妇女拜新月，以祈求团圆。宋金盈子《醉翁谈录》：“中秋……倾城人家子女，不以贫富，自能行至十二三，皆以成人之服服饰之，登楼或于中庭焚香拜月，各有所期。”

⑦ 香径：指花间小路，或落花满地的小径。

⑧ 未稳：即未完、未妥。

⑨ 素娥：即嫦娥。唐李商隐《嫦娥》：“嫦娥应悔偷灵药，碧海青天夜夜心。”

⑩ 银钩：此指新月。宋秦观《浣溪沙》：“宝帘闲挂小银钩。”

⑪ 盈亏：即月圆月缺。

⑫ 慢磨玉斧：玉斧，即玉斧修月。相传月乃七宝合成，势如丸，其影，日烁其凸处也，常有八万二千户修之。见《酉阳杂俎》。宋曾觌《壶中天慢》：“何劳玉斧，金瓯千古无缺。”此谓金镜（金瓯）已缺，难以修补，寓亡国之痛。慢磨，空磨，即徒劳之意。磨玉斧：传说唐代郑仁本的表弟在嵩山遇到一人，自称能用斧凿等工具修补月亮。

⑬ 金镜：此比喻月亮。

⑭ 太液池：本是汉、唐宫中池苑，这里借指宋代宫苑池沼。据说宋太祖在宫池边饮酒赏月，有大臣赋诗云“太液池边看月时”。唐卢多逊《咏月》诗：“太液池边看月时，好风吹动万年枝。谁家玉匣开新镜，露出清光些子儿。”

⑮ 清景：犹清光。

⑯ 故山：即旧山，以喻家乡。夜永：即夜长、夜深。

⑰ 端正：这里是说圆月。

⑱ 云外山河：此指元兵占领区。据说月中的阴影就是大地的山河之影。

⑲ 桂花影：相传月中有丹桂。宋何薳《春渚纪闻》卷七：“王荆公言：‘月中仿佛有物，乃山河影也。’至东坡先生亦有‘正如大圆镜，写此山河影’。”老尽、桂花影：这里是说月色昏暗。

题 解

这首词是南宋词人王沂孙所作。写于南宋覆亡之后。其时新月依旧，习俗相袭，然而江山易主，故而词人面对新月，一种亡国之痛便涌上心头；词人借歌咏新月以寄托故国山河破碎之悲愤和哀思，具有强烈的今昔之慨和悲剧力量。

此词以意贯串，心细笔灵。词人面对新月，牵引出对往昔之追忆，一种深切之亡国之哀，啮咬、煎熬着词人之心灵。“一片热肠，无穷哀感”（清·陈廷焯《白雨斋词话》卷二），尽皆融汇词中。

赏 析

词之上片，正面着题，描写新月气象。

词人乍一开篇，便着意刻画新月初升之景：“渐新痕悬柳，淡彩穿花，依约破初暝。”一弯新月渐渐升起，如眉痕般悬挂在柳梢之上，淡淡的月色穿过花丛，仿佛冲破了初降的暮霭。着一“渐”字，动态地刻画出新月初升之景，烘托出一种清新、柔美的意境。“新痕”二字，用比喻的手法，把新月比成佳人那一抹淡淡之眉痕，贴切而形象。且以“悬柳”二字，又描写出新月升起、悬挂之动态，有一种“月上柳梢头，人约黄昏后”（宋·欧阳修《生查子》）之静美、佳妙之境。词人又着一“破”字，用拟人手法，化静为动，有一种冲破黑暗、光照大地的意味，蕴含了“月解重圆”（宋·朱敦儒《临江仙》）之祈盼团聚之意。自然引出下文。

“便有团圆意，深深拜，相逢谁在香径？”词人多么盼望月儿渐渐圆满，便情不自禁地对月深深一拜。他心里暗想：又能与谁在这花香迷人的小径里相逢呢？词人着一“拜”字，借用古之习俗（拜新月意在把新月作为团圆之始，企盼新月渐满渐圆）表达心中之愿望。继而又用“谁在”之疑问，给刚刚萌生之祈盼和欣喜蒙上了一层淡淡的哀愁。这一巧妙之转折，为下文抒写“离恨”做了很好的铺垫。

“画眉未稳，料素娥犹带离恨。”这两句，是词人之联想和想象：那一弯新月就像美人的蛾眉没有画好，那一定是天上的嫦娥还带着离恨别情。这里，“画眉未稳”与词首之“新痕”遥相呼应，意境圆合，又自然引出“素娥”“离恨”，以拟人化的象征手法，勾画出新月之形貌特色，由月而及人，把词人之隐哀蕴含其中。

“最堪爱、一曲银钩小，宝帘挂秋冷。”上片末两句，词人以合为转，表达内心深沉之情愫：最令人喜爱的是，寥廓明净的天穹之上，那一弯新月恰似小小的银钩，在清冷的秋空仿佛挂起了宝帘。这里，词人运用想象，兼用拟人、比喻和象征等手法，以秋空之“冷”和新月之“小”，将心中既深怀怜爱又无法面对冷漠宇宙的悲悯、怅惘之情寄予眼前景中，为下片之抒情奠定了基础。

词之下片，借月寄意，表达亡国之痛。

“千古盈亏休问。叹慢磨玉斧，难补金镜。”过片这三句，是词人面对新月而生的深沉慨叹：月亮的阴晴圆缺，这是自然之理，休去管它，但山河破碎要修复完整，却像纵有磨快了的玉斧，也难把残缺的月亮补成完整的金镜。这里，词人用“月有阴晴圆缺”之客观规律，抒发了生命短促、世事无常、兴亡盛衰不容人问之悲叹。着一“叹”字，又以玉斧修月之神话，从反面证明了极为沉痛的回天无力、复国无望之绝望和叹恨。“休问”“难补”等词把词人“梦断故国山川”（宋·陆游《双头莲》）的亡国之痛表达出来。

“太液池犹在，凄凉处、何人重赋清景？”这两句，词人抚今追昔，悲哀不已：当年宫中赏月的太液池苑依然在目，但已是一派萧条、凄凉，还会有谁来吟咏新月美景？词人回想“太液池边看月时”之国家兴盛之情景，悲叹如今国家沦亡之景象，在强烈的对比、反衬之中，表达出一种“废阁先凉，古帘空暮”（宋·史达祖《秋霁》）之无尽叹恨。

“故山夜永，试待他、窥户端正。看云外山河，还老尽、桂花影。”词末几句，词人抒发今昔盛衰之感喟：故国山河夜色沉沉，我多么期待月亮快些圆满澄明，端端正正地照耀我的门庭。可惜月影中的山河无限，我却徒自老去，只能在月影中窥见故国山河之象征。这里，词人以实写虚，以“夜永”托出黯淡之景，把词人内心之亡国哀伤推至极致。然后，又以满含幽怨之设想，勾画出圆月与残山剩水相对之悲怆情景，把词人执着缠绵之痛悼故国之情推至无以复加之地步，其“惨愁颜”（宋·蔡戡《题盱眙》）之状不难想见。

这首词机杼独出，手法精妙。词人以赏月观月、因月感怀为线索，运用比喻、拟人、对比、反衬和想象、象征等多种手法，多层次、多侧面地展示了词人无比沉重的肝心若裂的亡国之痛，具有感天动地的悲剧魅力，确为“古今绝唱”（清·陈廷焯《白雨斋词话》卷二）。

蒋 捷

蒋捷（生卒年不详），字胜欲，号“竹山”。阳羡（今江苏宜兴）人。南宋词人。宋度宗咸淳十年（1274）进士。宋亡不仕，隐居太湖竹山。元大德间宪使臧梦解等交章荐其才，终不肯出。长于词，与周密、王沂孙、张炎并称“宋末四大家”。其词多抒发故国之思、山河之恸及追昔伤今之情，风格多样，而以悲凉清俊、萧寥疏爽为主。尤以造语奇巧之作，在宋末词坛上独标一格。有《竹山词》留世。

一 剪 梅①

舟过吴江②

一片春愁待酒浇③。江上舟摇，楼上帘招④。秋娘渡与泰娘桥⑤。风又飘飘，雨又萧萧。　何日归家洗客袍⑥？银字笙调⑦，心字香烧⑧。流光容易把人抛⑨，红了樱桃，绿了芭蕉。

注 释

① 一剪梅：词牌名。因宋周邦彦词有“一剪梅花万样娇”之句，故得其名。又名“腊梅香”“玉簟秋”等。

② 吴江：地名，在今苏州之南。

③ 浇：指浸灌、消除。

④ 帘招：指招引客人的酒幌子，即酒旗。

⑤ “秋娘”句：蒋捷另有《行香子》词云：“过窈娘堤，秋娘渡，泰娘桥。”可知秋娘渡、泰娘桥皆为吴江地名。

⑥ 洗客袍：即洗尘。指远客归来，洗去征尘。

⑦ 银字笙：管乐器的一种。清沈雄《古今词话·词品》释：“银字，制笙以银作字，饰其音节。”调（笙）：调弄有银字的笙。

⑧ 心字香：这里指点熏炉里心字形的香。据杨慎《词品》：“所谓‘心字香’者，以香末萦篆成‘心’字也。”

⑨ 流光：此指流逝的时光。

题 解

这首词是南宋词人、“宋末四大家”之一的蒋捷所作。宋端宗景炎元年（1276）春，元军攻破临安，词人便开始流浪。在流浪途中，舟行于吴江县之吴淞江时，词人思乡心切，感慨不已，于是写下此词。

此词语言晓畅优美，富有色彩，把亡国之恨、倦游思归之情融于词中。尤其是“流光容易把人抛，红了樱桃，绿了芭蕉”三句，手法精巧，蕴藉深厚，成为脍炙人口之千古名句。

赏 析

词之上片，重在写景，景中带情融情。

临安被元军攻占，南宋败亡，词人愁恨万端——“都道无人愁似我，今夜雪，有梅花，似我愁。”（蒋捷《梅花引》）他坚守心志不肯仕元，选择流浪漂泊。这时，乘舟经过滨临太湖东岸的吴江县。此时此刻，他顿然感到：“一片春愁待酒浇。”他心中之“愁无比，和春付与西流水”（宋·朱服《渔家傲》），愁闷连绵不绝，生于心头。“春愁”二字，点示出词旨，且点出时序。“一片”二字，言愁绪极浓，愁情之深。“待酒浇”三字，蕴含了愁恨满腹、无法解脱之烦闷。虽言“待酒浇”，实则是“抽刀断水水更流，举杯消愁愁更愁”（唐·李白《宣州谢朓楼饯别校书叔云》)！因为“满面春愁消不得”（唐・韦庄《置酒不得》)。又有一种欲说还休、欲言又止的“何事锁眉头”（蒋捷《梅花引》）之愁苦。

那么，词人的心头到底有哪些愁绪呢?

“江上舟摇，楼上帘招。秋娘渡与泰娘桥。风又飘飘，雨又萧萧。”词人抒写出舟行之中生发的种种愁绪：船在江上飘摇，我满怀羁旅的春愁，看到岸上酒帘子飘飘摇摇，招揽客人，心中便产生了借酒消愁之愿望。然而，船只还是前行不止，经过那文人骚客遐想不尽之胜景秋娘渡和泰娘桥，我哪里还有好心情去赏景！而眼前又是风冷飘飘，雨声萧萧！实在令人烦恼。这里，说人运用白描手法，在叙写船行所见景致中融入情愫。着一“摇”字，既写出身行逐浪起伏之感，又融入了词人“遥思故园陌”（唐・崔融《和宋之问寒食题黄梅临江驿》）之国亡漂泊的思乡之情。着一“招”字，写出了岸边招徕顾客之酒旗迎风飘动之景，透露出词人亡国愁恨满腹借酒浇愁之心理。“飘飘”“萧萧”二词，看似写风吹雨急，实则以对风雨之恼恨而表达国家败亡、思家难归之怨恨。

词之下片，重在抒情，情中亦不乏景。

过片处紧承上片词意，想象归家之后的温暖生活：“何日归家洗客袍？银字笙调，心字香烧。”哪一天能回家洗洗沾满尘埃的客袍，结束这浪游劳顿的生活呢？哪一天能和家人团聚在一起，调弄那镶有银字的笙，点燃那熏炉里心字形的盘香？这里，词人用想象的三个极富家庭生活特点的温馨的细节——“洗客袍”“调笙”和“烧香”，表达了对美好而又温暖和谐的家庭生活的渴盼和向往，那种“容颜岁岁愁边改，乡国时时梦里还”（唐・杜俨《客中作》）的苦思冥想之愁苦、悲哀不难想见。这亦正是词人倦游思归的“春愁”之所在。

“春愁”何止倦游思归，更有“岁月不居，时节如流”（晋・陈寿《三国志・吴书・孙韶传》）之“人生一世，如白驹过隙”（汉・班固《汉书・张良传》）之叹。“流光容易把人抛，红了樱桃，绿了芭蕉。”春光是多么的容易流逝啊，总让人难以把它追赶上，你看，樱桃才刚刚红熟，那芭蕉的叶子又绿了，春去夏又到！这里，词人先以拟人的手法，用“流光容易把人抛”之警示语，提醒人们警策自己时光流逝之快。然后，词人突发奇想，创造性地以“樱桃”之“红”和“芭蕉”之“绿”，极形象地显示了时光飞逝之速。化无形为有形。尤其是“红”“绿”二字，妙以使动用法，让人们从视觉上极真切地感受到“樱桃”变红而逝、“芭蕉”变绿而衰之迅疾变化过程，将年华消逝之无尽慨叹含于其中。这之中，有久客倦游之叹恨，又有思归不能之愁怨，更有光阴如流、故国不在之感喟。由此可见，这三句，大大升华了词旨。

这首词最突出的特点：情景交融，意挚情真。那“江上”之“摇舟”，那“楼上”之“帘招”，还有那昔日名胜之“秋娘渡与泰娘桥”，那“飘飘”之“风”、“萧萧”之“雨”，更有那“洗客袍”“调银笙”和“烧心香”之想象，尤其是那“红了樱桃，绿了芭蕉”的“流光抛人”之奇思妙想，把词人发自肺腑的眷念故国、倦游思归之真情融汇其中。

张 炎

张炎（1248—1314后），字叔夏，号“玉田”，晚年又号“乐笑翁”。祖籍凤翔（今属陕西），后居临安（今浙江杭州）。南宋词人、词论家。出身世家，南宋初抗金名将张俊六世孙，其曾祖张镃、父张枢均有词名。宋亡，其家亦破，浪游于江南一带。曾作《春水》词，时人以为绝唱，故有“张春水”之称。晚年在浙东、苏州一带漫游，与周密、王沂孙为词友。其词宗姜夔，重音律，尚典雅，以咏物著称。早年所作，多表现贵族公子的生活，宋亡后多寄托身世衰败之感和家国覆亡之痛，婉丽工巧，幽怨颓丧。所撰《词源》一书，对词的音律、技巧、风格及历代词人的得失，论述甚备，但重在形式。有词集《山中白云》（又名《玉田词》）留世。

高 阳 台①

西湖春感

接叶巢莺②，平波卷絮，断桥斜日归船③。能几番游，看花又是明年。东风且伴蔷薇住，到蔷薇、春已堪怜④。更凄然，万绿西泠⑤，一抹荒烟⑥。　当年燕子知何处⑦，但苔深韦曲，草暗斜川⑧。见说新愁，如今也到鸥边⑨。无心再续笙歌梦，掩重门、浅醉闲眠。莫开帘，怕见飞花，怕听啼鹃⑩。

注 释

① 高阳台：词牌名。其名取自战国楚宋玉《高唐赋》。又名“庆春泽”。

② 接叶巢莺：化用唐杜甫《陪郑广文游何将军山林》诗：“卑枝低结子，接叶暗巢莺。”

③ 断桥：桥名，在杭州西湖白堤东端。

④ “东风”二句：因蔷薇花开之时，连春接夏，故而说“到蔷薇，春已堪怜”。

⑤ 西泠（líng）：杭州桥名，在孤山下，是后湖和里湖的分界线。

⑥ 一抹：即一片。

⑦ “当年”句：抒写今昔沧桑之感。化用唐刘禹锡《乌衣巷》之“旧时王谢堂前燕，飞入寻常百姓家”之诗意。

⑧ “但苔深”二句：这里喻指杭州已变得荒凉。韦曲，在今陕西西安城南皇子陂西，唐代韦姓、曲姓世代聚居在此。斜川，在江西星子、都昌二县之间。陶渊明有《游斜川诗并序》状其美景。

⑨ “见说”二句：此以鸥羽之白喻愁白之发。化用宋辛弃疾《菩萨蛮》之“拍手笑沙鸥，一身都是愁”之词意。

⑩ 啼鹃：即杜鹃鸟的啼叫声。

题 解

这首词是南宋词人张炎创作。作于宋恭帝德祐元年（1275）。词人时年二十八岁，宋亡后重游西湖，借咏西湖抒发了国破家亡之哀痛。

此词琢句精妙，体物工细，充分显示出词人词作之本色。“淡语能腴，常语有致”（清·许昂霄《词综偶评》），“工于造句”，“精警无匹”，“凄凉幽怨，郁之至，厚之至”（清·陈廷焯《白雨斋词话》卷二）。为《玉田词》之压卷之作。

赏 析

词之上片，由景而情，于今昔对比之中，深蕴亡国之痛。

词人早年曾赏游过那“一勺水，阅尽古来人”之“西湖”（清·洪昇《己卯春日湖上》），在南宋败亡之后，词人又来到西湖。此时，正值暮春，但见“接叶巢莺，平波卷絮，断桥斜日归船”。浓密的树丛里，黄莺在巢中鸣叫，西湖的水面微波卷走了漂浮的柳絮，傍晚日斜时分，词人乘小船离开断桥归去。这里，词人先从暮春景物起笔，用平缓的笔触描写暮春之景。开篇“接叶”二字，巧妙化用“诗圣”之“接叶暗巢莺”（唐·杜甫《陪郑广文游何将军山林》）之诗意，将一种“莺花不管兴亡事，妆点春光似昔年”（宋·无名氏《题关中驿壁》）之感喟蕴含其中。次句以“平波卷絮”之景，既写词人内心难以平静之意，又自然引出下句之“断桥”而点示西湖，以“斜日”点示时间，以“归船”点示自身，将一种国破家亡之“归心已无限”（唐·许浑《送客南归》）之伤感寓于之中。

词人游船如昔，可昔日那“满湖风月画船归”（宋·陈襄《和子瞻沿牒京口忆西湖寒食出游见寄》）之美好已不复存在，有的是满腹之悲凉：“能几番游，看花又是明年。”春日苦短，还能在西湖游览几次呢？要欣赏花开，得等到明年了。词人以一种无可奈何的心绪，写出这样自问自答、饱含哀怨的两句，实则表达出“春来春去苦自驰”（唐·骆宾王《帝京篇》）、何有来年之叹恨。

词人悲从中来，心中惨然，想要挽留住即将逝去的春天：“东风且伴蔷薇住，到蔷薇、春已堪怜。”东风啊，你和蔷薇一起留下吧，待到蔷薇花开，那春光就所剩无几、少得可怜。这里，词人又暗用“清真居士”之“愿春暂留，春归如过翼，一去无迹。为问花何在？夜来风雨，葬楚宫倾国”（宋·周邦彦《六丑》）之词意，表达情真意切的留春、惜春之情。

然而，词人转眼一望，今昔对比的亡国之痛油然而生：“更凄然，万绿西泠，一抹荒烟。”更令人伤感的是，西泠桥一带的绿树碧草，为荒烟所笼罩，呈现出一派凄凉景象。词人以“一抹”荒烟和“万绿”之景象，写出了国亡之后的残破景象，寓含了今昔对比之亡国哀痛，与“诗圣”之“国破山河在，城春草木深”（唐·杜甫《春望》）有异曲同工之妙。

词之下片，移情于物，使故国之思之哀情倍增。

词人紧承“万绿”之意，目光落在翩翩而飞的燕子身上：“当年燕子知何处，但苔深韦曲，草暗斜川。”当年栖息在朱门大宅的燕子，如今不知飞到哪里去了？往日风景幽胜的去处，只见处处长满苔藓，荒草掩没了亭台曲栏。这里，词人又化用“旧时王谢堂前燕，飞入寻常百姓家”（唐·刘禹锡《乌衣巷》）之诗意，蕴含了深重的国破家亡之叹恨。

词人眺望之中，愈加失落：“见说新愁，如今也到鸥边。”一向悠闲的白鸥，如今亦愁得白了头。这里，词人暗用稼轩之“拍手笑沙鸥，一身都是愁”（宋·辛弃疾《菩萨蛮》）之词意，表达了“恨别鸟惊心”（唐·杜甫《春望》）的亡国之伤痛。

故国已亡，词人又想到了自己：“无心再续笙歌梦，掩重门、浅醉闲眠。莫开帘，怕见飞花，怕听啼鹃。”我无心再做夜夜笙歌的美梦，闭门不出，借酒浇愁，独自闲眠。请不要拉开窗帘，因为我害怕看见那飞舞的柳絮，听见那杜鹃的啼泣。这里，词人用自己真实的心理、行动及所见之景，表达出绵绵无尽之家破国亡之哀恸。尤其是“飞花”“啼鹃”之景物，移情外物，哀思倍增。

这首词最显著的特点有二：一是化用精妙。全词化用、暗用了杜甫、刘禹锡、周邦彦、辛弃疾等诗词大家之名句，表达出深沉的亡国之恨和故国之思。二是虚实结合。词人以眼前之“莺”“燕”“花”“絮”等春景及“苔”“草”“烟”“鹃”等西湖之荒凉的实写，把词人心中深重的亡国之痛隐寓之中，“虚实兼到”“深婉之至”（俞陛云《唐五代两宋词选释》）。

吴　激

吴激（1090?—1142），字彦高，号“东山”。建州（今福建建瓯）人。金代诗人、词人、书画家。宋徽宗时宰相吴栻之子，书画家米芾之婿。北宋宣和四年（1122）至靖康二年（1127），出使金国被留并出仕，累官翰林待制。金皇统二年（1142），出知深州，到官三日卒。工诗文，尤精于词，词风清婉。与蔡松年齐名，时号“吴蔡体”。有《东山集》《东山乐府》留世。

人　月　圆①

宴张侍御家有感②

南朝千古伤心事③，犹唱《后庭花》④。旧时王谢，堂前燕子，飞向谁家⑤？　恍然一梦，仙肌胜雪⑥，宫鬓堆鸦⑦。江州司马，青衫泪湿，同是天涯⑧。

注　释

① 人月圆：词牌名。始创于宋王诜，因其词中有“人月圆时”句而得名。又名“青衫湿”。

② 宴张侍御家有感：宋洪迈《容斋随笔》卷十三载：“先公在燕山，赴北人张总侍御家集。出侍儿佐酒，中有一人意状摧抑可怜，叩其故，乃宣和殿小宫姬也。坐客翰林直学士吴激作词纪之，闻者挥涕。”据《宋史·洪皓传》，宋高宗建炎三

年（1129）五月，派洪皓使金，至绍兴十二年（1142）南归，则本词即作于此时。

③ 南朝：指东晋之后，宋、齐、梁、陈四朝皆以建业（今江苏南京）为都，史称南朝（420—589）。词中代指已为金所灭的北宋。

④ 后庭花：曲名，此指为南朝陈后主所作之艳曲《玉树后庭花》（见《陈书·后主传》）。唐杜牧《泊秦淮》诗："商女不知亡国恨，隔江犹唱《后庭花》。"

⑤ "旧时"三句：语本唐代刘禹锡诗："旧时王谢堂前燕，飞入寻常百姓家。"此喻宫姬。

⑥ "仙肌"句：语本《庄子·逍遥游》："藐姑射之山，有神人居焉。肌肤若冰雪，绰约若处子。"此指宫姬貌美肤佳。

⑦ "宫鬟"句：此形容宫姬鬟发高梳，黑而浓密。古乐府《西洲曲》有："双鬟鸦雏色。"

⑧ "江州"三句：语本唐白居易《琵琶行》："座中泣下谁最多，江州司马青衫湿。""同是天涯沦落人，相逢何必曾相识。"

题　解

这首词是金代词人吴激所作。作于词人留仕于金期间。同样留仕于金的词人宇文虚中与词人在张侍御家会宴，宴间得知一佐酒歌姬原亦是宋朝宗室女子，曾嫁给宋徽宗生母陈皇后的娘家人，此时却流落金国沦为歌姬。会宴诸公唏嘘不已，遂各作词一首。宇文首赋《念奴娇》，据事直书，具体抒写歌女之遭遇及风采等，表达"流落天涯俱是客，何必平生相熟"之不胜今昔之慨。吴激次赋这首《人月圆》，通篇化用唐人诗句，浑然天成，把深沉的亡国之恨和故国之思蕴于词中。

赏　析

词之上片，重在即景抒情，慨叹沧桑之变。

词人开篇便以感慨历代兴亡落笔："南朝千古伤心事，犹唱《后庭花》。"历经千古的北宋，现已成为令人伤心的地方，如今还唱着那亡国之音《后庭花》。这两句，化用"小杜"之"商女不知亡国恨，隔江犹唱后庭花"（唐·杜牧《泊秦淮》）之诗意，既是对金国统治者的提醒，又是对现实的真实写照：宋家王朝之宋徽宗、宋钦宗荒淫误国，导致“靖康之耻”（宋钦宗靖康二年，金兵攻陷汴京，掳走徽宗、钦宗二帝，北宋灭亡）。南宋偏安江左，不思恢复，“暖风熏得游人醉，直把杭州作汴州。”（宋·林升《题临安邸》）

如今的南宋朝廷面对这“千古伤心事”仍执迷不悟，反而痴迷于歌舞升平、花天酒地，怎能不令词人可憎可叹、万分伤感呢？！想到这些，词人悲上心来：“旧时王谢，堂前燕子，飞向谁家？”那昔日的显赫与辉煌早已灰飞烟灭、不复存在，过去滞留于王导、谢安等豪华宅第的燕子，如今却不知道又飞到了何人家中？这里，词人又巧妙化用“诗豪”之“旧时王谢堂前燕，飞入寻常百姓家”（唐·刘禹锡《乌衣巷》）之诗意，表达了北宋王朝倾覆之耻辱，以及词人的叹恨。在词人眼里，改朝换代之后，曾经以“王谢堂前”为家的燕子，尚可在“寻常百姓家”落脚，而在异族入侵、国之不国之时，它们怎能找到新家呢？！这就把词人之“与死人同病者，不可生也；与亡国同事者，不可存也”（《韩非子·孤愤》）的无限悲愁怨恨蕴含其中。

词之下片，重在因人及己，有感百味之情。

换头三句：“忧然一梦，仙肌胜雪，宫鬓堆鸦。”词人转写宴上之情景：在异国重见故国宫姬，真的是世事如梦啊！她那仙女才有的肌肤胜过白雪，与昔日毫无二致；她那鬓发高挽，黑而浓密，仍是旧时宫中式样。这里，词人又化用《庄子·遥游游》之“肌肤若冰雪”之语意，描写昔日歌姬之晶莹洁白的肌肤。又借用乐府《西洲曲》“双雅雏色”之意，再写出其鬓发如旧。这艳美如昔的陪宴歌姬，无疑勾起了词人对北宋故国之回忆与怀念，故而在抚今追昔之时，“恍然一梦”，不胜其忧，慨叹不已。

词末三句：“江州司马，青衫泪湿，同是天涯。”紧承以上昔日皇家女子沦为今朝市井歌姬的强烈对比，词人的心中生发出深沉的故国之悲和身世之慨：昔日的江州司马泪水湿透青衫衣襟，我和他可同是天涯沦落的可悲人啊！这里，词人又化用“诗魔”之“同是天涯沦落人，相逢何必曾相识”和“座中泣下谁最多，江州司马青衫湿”（唐·白居易《琵琶行》）之诗意，自比“江州司马”，既悲叹自己，又同情歌姬，流露出极为深厚的思家念国之情，其爱国之真情显然可见。

这首词最为显著的特点：机杼独出，化用精妙。此词几乎全是古诗古语的化用，看似语意浅显，但由于词人极巧妙地剪裁缀辑，与抒写歌女遭际与自身叹恨融为一体，思致含蓄而深远，达到了匠心独具、浑然天成之艺术佳境。

元　好　问

元好问（1190—1257），字裕之，曾在遗山（今山西定襄东北）读书，故自号“遗山山人”，世称“元遗山”。太原秀容（今山西忻县）人。金代文学家。八岁能诗，后又曾研究古代典籍，有较高文化修养。金宣宗兴定五年（1221）进士。官至行尚书省左司员外郎。金亡不仕，建“野史亭”于家，以修史、著述为事。工诗、词、散文，尤以诗冠金元之际。其词多感时伤世之作，风格兼具豪放与婉约，有“集两宋之大成”之赞誉。著有《遗山集》，编有全诗总集《中州集》。

摸　鱼　儿①

乙丑岁②，赴试并州③，道逢捕雁者云：“今日获一雁，杀之矣。其脱网者悲鸣不能去，竟自投于地而死。”予因买得之，葬之汾水之上④，累石为识⑤，号曰雁丘⑥。时同行者多为赋诗，予亦有《雁丘词》。旧所作无宫商⑦，今改定之。

问人间、情是何物？直教生死相许⑧。天南地北双飞客⑨，老翅几回寒暑。欢乐趣，离别苦，是中更有痴儿女⑩。君应有语，渺万里层云，千山暮景，只影向谁去？　横汾路，寂寞当年箫鼓⑪。荒烟依旧平楚⑫。招魂楚些何嗟及⑬，山鬼暗啼风雨⑭。天也妒⑮，未信与、莺儿燕子俱黄土⑯。千秋万古⑰，为留待骚人⑱，狂歌痛饮，来访雁丘处。

注 释

① 摸鱼儿：词牌名。原为唐教坊曲名。本名为“摸鱼子”，又名“买陂塘”“陂塘柳”“山鬼谣”等。

② 乙丑：此指金章宗完颜璟泰和五年，即宋宁宗开禧元年（1205）。

③ 并州：地名，今山西太原。

④ 汾水：即汾河。其为黄河支流，在今山西宁武、曲沃、河津境内。

⑤ 累石为识（zhì）：意为堆石头作为标志。识，标志，记号。

⑥ 雁丘：即殉情大雁之坟墓。在今山西阳曲县。

⑦ 宫商：此指词之音律。无宫商即音律不协。

⑧ 直教：竟然使。

⑨ 双飞客：此指成双成对的大雁。

⑩ 是中：此中，这之中。痴儿女：此指痴情的男女。元好问《摸鱼儿·问莲根、有丝多少》词序中云：“泰和中，大名民家小儿女，有以私情不如意赴水者。”“痴儿女”或就此而言。

⑪ “横汾路”二句：语本汉武帝《秋风辞》：“泛楼船兮济汾河，横中流兮扬素波。箫鼓鸣兮发棹歌，欢乐极兮哀情多。”

⑫ 荒烟：指荒野之烟雾。平楚：登高望远，只见树梢平齐，故称平楚。楚，丛木。

⑬ 招魂：意即召唤死者灵魂。《楚辞》有《招魂》篇。楚些（suò）：《楚辞·招魂》句尾皆有楚人惯用之语气词“些”，故有此称。

⑭ 山鬼：山神。《楚辞·九歌》有《山鬼》篇。

⑮ 天也妒：意为上天也妒忌大雁生死相随。

⑯ “未信与”句：意为不相信殉情的大雁不会像普通莺儿燕子一样化为黄土。未信，不相信。

⑰ 千秋万古：即千秋万代。

⑱ 骚人：即诗人、文人。

题　解

这首词是金代文学家元好问所创作。由词前小序可知：金章宗完颜璟泰和五年（1205），词人到太原参加考试，路上碰到一个捕雁之人，他说："今天我捕到一只雁，就把它杀了。另一只漏网之雁苦苦地叫个不停，不肯离开，最后碰死在地上。"词人于是从捕雁的人手中将雁买下，把这对雁葬在汾河岸边，堆了些石块作为标记，并取名为"雁丘"。当时同行的人多为此而赋诗，词人也作了一首《雁丘词》。因为旧作不协音律，故而词人将原作加以修改定稿，即为此词。

此词缘大雁殉情而死之事而作，情溢词中，并以此生发延伸开来，写得凄恻动人，沉雄与柔婉兼而有之，融缠绵之情与人生哲理于一体，具有极高的思想、艺术价值。

赏　析

词之上片，重在叙写大雁殉情之感人故事。

词人被大雁殉情之事深深感染，万般感动，千种情思，化为陡然而问之妙想奇思："问世间、情是何物？直教生死相许。"我满怀遗恨对人间问道：爱情究竟是什么？竟然让相爱的双方生死与共、以生死相许！词人先声夺人，从雷霆万钧之势，破空而来，直接发问"情是何物"。这一人人皆知之问题，一旦提出来，确实发人深思。这就为下文写雁之殉情做了极好的铺垫。"直教"二字，语气坚决，极有力度。"生死相许"点出词旨，表达出对爱情应忠贞不渝、始终专一之观点。

接着，词人展开丰富的联想和想象，展开对大雁的描写——

先写大雁之生活："天南地北双飞客，老翅几回寒暑。"南飞北归，比翼双飞的大雁，它们不知疲倦地无数次南来北往，那渐渐老去的双翅不知已经过了多少个寒暑？！这里，词人以拟人的手法，赋予大雁人之生活、人之品性及人之理想。“天南地北”“几回寒暑”分别从空间和时间着笔，写出它们“双飞”之相依为命、一往情深，且以“老翅”二字，强调了它们历经风霜、年岁已“老”。

次写大雁之痴情：“欢乐趣，离别苦，是中更有痴儿女。”在它们漫漫长路中，经历过团聚的欢乐，亦遭受过离别的苦楚，其中更有着像人间痴情儿女一样的心心相印、深挚专一。这里，词人同样运用拟人手法，写出雁之“趣”之“苦”。尤其是“痴儿女”三字，为它们的殉情奠定了情感基础：它们欢乐、辛酸与共，它们定然生死相依、永不分开。

再写大雁之心理活动：“君应有语，渺万里层云，千山暮景，只影向谁去？”那只孤雁应该想对已死的伴侣诉说：面对这万里之遥的层层白云，在这重山峻岭阻隔的夜里，我孤孤单单怎能舍弃你为谁再去奔波呢？！这里，词人仍以拟人手法，摹写那只活着的孤雁之心理，真实、真切而动人。它心中尽管有着生与死、殉情与偷生的矛盾，但“只影向谁去”一句写出了它对爱情的忠贞不渝、志如磐石。故而它“自投于地而死”，义无反顾，以行动实践了它之诺言。至情至性，感人至深。

词之下片，重在痛悼大雁、悲叹人生。

过片处词人借追忆历史胜迹及对眼前之景的描绘，将大雁殉情之不朽意义蕴含其中：“横汾路，寂寞当年箫鼓。荒烟依旧平楚。”横渡汾水的路上，当初汉武帝巡幸时繁华热闹之处，如今却已是箫鼓绝响，一片凄凉，只留下荒烟笼罩着茫茫平林。这里，词人用衬托的手法，写出大雁长眠之处的萧条与冷落。词人妙将古与今、人与雁形成鲜明对比，更加令人感到鸿雁殉情之后的凄苦与孤寂。

词人伤感万分，借《楚辞》之典以抒发对殉情大雁强烈而真挚的悼念之情：“招魂楚些何嗟及，山鬼暗啼风雨。天也妒，未信与、莺儿燕子俱黄土。”我吟诵《招魂》已无济于事，那山鬼亦只能在风雨中枉自悲啼。然而，双雁生死相随之深情令上天也嫉妒，我绝不相信殉情的大雁能与那莺儿、燕子一般，死后只有那一抔黄土！这里，词人又用强烈的对比和以典反衬的手法，强调了殉情大雁忠于爱情之精神永垂不朽。

词末，词人礼赞大雁，寄托深切哀思：“千秋万古，为留待骚人，狂歌痛饮，来访雁丘处。”我把双雁安葬在这里，留待千秋万代的文人骚客，狂歌痛饮，来到这雁丘，把殉情双雁凭吊。这里，词人饱含情感，倾注于笔端，正面称颂、悼念殉情大雁，进而推及于人类，揭示了大雁殉情的不朽的社会价值，使词旨得到了升华。

这首词旨意深刻，手法高妙。词人围绕双雁殉情的感人故事，运用拟人、对比、反衬及用典、联想和想象等多种手法，多层次、多层面地揭示和升华了大雁殉情的思想价值和社会价值，确有感天地、泣鬼神之艺术魅力。

赵 孟 頫

赵孟頫（1254—1322），字子昂，号“松雪道人”，又号“水精宫道人”“鸥波”。宋太祖子秦王赵德芳之后，五世祖赵伯圭赐第湖州，遂为湖州人。元代词人，著名画家，楷书四大家之一。宋末为真州司户参军。元至元中，以程钜夫荐授兵部郎中，官至翰林学士承旨。博学多才，能诗善文，懂经济，工书法，精绘艺，擅金石，通律吕，解鉴赏。尤其是书法、绘画成就最高，开创了元代新画风，被誉为“元人冠冕”。有《松雪词》一卷留世。

蝶 恋 花①

侬是江南游冶子②，乌帽青鞋③，行乐东风里。落尽杨花春满地，萋萋芳草愁千里④。　扶上兰舟人欲醉⑤，日暮青山，相映双蛾翠⑥。万顷湖光歌扇底，一声催下相思泪。

注 释

① 蝶恋花：词牌名。因梁简文帝诗有“翻阶蛱蝶恋花情”而得名。又名“鹊踏枝”“凤栖梧”“一箩金”“黄金缕”“卷珠帘”等。

② 侬：此为古吴语，指我。

③ 乌帽青鞋：此指闲居时的便服。唐杜甫《相从行赠严二别驾》：“乌帽拂尘青螺粟。”

④ “萋萋”句：指春日芳草遍野之景象。《楚辞·招隐士》：“王孙游兮不归，芳草生兮萋萋。”

⑤ 兰舟：船的美称。

⑥ 双蛾：指双眉。“日暮”二句以青山喻眉，益显暮色中青山之美。

题 解

这首春游相思之词，为元代词人、著名书画家、“楷书四大家”之一的赵孟頫所创作。词人虽为宋室贵胄，但生不逢时，在元出仕为官。虽则官居一品，但其内心极为痛苦：既思念故国，“黍离之悲”时时萦绕于心头，又在官场遭受同僚之排挤。故而借春游情事以寄托故国之思，同时亦蕴含了年华虚度之伤感。

此词用语极富特色，化用前人诗句浑然天成，将凄凉、哀怨之情融于叙事、写景和抒情之中，是“艳词中亦寓忧患之思”（清·陈廷焯《闲情集》卷二）的佳作。

赏 析

词之上片，重在写春游。

词人在“三月江南莺乱飞，百花满树柳依依”（赵孟頫《纪旧游》）的时节，踏春而游，心中虽有感伤，但用语不乏豪纵之气：“侬是江南游冶子，乌帽青鞋，行乐东风里。”我就是一个江南的浪荡才子，戴着乌帽，脚蹬青鞋，风度翩翩，在这春风和畅、风光旖旎之中，尽情地游赏玩乐。词人乍一落笔，就以“江南游冶子”自居，可见出词人放荡不羁、豪爽畅快之性格。“乌帽青鞋”之穿戴，以山野之人的服饰，标示着他之性情、追求和心情：他有着与“诗圣”一般的“若耶溪，云门寺，吾独胡为在泥滓，青鞋布袜从此始”（唐·杜甫《奉先刘少府新画山水障歌》）之“大道如青天，我独不得出”（唐·李白《行路难三首》之二）之悲愤，亦有着与“放翁”相似的“风吹乌帽送轻寒，雨点春衫作碎斑”（宋·陆游《东阳道中》）之酸辛。词人作为赵宋王孙，此时却浪迹江湖，怎能不“愁敲桂棹，悲吟梁父，泪流如雨”（宋·朱敦儒《水龙吟》）呢？！词人以“行乐东风里”之“游冶子”自誉，显然有一种百无聊赖之自嘲自笑的难言隐痛在！

故而，眼前之景就蕴含了愁情：“落尽杨花春满地，萋萋芳草愁千里。”杨花落尽，芳草萋萋，那由春而起之愁绪，涌满心间，眼见处，那千里万里，皆是愁啊！虽是“春满地”，但“杨花落尽子规啼”（唐·李白《闻王昌龄左迁龙标遥有此寄》）之伤悲显然可见。“萋萋芳草”之中，更有着“离恨恰如春草，更行更远还生”（五代南唐·李煜《清平乐》）之凄苦。词人着一“愁”字，点示词旨，把故国之思、春光将逝而自己难有作为之伤感皆含之中。

词之下片，重在写相思。

过片处，词人转写游湖情景：“扶上兰舟人欲醉，日暮青山，相映双蛾翠。”我在醉眼迷蒙之中，被人扶上了游船。醉眼蒙眬之中，只见暮色斜阳之下，青山相对，宛如美女之眉黛。词人着上“欲醉”二字，显然有一种“酒不醉人人自醉”的意味，且与上片之“行乐”二字相呼应，更见出词人心中之悲苦。“日暮”与如“双蛾翠”之“相映”的“青山”，以美人喻青山，又加之以“日暮”，自然有一种“美人迟暮”之忧伤隐寓其中，显然有着词人人生遭际之忧悒。

此情此景，令词人顿生悲戚之感：“万顷湖光歌扇底，一声催下相思泪。”船上的人正在湖光山色的掩映下，载歌载舞，一派欢乐的景象。面对着山色妩媚、歌欢舞美之场景，词人不禁潸然泪下，思念着故国，思念着家乡和亲人。词人以“催下”二字，写出了心中那“催成清泪，惊残孤梦”（宋·陆游《鹊桥仙》）之思国念家之凄苦。“相思泪”三字，卒章点题，把词人之情感推向高潮，万千“凄凉哀怨”“忧患之思”（清·陈廷焯《闲情集》卷二）皆寓其中。

这首词情意深挚，手法精妙。词人融叙事、写景和抒情于一体，将自己的性情、追求及隐忧融汇其中，情真意挚，把深沉的故国之思、亲人之念及年华虚度之叹恨表现出来，感人至深。

虞　集

虞集（1272—1348），字伯生，号“道园”，又号“邵庵”。宋丞相虞允文五世孙。祖籍仁寿（今属四川），徙居江西崇仁。元代著名学者，诗人、词人。元成宗大德六年（1302），以荐授大都路儒学教授，历国子助教、博士、集贤修撰，累迁奎章阁侍书学士。其词清隽流丽。其诗与揭傒斯、范梈、杨载齐名，人称“元诗四家”。其素负文名，与揭傒斯、柳贯、黄溍并称“元儒四家”。有《道园乐府》留世。

风　入　松[①]

寄柯敬仲[②]

画堂红袖倚清酣[③]，华发不胜簪[④]。几回晚直金銮殿[⑤]，东风软，花里停骖[⑥]。书诏许传宫烛[⑦]，轻罗初试朝衫。　御沟冰泮水挼蓝[⑧]，飞燕语呢喃。重重帘幕寒犹在，凭谁寄、银字泥缄[⑨]。报道先生归也，杏花春雨江南。

注　释

① 风入松：词牌名。因唐僧皎然有《风入松》歌而得名。又名“远山横”。

② 柯敬仲：名九思，浙江仙居人。官至奎章阁鉴书博士。

③ “画堂”句：意谓有歌女侑酒（助酒兴，劝酒）。红袖，此指代美人。倚清酣，此指饮酒。

④ “华发”句：意谓白发稀少，插不住簪子。语本唐杜甫《春望》诗：“白头搔更短，浑欲不胜簪。”华发，花白头发。

⑤ “几回”句：指供职翰林院。据《文献通考》载：“学士掌内庭书诏……故学士院常在金銮殿侧……前朝因金銮坡以为门名，与翰林院相接，故为学士者称金銮以美之。”晚直，即晚上值班。

⑥ 停骖（cān）：即停驻车马。骖，此指驾车之马。

⑦ 传宫烛：传唤掌烛火的宫人，送学士归院。

⑧ 冰泮：指冰冻已解。泮，融解。《诗经·邶风·匏有苦叶》：“士如归妻，迨冰未泮。”挼蓝：即揉蓝，喻水之澄清。

⑨ 银字泥缄：即书信之美称。缄，通“缄”，信封。

题 解

这首词是元代词人虞集所作。词人与柯敬仲是忘年交（他长柯四十岁），曾同共事于奎章阁。词人因受到元主厚遇，颇为权贵及子孙妒忌，欲中伤而未成。在这种情况下，词人便欲托病以回崇仁。此词当是将回崇仁时所作。

此词通过对当年与友人在奎章阁当值情景之深情回忆，表达对朋友柯敬仲之深切思念及归心似箭之情怀。

赏 析

词之上片，重在以事忆旧。

词人将欲托病辞归之时，心生万般不舍之情。是啊，“升沉不改故人情”（唐·韦应物《赠王侍御》），乃人之常情。词人环顾家中，想到自己：“画堂红袖倚清酣，华发不胜簪。”在这彩绘的厅堂之中，美人清闲而畅意，频频劝我饮酒。可我却提不起兴致，摸着自己头上连簪子也插不住的稀疏白发，不胜伤悲。这里，词人先从饮酒场景写起，以美人劝酒之乐景来衬托自己内心将要辞职归乡之哀情。词人这种“以乐景写哀”之手法，使内心之哀情“倍增”（清·王夫之《薑斋诗话》）。然后，化用“诗圣”之“白头搔更短，浑欲不胜簪”（唐·杜甫《春望》）之诗意，描写自己年老心伤。这两句，虽未正面说怀念友人，却以侧面之描写，来为以下对友人之想念做了很好的铺垫，显得婉曲而有情致。

接着，词人便回想起与友人柯敬仲同在奎章阁当值之情形：“几回晚直金銮殿，东风软，花里停骖。”我和你曾多次在金銮殿前值夜，那时节春风轻柔，万花齐放，惹人停住车马流连。这里，词人回忆自己和柯友在学士院值夜之情景。因为当时学士院设在皇帝之宝殿一侧，为的是执掌内廷书诏拟写传送之方便。词人忆友，亦是对自己金銮殿当值生活的回忆。一笔两写，言少意丰，十分真切。

上片最后两句，词人忆写了一个细节：“书诏许传宫烛，轻罗初试朝衫。”记得我们每每在金銮殿前当值，为皇帝起草好诏书之后，我们便换上轻罗朝衫，传唤宫人执灯将我们送回学士院。这里，词人深情回忆在金銮殿为皇帝拟写诏书的细节，那“许传”之受人尊敬、恭维之特权，那“换衫”之自信自足，那与友人相视一笑的惬意舒心，皆蕴含其中。可说这是词人与友人共同之快乐，因为他们是在为国家、为黎民百姓做事。这回忆里，当然亦有些许的苦涩：自己不能奉侍皇帝，为国家、黎民做事，总感到有些失落。

词之下片，重在以景言情。

过片处，词人描写眼前之景：“御沟冰泮水挼蓝，飞燕语呢喃。”皇城的御沟之边沿还留有残冰，那残冰的边沿分明有蓝汪汪的水在晃动。又见那燕子飞来飞去，似在相互呢喃，交流着对春之感受。这里，词人给我们展现了一幅春水微澜、燕子呢喃之画面，有声有色，有动有静。既有些许暖意，又有些许冰冷。可见，这其中蕴含着对美好友情回忆的温馨，亦有与友人即将别离的伤痛。

“重重帘幕寒犹在，凭谁寄、银字泥缄。”这两句情融景中：帘幕重重，春寒还没有消退，我又能依靠谁将思念之信寄达到你的手中？词人遭受猜忌，友人亦受牵连，故而词人以“凭谁”二字表达担忧和忧虑。其中有着同病相怜、惺惺相惜之真情在！

词末，词人是对回归之憧憬：“报道先生归也，杏花春雨江南。”当我把回归家乡的喜讯告诉你的时候，那时节我已在春日江南了！此时的江南，杏花盛开，细雨蒙蒙，如诗如画。词人欲把这回归之喜悦让友人分享，故而以白描的手法，以“杏花春雨江南”六字，就描绘出一个令人神往的境地。“天然神韵”（清·陈廷焯《词则·别调集》卷三），尽含于这六字之中。

这首词最为突出的特点：真。词人之笔下，事真、景真、情真，毫无造作，毫无娇情，皆是掏心掏肺，赤诚相告，确是“白首丈夫气，赤心知己情”（唐·雍陶《酬秘书王丞见寄》）之佳作。

刘 基

刘基（1311—1375），字伯温，晚号“犁眉公”。处州青田（今浙江青田）人。明初文学家。通经史，工诗文，精晓天文、兵法，时人比之为诸葛亮。元末中进士。曾任江西高安县丞、江浙儒学副提举，为官廉直，后弃官隐居。朱元璋起义后，聘至南京，辅佐其统一天下，并参与制定明初诸大典制，为明开国勋臣之一。官至御史中丞兼太史令，封诚意伯。性烈嫉恶。后为胡惟庸所构陷，忧愤而卒。一说被胡惟庸毒死。谥“文成”。其诗古朴雄放，独成一家。散文形象风趣，豪纵雄迈。讽刺杂文《卖柑者言》、记叙文《松风阁序》及寓言体散文《郁离子》等较有名。有些作品关心民生疾苦，对元末的社会现实有所抨击。有《诚意伯文集》留世。

千 秋 岁①

淡烟平楚②，又送王孙去③。花有泪，莺无语。芭蕉心一寸，杨柳丝千缕。今夜雨，定应化作相思树④。　忆昔欢游处，触目成前古⑤。良会远⑥，知何许？百杯桑落酒⑦，三叠阳关句⑧。情未了，月明潮上迷津渚⑨。

注 释

① 千秋岁：词牌名。又名“千秋节”。

② 平楚：指平林。

③ 王孙：此指贵族公子。

④ 相思树：据东晋干宝《搜神记》载，宋康王舍人韩凭娶妻何氏，美。康王夺之，凭自杀，妻投台而死。里人埋之，冢相望也。宿昔有大梓木生于二冢之端，有鸳鸯各一，恒栖树上，交头悲鸣，音声感人。宋人哀之，遂号其木曰相思树。

⑤ 前古：即古代、往古。汉赵晔《吴越春秋·勾践入臣外传》载："今大王诚赦越王，则功冠于五霸，名越于前古。"

⑥ 良会：即美好之聚会。三国魏曹植《洛神赋》云："悼良会之永绝兮，哀一逝而异乡。"

⑦ 桑落酒：此为古时的一种名酒。《水经·河水注》载："（河东郡）民有姓刘名堕者，宿擅工酿，采挹河流，酝成芳酎，悬食同枯枝之年，排于桑落之辰，故酒得其名矣。"

⑧ 三叠阳关：此即《阳关曲》，以唐王维《送元二使安西》之诗为辞，古人常于送别时唱。

⑨ "月明"句：此语本宋秦观《踏莎行》："雾失楼台，月迷津渡。"津渚，即津渡、渡口。

题 解

这首词是明代文学家刘基所创作。着重抒写了离别之苦。词人善于景中融情、以景衬情，巧以用典、化用等多种手法抒情，尤其是能融叙事、写景和抒情于一体，既有"黄鹤晓别，愁闻命子之声；青枫暝色，尽是伤心之树"（唐·李白《春于姑熟送赵四流炎方序》）之凄婉，又有"一曲古阳关，莫惜金尊倒"（宋·美奴《卜算子》）之纤丽、达观。

赏 析

词之上片，重在描写别时之景。

"淡烟平楚，又送王孙去。"词人乍一落笔，便以眼前之景，道出别离之事：平野之上笼着淡淡的烟雾，我又要送贵族公子远别而去。词人先景而后事，以"淡烟"蕴含词人"知离梦之踯躅，意别魂之飞扬"（南朝梁·江淹《别赋》）的缠绵悱恻之心境。着一“又”字，说明此次别离绝非首次，这就更加重了别离之愁苦，亦将词人“以我径寸心，从君千里外”（南朝梁·沈约《饯谢文学离夜诗》）之深情挚意蕴含其中。

“花有泪，莺无语。芭蕉心一寸，杨柳丝千缕。”词人承接上句道出别离之后，再写所见之景：花儿仍在哭泣，黄莺无语。又见那有着宽大叶子的芭蕉心也缩卷不展，更有那依依杨柳似有愁思千缕。这里，词人运用拟人手法，把别离之愁情融入了“花”“莺”“芭蕉”和“杨柳”四种景物之中，且十分恰切而形象：因为有“雨”（从下句“今夜雨”可知），故而雨落花上，花亦流“泪”，含着凄楚；黄莺有“雨”未飞，故而无语；“芭蕉”亦因“雨”而“心”未展；尤其是雨中杨柳，依依“杨柳织别愁，千条万条丝”（唐·孟郊《古离别》），以“丝”与“思”谐音，更令词人别愁满腹、凄伤不已。“一寸”之缩和“千缕”之繁，又以夸张的手法，把词人不忍别离之情意抒写出来。

“今夜雨，定应化作相思树。”上片末两句，是词人别情难抑之推想：今夜这绵绵细雨，一定会化为相思树，让我把友人永远想念。这里，词人以巧妙的用典（韩凭夫妻殉情而为“相思树”之典，见东晋干宝《搜神记》），表达出对友人情意之深挚。

词之下片，重在抒写别时之情。

“忆昔欢游处，触目成前古。”过片两句，是词人将别友人之时抚今追昔之离愁：忆想昔日我们欢游之处，当我一看到之时，就不禁生发出愁苦，这里将成为我们永远的记忆，难以忘怀。词人以“忆昔”和“成前古”的追忆、想象，表达了对昔日“共舆而驰，同舟而济，舆倾舟覆，患实共之”（南朝宋·范晔《后汉书·朱穆传》）的有福同享、有难共担的深厚友情的追想、回忆之情结。

“良会远，知何许？”是词人深情之发问：这令人难忘的美好聚会已成昨日，不知什么时候我们能再相会？这里，词人又巧妙化用“陈思王”之“悼良会之永绝兮，哀一逝而异乡”（三国魏·曹植《洛神赋》）之意，表达对“同音相闻，同志相从”（汉·韩婴《韩诗外传》）之友情的珍重。

“百杯桑落酒，三叠阳关句”，状写饯宴及以诗相别之情形：我们在饯宴之上，对饮那一杯又一杯的桑落美酒，真的是“酒逢知已千杯少”啊！离别时刻，我们又唱那《阳关三叠》，真的是难分难舍、不忍相别呀！这里，词人又巧妙化用“诗佛”之“劝君更尽一杯酒，西出阳关无故人”（唐·王维《渭城曲》）

的诗意，描写了饯宴劝酒的细节。这一杯名酒，一腔浓情，挚友相别，情深意重啊！

“情未了，月明潮上迷津渚。”词末二句，描写词人与友人反复叙别之情景：我和他反复叙别，总也难以尽意。明月已高挂空中，夜潮也已生起，友人的离船就要开走了。“情未了”三字，再次突出了词人与友人的深挚之情谊。末句又化用“淮海居士”之“雾失楼台，月迷津渡”（宋·秦观《踏莎行》）之词意，融叙事、写景和抒情于一体，寄情于景，以景收结，且与词首之景遥相呼应，使全词结构圆合。

这首词除了融叙事、写景与抒情于一体之外，还有两个特点：一是数量词写情。词人用“一寸”“千缕”“百杯”“三叠”等数量词，以夸张和化用等手法，写出了词人与友人情意之深挚。二是化典传情。全词化用了“相思树”“良会”“阳关”“三叠”等典故或诗意，使词旨更为深厚。

高　启

高启（1336—1374），字季迪，号“槎轩”。因曾隐居吴淞青丘，又自号“青丘子”。长洲（今江苏苏州）人。明代诗人、词人。聪敏有才华，少时就负有盛名，与杨基、张羽、徐贲齐名，称“吴中四杰”。明洪武初修《元史》，任翰林院编修。书成，授户部右侍郎，固辞不受，后被朱元璋借故腰斩于南京。时年三十九岁。工多种诗体，尤以歌行最为出色。其诗才气豪健而不露扬，辞句秀逸而少雕绘。擅长以诗末语句激动人怀。早期部分作品能反映民生疾苦。其词以疏旷见长。亦能文。有诗集《高太史大全集》、文集《凫藻集》和词集《扣舷集》留世。

沁　园　春①

雁

木落时来，花发时归，年又一年。记南楼望信②，夕阳帘外，西窗惊梦，夜雨灯前③。写月书斜④，战霜阵整⑤，横破潇湘万里天⑥。风吹断，见两三低去，似落筝弦⑦。　　相呼共宿寒烟，想只在、芦花浅水边。恨呜呜戍角⑧，忽催飞起，悠悠渔火，长照愁眠⑨。陇塞间关，江湖冷落⑩，莫恋遗粮犹在田⑪。须高举，教弋人空慕⑫，云海茫然。

注　释

① 沁园春：词牌名。因东汉窦宪仗势夺取沁水公主园林，后人作诗以咏其事，此调故而得名。又名“寿星明”“洞庭春色”等。

② 南楼望信：即企盼亲人书信之意。古人有大雁传书的传说。唐赵嘏《寒塘》诗：“乡心正无限，一雁过南楼。”

③ “西窗”二句：语本唐李商隐《夜雨寄北》诗：“何当共剪西窗烛，却话巴山夜雨时。”

④ 写月书斜：这里是说月下雁行似书写的斜行文字。

⑤ 战霜：此指雁儿勇敢地迎着寒霜飞行潇湘。

⑥ 潇湘：本指湖南省之潇水和湘江。此代指湖南地区。唐钱起《归雁》诗：“潇湘何事等闲回，水碧沙明两岸苔。”“潇湘”亦含典故：传说雁南飞至湖南衡阳回雁峰而止，故而以此来写雁行之远。

⑦ 筝弦：指琴筝弦索。大雁飞行成阵，犹如笔柱排列有序，故常以此为喻。语本唐李商隐《昨日》诗：“十三弦柱雁行斜。”

⑧ 戍角：本指守边军营的号角。这里泛指角吹之声。

⑨ “悠悠”二句：语本唐张继《枫桥夜泊》诗：“江枫渔火对愁眠。”

⑩ “陇塞”二句：这里写雁行之艰难。陇塞，西北边塞，指鸿雁所到之处。间关，这里是说道路崎岖难行。《后汉书・马援传》：“间关险难，触冒万死。”

⑪ “莫恋”句：这里是劝喻莫为稻粮谋之意。因为大雁以田间遗粮为食，而到田间觅食，则要冒被捕杀之危险。

⑫ “教弋人”句：语本汉扬雄《法言・问明》：“治则见，乱则隐。鸿飞冥冥，弋人何慕焉？”意为鸿高飞入云，弋人不得射获。这里以喻脱羁远害。弋人，用箭射鸟之人。弋，带丝绳的箭。此指用箭射鸟。

题　解

这首咏雁词是明代词人高启所创作。当写于词人任翰林院编修之时（1370年前后）。明太祖朱元璋夺取政权之后，词人虽应诏出仕新朝，但在以猜忌、滥杀闻名的朱氏控制之下，词人心生畏惧。虽然，身在京都（南京），但“清明无客不思家”（高启《清明呈馆中诸公》），他想念家乡亲人，故而写下此词，借咏雁来抒写身世之慨和际遇之悲，既表达了坚强、奋进的意旨，又流露出惊魂不定、愁苦抑郁的情调。

赏 析

词之上片，重在赞美雁之精神和毅力。

词人乍一落墨，便直入词题（“雁”），从雁之习性说起：“木落时来，花发时归，年又一年。”万木凋零时你飞来，春暖花开后你又归去。秋来春去，年年岁岁，历来如此。词人抓住雁之飞去“来”“归”从不耽搁、改变之特性，抒发一种与“大江来从万山中，山势尽与江流东”（高启《登金陵雨花台望大江》）一样的感慨，将一种敬佩之心蕴含其中。

词人由雁之“来”“归”，想到了“雁引愁心去”（唐·李白《与夏十二登岳阳楼》）之思妇：“记南楼望信，夕阳帘外，西窗惊梦，夜雨灯前。”记得帘外夕阳低垂南楼之时，她多么盼望你能带信，把心中的思念告知心上之人；当你在西窗夜雨之中发出凄哀的叫声之时，令她辗转反侧，难以入睡。这里，词人又把笔触落到了闺中思妇的身上。“雁过也，正伤心，却是旧时相识。”（宋·李清照《声声慢》）但大雁却捎不来远在他乡的丈夫的音讯。故而，在淅沥的夜雨之中，在孤灯明灭之间，惊醒了她与心上人团聚之好梦，令她倍感孤寂、凄凉。再关照起首三句，就可知道，思妇年年盼心上人归来，可是“年又一年”，只见大雁“来”“归”，却无心上人半个字的音讯。这就更加重了思妇的失望与愁苦。

那么，“来”“归”之大雁的情形又是怎样呢？词人又把笔触转向了空中大雁的身上：“写月书斜，战霜阵整，横破潇湘万里天。风吹断，见两三低去，似落筝弦。”你和同伴在月下书写着大大的“一”字或斜斜的“人”字，在那浓霜弥漫的空中排着整整齐齐的队形，冲破潇湘万里云雾，一直向前。忽然之间，一阵狂风吹断了你们的队形，两三只鸿雁啊就像筝弦断裂般分离。这里，词人极为生动而传神地描写了雁群飞行的情形，有队形变化自如、整齐地冲破浓霜、云雾之欣喜，亦有狂风吹断队形、队友如筝弦断裂般离分的痛苦，这不畏严寒狂风之坚毅、顽强，这同伴离分之忧伤、悲痛，哪里是在写雁啊？！分明是在写词人自己啊！好在词人是未被冲散的群雁中的一只！正如词人在另一首诗中所写：“喜得故人同待诏，拟沽春酒醉京华。”（高启《清明呈馆中诸公》）由此可知，此词亦当作于明太祖洪武三年（1370）暮春，作者在南京任翰林院编修之时。

词之下片，重在借雁抒怀。

过片处紧承上片雁之飞行，转写雁之栖息：“相呼共宿寒烟，想只在、芦花浅水边。恨呜呜戍角，忽催飞起，悠悠渔火，长照愁眠。”在那寒烟之中，鸿雁互相呼唤着，只愿栖宿在荒僻的芦花浅水里。你和同伴特别怨恨那呜呜作响的号角，忽然间会使孤雁受惊飞起。还有江边闪闪烁烁的渔火，一闪一闪使你和同伴顿生孤独愁苦之情，久久难以入眠。这里，词人既写了群雁之栖息饱受苦辛、难以入眠之凄苦，又写了孤雁“自顾影、却下寒塘”（宋·张炎《解连环·孤雁》）而被“戍角”惊飞的细节，写出了孤雁之生存更加艰难的苦况。这里的写雁，实则是写自己：既有与翰林院的僚友们在一起担心受怕，又有自己独处时的忧戚满腹。尤其是对“月落乌啼霜满天，江枫渔火对愁眠”（唐·张继《枫桥夜泊》）之诗意的化用，把词人群处和独处之凄楚皆蕴含之中，可说是词人处境和人生的形象写照。此与上片闺妇思亲相照应，表达出词人对家乡、亲人之思念。

词末，词人直接代雁发声：“陇塞间关，江湖冷落，莫恋遗粮犹在田。须高举，教弋人空慕，云海茫然。”你越过雄壮的陇头关山，你飞渡那凄冷的江河湖海，千万莫要留恋那残留在地里的稻穗，只管高高地飞翔，让那些企图捕猎你的猎者，徒然羡慕去吧！即使你成了孤雁，也依然要在那云海苍茫的高空中翱翔。这哪里是在写雁，明明是在写自己啊！这含泪泣血之感叹，是词人人生追求之宣言：在这阴险的“江湖”之中，宁肯站立死，绝不跪着生！由此他想到了李、杜之遭遇：“李供奉、杜拾遗，当时流落俱堪悲。严公欲杀力士怒，白首江海长忧饥。二子高才且如此，君今为我将何为？”（高启《夜闻谢太史诵李杜诗》）可见词人的悲忧已到了无以复加的至极程度！只是词人恐怕万万不曾想到，仅过四年，自己竟被多忌善疑的皇帝朱元璋借故腰斩于南京！其结局之惨，远远胜过李、杜。

这首词最突出的特点：以雁写己，悲愁深重。词人此词，同唐代文学家骆宾王之《在狱咏蝉》的名诗一样，借雁抒写自己的遭际、身世和悲愁，词人之千种愁苦、万般不甘，皆融其中，“托意高远”（清·陈廷焯《白雨斋词话》卷三），确为绝唱。

吴伟业

吴伟业（1609—1672），字骏公，号“梅村”。江苏太仓人。清初诗人。与钱谦益、龚鼎孳并称“江左三大家”，又为娄东诗派开创者。明崇祯四年（1631）进士。曾为东宫侍读，官至左庶子。明亡，被迫仕清，为国子祭酒。翌年，借口母丧，告假归里。晚年，终以出仕清朝为耻，认为“误尽一生是一官，弃家容易变名难”，更加痛苦寂寥。诗学唐人。早年才情艳发，诗风清丽；中年历经丧乱，诗风一变为凄楚苍凉。七言歌行自成一体。又善词曲书画。著作甚多，有《梅村集》《梅村诗余》等留世。

临江仙①

逢旧

落拓江湖常载酒②，十年重见云英③，依然绰约掌中轻④。灯前才一笑，偷解砑罗裙⑤。　　薄倖萧郎憔悴甚⑥，此生终负卿卿⑦。姑苏城上月黄昏⑧。绿窗人去住⑨，红粉泪纵横⑩。

注释

① 临江仙：词牌名。原为唐教坊曲名。又名“临江山”“谢新恩”“庭院深深”等。

② 落拓：指贫困失意、景况凄凉。唐李郢《即目》诗："落拓无生计，伶俜恋酒乡。"唐杜牧《遣怀》诗："落魄江湖载酒行，楚腰纤细掌中轻。"

③ 云英：唐钟陵妓女名。何光远《鉴戒录》载："罗秀才隐……初赴举之日，于钟陵筵上与娼妓云英同席。一纪后下第，又经钟陵，复与云英相见。云英抚掌曰：'罗秀才犹未脱白矣！'隐虽内耻，寻亦嘲之：'钟陵醉别十余春，重见云英掌上身。我未成名君未嫁，可能俱是不如人。'"

④ 绰约：指女子之姿态柔美。唐白居易《长恨歌》："楼阁玲珑玉云起，其中绰约多仙子。"掌中轻：此极言体态轻盈。

⑤ 砑（yà）罗裙：指砑光的罗裙。唐崔怀宝《忆江南》词："平生愿，愿作乐中筝。得近玉人纤手子，砑罗裙上放娇声。"

⑥ 薄倖：即薄情、负心。唐杜牧《遣怀》诗："十年一觉扬州梦，赢得青楼薄倖名。"萧郎：原本指梁武帝萧衍。《梁书·武帝纪》载："（王）俭一见，深相器异，谓庐江何宪曰：'此萧郎三十内当作侍中，出此则贵不可言。'"后用萧郎代指女子所爱男子。憔悴：形容人身体瘦弱，气色不好。

⑦ 此生：即这辈子。卿卿：此为男女间之昵称。即"卿卿我我"之意，形容男女间相亲相爱。

⑧ 姑苏：即今江苏苏州。

⑨ 绿窗人：此指所逢歌妓。唐韦庄《菩萨蛮》词："绿窗人似花。"去住：去留。

⑩ 红粉：原指古代妇女所用的一种化妆品，后代指美女。纵横：此指眼泪肆意流淌的样子。

题 解

这首词是清代作家吴伟业所作，是词人专为秦淮名妓卞玉京而作。词人曾与卞玉京有过一段恋情，但终因词人之犹豫而各奔东西。十年之后，词人又与卞玉京相遇。于是亡国之痛、身世之感和往事之悔皆涌上心头，故而词人写下此词，以抒内心之情怀。

此词语言清丽，情感深挚，哀怨与超脱兼而有之，意在言外，声情俱佳。

赏 析

词之上片，重在写相遇。

由词之题目“逢旧”可知，词人遇到了曾经的恋人卞玉京。那种“已过才追问，相看是故人”之惊喜，那种“拭眼惊魂定，衔杯笑语频”（吴伟业《遇旧友》）之望外，使词人感慨万千，不由得想到了自己：“落拓江湖常载酒”——以母丧乞归之后，混迹江湖，穷困失意，时常只能纵酒消愁，但愁闷难以消除。“落拓”二字，可以说概括了他一生之遭际：少年得志，二十三岁便进士及第。但好景不长，即卷入党争，几遭杀身之祸。明亡之后，迫于无奈，应召仕清，精神极为痛苦，只好乞归。“常载酒”三字，可见出他内心的凄伤与痛苦。然而，当词人看到眼前曾经的恋人之时，心中不禁一怔：“十年重见云英，依然绰约掌中轻。”十年之后重见如美女云英一般的恋人，她依然是那样的风姿绰约、身材美妙，不减当年啊！词人以“云英”作比，可见恋人在他心中的地位仍然是那样的崇高，其容貌依然是那样的靓丽无比。她等了十年，有情人终未能成眷属，但她毫无怨言，“灯前才一笑，偷解砑罗裙。”在灯前相视而笑，轻解罗裙欢度那醉人之春宵。昔日的恋人以最赤诚的方式与词人相会，使词人定然内疚难安，羞惭不已。

词之下片，重在抒情怀。

“薄倖萧郎憔悴甚，此生终负卿卿。”过片这两句紧承上片，抒写词人内心之痛苦：我如那薄情、负心的萧郎一般，游踪不定，被无法承受的遭际折磨得憔悴不堪，哪里还有心思谈情说爱、另建家室，如今仍是孤身一人。然而，我这一生最对不起的人就是你啊！词人面对苦苦等他十年的痴情恋人，泪流满面，“拭却千行更万行”（唐·刘媛《长门怨》）！

此时，“姑苏城上月黄昏。绿窗人去住，红粉泪纵横。”姑苏城上的明月正在西沉，窗内那久别重逢的一对恋人难舍难分，那等了十年的红粉知己，眼泪肆意流淌，万分伤心。这里，词人以景衬情，以“解重圆”之“月”（宋·朱敦儒《临江仙》）来见证这离分十年的一对恋人之离合悲欢。词人着一“泪”字，与上片的“笑”字相呼应，描写出恋人久别重逢之由“笑”到哭之苦难人生。

真可谓万千凄苦辛酸，怎一个“泪”字了得!

这首词最为显著的特点，可用两个字来概括，就是“真诚”。词人用那一颗“也不赴，公卿约；也不慕，神仙学。任优游散诞，断云孤鹤”（吴伟业《满江红·感兴》）——不准备参加任何高官的邀请，也不羡慕去学神仙，但求能任意优游，闲散放诞，犹如断云孤鹤的赤诚之心，抒写出一曲溢满真情的爱情词，其情事之悔、遭际之悲、亡国之哀皆融其中。

朱 彝 尊

朱彝尊（1629—1709），字锡鬯（chàng），号“竹垞（chá）”，又号“金风亭长”。秀水（今浙江嘉兴）人。清代词人、学者、藏书家。少时贫而好学，年十七，弃举子业，专治古文。康熙十八年（1679），举博学鸿词科，以布衣授检讨，参加修《明史》。后又出典试江南，入直南书房。罢归以后，专心著述。通经史，善诗词古文。诗与王士禛齐名，称“南北二宗”，诗风清新浑朴。词宗姜夔、张炎，风格清丽，是“浙西词派”的创始者，与陈维崧、纳兰性德并称“清初三大家”。有《词综》《曝书亭词》等留世。

长亭怨慢①

雁

结多少、悲秋俦侣②，特地年年，北风吹度。紫塞门孤③，金河月冷恨谁诉④？回汀枉渚⑤，也只恋江南住。随意落平沙，巧排作、参差筝柱⑥。　　别浦⑦，惯惊疑莫定，应怯败荷疏雨。一绳云杪⑧，看字字悬针垂露⑨。渐敧斜、无力低飘⑩，正目送、碧罗天暮⑪。写不了相思，又蘸凉波飞去。

注 释

① 长亭怨慢：词牌名。为南宋词人姜夔首创。

② 俦（chóu）侣：即伴侣。

③ 紫塞：此指北方边塞。崔豹《古今注》载："秦筑长城，土色皆紫。汉塞亦然。一日雁门草色皆紫，故称紫塞焉。"

④ 金河：河名。流经内蒙古中部，在托克托旗入黄河。此代指秋空（因秋在五行中属金）。

⑤ 回汀枉渚：意为在水边洲际盘旋不定。汀，水边平地。渚，指水中心的小洲。回、枉，指弯曲的形状。

⑥ 筝柱：本指筝上的弦柱。此处是说，雁落平沙，犹如那参差不齐的筝柱。

⑦ 浦：指水边。

⑧ 一绳云杪（miǎo）：这里喻指大雁排成一字形飞向天边。

⑨ "看字字"句：这里喻指不同的雁行像书法中的两种笔势。《初学记》卷二一王愔《文字志》载："悬针，小篆体也。字必垂画细末。细末纤直如悬针。"又云："垂露书，如悬针而势不遒劲，阿那若浓露之垂。"

⑩ 攲（qī）斜：即倾斜不平。

⑪ 碧罗天：形容天空似绿绸一般。

题 解

这首咏雁词是清代词人朱彝尊所作。作于词人抗清失败之后。词人生计艰难，四处飘零，惊恐、不安、孤寂和厌倦等种种情绪困扰着他。故而，当他看到南飞之大雁，心中便产生强烈共鸣，不由得发出"也只恋江南住"之慨叹，借南飞之雁以抒发亡国之悲和身世之感。

此词体物入微，含蓄委婉，寄喻颇深，融悲凉与深挚于一体，是"竹垞直逼玉田（指南宋词人张炎所作的《解连环·孤雁》）"（清·陈廷焯《白雨斋词话》卷三）之佳作。

赏 析

词之上片，重在情寓雁中。

词人乍一开篇，便以悲雁结伴南飞写起："结多少、悲秋俦侣，特地年年，北风吹度。"北风年年有意吹到塞外，悲秋的大雁只得结伴飞向南方。这里，词人以拟人的手法，以"结多少"言其秋雁之多，以"悲秋"二字，给南飞之秋雁蒙上一层悲凉的情调。再以冷之"北风"和"特地年年"的持之以久，具体写出秋雁之辛楚和辛酸。

接着，词人的笔触转写秋雁之内心："紫塞门孤，金河月冷恨谁诉？"寂寥的关塞，广漠的天空，满腔的哀怨，它们向谁倾诉呢？这里，词人用"紫""孤""冷"等词，描写出秋雁之凄苦。与"玉田"之"自顾影、却下寒塘，正沙净草枯，水平天远"（宋·张炎《解连环·孤雁》）的孤雁之遭际多么相似啊！

上片末描写"雁"之生活："回汀枉渚，也只恋江南住。随意落平沙，巧排作、参差筝柱。"雁群在那水边沙洲盘旋飞绕，一会儿飞过水滩，一会又越过水中的沙洲，它们的心里只恋着那江南的故土。它们随意地落在沙滩之上，就像那筝上参差错落的弦柱。这里，词人运用动静结合的手法，描写出雁群的飞行和憩息。同时，又以拟人手法把"雁"之心理描写出来，它们深深地思"恋"着故土江南。这就把词人对故国明朝的追怀思念之情融汇其中。与"玉田"笔下之"写不成书，只寄得、相思一点"（《解连环·孤雁》），有异曲同工之妙。

词之下片，重在以雁寄情。

过片处承接"雁"之生活，描写"雁"之心理："别浦，惯惊疑莫定，应怯败荷疏雨。"雁群飞临水滨，一次次地落下又惊起，似乎那残荷败叶、点点冷雨都使它们惊恐不安。这里，词人明是写雁，实则是写自己：明亡之后，词人抗清失败，四海飘零，心中就如笔下之"雁"一般的惊恐不安。"败荷疏雨"，以景喻示词人所处环境之恶劣、恐怖，十分形象。

接着，词人描写群雁飞行之艰难："一绳云杪，看字字悬针垂露。"大雁们终于飞起升空，飞得越来越高，排成大大的"一"字，就像一条绳索悬挂、飘浮于云端。这里，词人又以极为逼真之形象，描写出雁之生涯之艰难、辛苦。这亦是词人对自身“十年磨剑，五陵结客，把平生，涕泪都飘尽。老去填词，一半是空中传恨”（朱彝尊《解佩令·自题词集》）之遭际的形象写照。

词末，描写群雁倦飞相思之情形：“渐攲斜、无力低飘，正目送、碧罗天暮。写不了相思，又蘸凉波飞去。”雁群千里飞行，十分疲倦，它们在暮色苍茫的天际渐渐倾斜而不平稳，低落飘飞；然而它们对江南的相思萦绕于心，故而它们没有丝毫的犹豫和停留，又蘸着冷风向故乡飞去。这里，词人既写雁之飞行之苦，又写雁之飞归故乡的心志之坚，可说是形神兼备，十分形象而动人。其中，不就蕴含着词人深挚的故国之思吗？！

这首词旨意深刻，手法精妙。词人借雁写自己，借雁抒情怀。那“巧排作、参差筝柱”之静态描写，那“一绳云杪，看字字悬针垂露”之动态刻画，还有那“紫塞门孤，金河月冷”之以景融情，那“怯败荷疏雨”“只恋江南住”之心理流露，更有那“写不了相思，又蘸凉波飞去”之神来之笔，把词人深挚的故国之思和身世之慨含蓄而委婉地抒写出来，具有极为感人的艺术魅力。

纳兰性德

纳兰性德（1655—1685），原名成德，字容若，号“楞伽山人”。满洲正黄旗人，大学士明珠长子。清代词人。少聪明好学，十七岁补诸生，二十二岁中进士，为康熙一等侍卫。出身贵族，并不热衷功名富贵，仰慕文人雅士生活。善书法，能骑射，工诗，尤长于词。与陈维崧、朱彝尊并称“清初三大家”。因作皇帝侍卫，不得不谨慎处世，内心十分痛苦，年三十一即卒。所作诗词，虽偶有苍茫朴浑之音，但多写离别相思及无聊的闲愁和低沉的哀怨。艺术上继承李璟、李煜的风格，不求雕琢，清淡朴素，写景咏物，具有真情。有《饮水词》《通志堂集》等留世。

长　相　思①

山一程，水一程②，身向榆关那畔行③。夜深千帐灯④。　风一更，雪一更⑤，聒碎乡心梦不成⑥。故园无此声⑦。

注　释

① 长相思：词牌名。原为唐教坊曲名。因梁陈乐府《长相思》而得名。又名“双红豆”“忆多娇”等。

② 山一程，水一程：意即山长水远。程，路程、道路。

③ 榆（yú）关：指山海关，河北秦皇岛境内。那畔：即那边，指山海关的另一边，即关外。

④ 千帐灯：指皇帝出巡临时住宿的关外千万顶帐篷灯火明亮。千帐，极言军营之多。

⑤ 风一更，雪一更：意即整夜风雪交加。更，旧时夜间记时单位，一夜分为五更，每更约两小时。

⑥ 聒（guō）：嘈杂，喧闹。这里指风雪之声。

⑦ 故园：即故乡，此指北京。此声：这里指风雪交加的声音。

题 解

这首词是清代著名词人纳兰性德所作。写于康熙二十一年（1682）。此年二月十五日，康熙帝因云南平定而出关东巡，以祭告奉天祖陵。词人作为一等侍卫，自然随从康熙帝去永陵、福陵及昭陵告祭。二十三日出山海关，只见塞上风雪凄迷，风声雪声大作。苦寒之天气引发了词人对京师家人之思念，于是写下此词。

此词语言自然而朴素，清淡而雅致，直抒思乡之情怀，确为“清水出芙蓉，天然去雕饰”（唐·李白《经乱离后天恩流夜郎忆旧游书怀赠江夏韦太守良宰》）之佳作。

赏 析

词之上片，重在写景。

词人对词情有独钟，曾专门写过一首题为《填词》的论词之诗，其中不乏真知灼见。比如“往往欢娱工，不如忧患作”（纳兰性德《填词》）。故而，此词乍一落笔，词人就描写出旅程之艰难曲折和遥远漫长：“山一程，水一程，身向榆关那畔行。”跋山涉水，走过了一程又一程。将士们马不停蹄地向那山海关进发，愈走离家愈远。这里，词人用了反复的修辞手法，以“一程”之反复，突出了路途之遥远，将一种“楚云燕月两迢迢”（纳兰性德《记征人语》）的思家怀乡之情融汇之中。“身向”一句，点明了行旅之方向。词人着一“身”字，又隐含了“身向榆关”而“心”向京师、留恋家园与家人的情愫。词人那种“乡心正无限”（唐·司空曙《寒塘》）之频频回首、步履蹒跚之状不难想见。“那畔”二字，以颇含边远、疏旷的情感色彩，把词人无可奈何之意含于其中。对于一个二十多岁的风华正茂的出身豪门贵族的子弟来说，身为皇帝的贴身侍卫，本应春风得意，意气风发，但词人却用“那畔”这个颇不顺心的字眼，可见词人心内的眷恋故土、思念家人的情结是多么深挚！

“夜深千帐灯”这一句，写夜深人静，千万个帐篷里都点起了灯。我们身负重任的词人，却是“征人自是无归梦，却枕兜鍪卧听潮”（纳兰性德《记征人语》），这就使词人之思亲怀乡之情达到高潮，又为下片的抒情做了很好的铺垫。

词之下片，重在抒情。

“风一更，雪一更，聒碎乡心梦不成。”过片三句，紧承上片，描写词人夜间警卫、夜深不寐之原因：帐篷外面风声怒号，连绵不断；雪花漫天飞舞，簌簌而落。这风声、雪落之声，令思乡的将士同我一样，难以入睡。这里，词人以“风一更，雪一更”与词首之“山一程，水一程”相照映，既写出夜间与白天之跋涉一样令人难以忍受，白日要忍受体力之痛苦，夜间却要遭受精神之折磨，又表明词人对这种风雪兼程、饱受精神痛苦生涯的极度厌倦。这反复出现的“一更”二字，既突出了塞外寒夜狂风席地、暴雪铺天之恶劣环境，又表现了词人心生“聒碎乡心梦不成”之深重的凄怨。“故园无此声”，在我那温暖宁静的故乡，哪里能有这般寒风呼啸、雪花乱舞的聒噪之声啊？！词末一句，用极为强烈的对比，表达了词人内心积压已久的凄苦。

这首词以质朴自然的语言，以毫无雕饰的白描手法，表现了词人护驾祭告途中的凄苦、凄哀、凄切之心情，确是词人所推崇的“芒鞋心事杜陵知”（纳兰性德《填词》）之词作要求的典范实践。亦可以说，此词融入了词人的情感和心血，其中郁积的怨是极为深重的。此词写后三年，词人就溘然长逝。

龚 自 珍

龚自珍（1702—1841），又名巩祚，字璱人，号“定盦”。浙江仁和（今杭州）人。清代思想家、文学家。祖父、父亲皆为京官，母亲系著名文学家段玉裁之女。少时受到外祖父亲自教诲，年十三即能写诗作文。及长，目睹朝政腐败，时风衰颓，遂转而从事经世致用之学，为“今文学派”重要人物。在思想史、文学史上开“诵史鉴，考掌故，慷慨论天下事”的一代新风，成为近代资产阶级改良主义的先驱者之一。嘉庆二十三年（1818）举人，二十五年，为内阁中书。道光九年（1829）进士，升宗人府主事，后任礼部主客司主事、祠祭司行走。困居下僚，颇不得志。后辞官告归。其诗以瑰丽见长，洋溢着炽烈的爱国热情，《己亥杂诗》为其代表作。其文恣肆峭拔，读后使人“如受电然”。有《龚自珍全集》《定盦词》留世。

减 兰①

偶检丛纸中②，得花瓣一包，纸背细书辛幼安“更能消几番风雨”一阕③。乃是京师悯忠寺海棠花④，戊辰暮春所戏为也⑤。泫然得句⑥。

人天无据⑦，被侬留得香魂住⑧。如梦如烟⑨，枝上花开又十年。　十年千里⑩，风痕雨点斓斑里⑪。莫怪怜他⑫，身世依然是落花。

注释

① 减兰：即“减字木兰花”，词牌名。即宋词《木兰花》的一、三、五、七句各减三字。上下片各二句仄韵转二句平韵。

② 丛纸：即众多繁杂的纸张和纸包。

③ 细书：即用小楷写成。辛幼安“更能消几番风雨”：此指南宋词人辛弃疾《摸鱼儿》词。辛幼安，即辛弃疾，字幼安。

④ 悯忠寺：此指北京法源寺。

⑤ 戊辰：即清嘉庆十三年（1808）。

⑥ 泫（xuàn）然：指流泪的样子。宋陆游《沈园》：“此身行作稽山土，犹吊遗踪一泫然。”

⑦ 人天无据：意即人心天意难以预测。

⑧ 侬（nóng）：我。香魂：即美人之魂，此指花瓣。

⑨ 如梦如烟：这里比喻往事像梦幻、云烟一样消逝。

⑩ 十年千里：此时作者在上海，距京师极远，故如此说。

⑪ 斓斑：形容色彩错杂鲜明。

⑫ 怪：甚，很。怜：怜惜。他：此指枯萎的花瓣。

题解

这首词是清代文学家龚自珍所作。当作于清嘉庆二十三年（1818）。由词前小序可知：十年前，词人偶然从纸丛中得到一包海棠花瓣。而那包花瓣的纸上，他用小楷书写了南宋词人辛弃疾的“更能消几番风雨”那首词。那包中之花乃是北京法源寺的海棠花，那包花纸上的词，亦是凭兴趣所写。十年后，身处上海的词人，见此花包，潸然泪下而作此词。

此词由十年前之海棠花的花瓣，引发了词人对经历及往事的回忆和感慨，将深沉的身世之叹寓于词中。

赏析

词之上片，重在叙事。

词人偶然之间，又见到了那包中之“经雨胭脂透”之“海棠”（宋·王雱《倦寻芳慢》）花瓣，不禁感慨万千：“人天无据，被侬留得香魂住。”人心和天意真的是变化无常，没想到自己无意之中还保存着十年前海棠的花瓣。乍一开篇，词人便以突兀奇警之“人天无据”出之，凝聚了词人的人生际遇之慨：既有“避席畏闻文字狱，著书都为稻梁谋”（龚自珍《咏史》）之无可奈何，又有“不是无端悲怨深，直将阅历写成吟。可能十万珍珠字，买尽千秋儿女心”（龚自珍《题红禅室诗尾》）之良苦用心，更有“木有文章曾是病，虫多言语不能天”（龚自珍《释言》）之怨愤填膺，等等。总之，四字之中，凝聚着一股天意无常、人心难测的不平之气。次句“被侬”直言自己的惜花之举，以“香魂”二字饱含着对海棠花零落亦不失娇妍之品格的赞美，与“放翁”之“零落成泥碾作尘，只有香如故”（宋・陆游《卜算子・咏梅》）有异曲同工之妙。

“如梦如烟，枝上花开又十年。”上片末两句，词人感时而叹花。时光如梦似烟，在我迷离恍惚之间飞逝而过，转眼那树上花开又过十年。这里，词人用“如梦如烟”和“又十年”，将“岁月不居，时节如流”（晋・陈寿《三国志・吴书・孙韶传》），“长绳难系日，自古共悲辛”（唐・李白《拟古十二首》文三）的无尽感伤蕴含其中。

词之下片，重在抒情。

过片二句“十年千里，风痕雨点斓斑里”，词人道出惜花之情结：十年了，尽管我与北京相隔千里，尽管我为生计苦苦奔波，受尽了折磨，但心里还悬念着那色彩斑斓的海棠花。这里，词人明是“念”花，实则是抒写自己比花还惨的人生遭际。“风痕雨点”四字，以隐喻的写法，表达了词人所经历的万般辛酸和凄苦。

“莫怪怜他，身世依然是落花。”这结拍二句，表露词人之心声：不要怪我如此地爱花、惜花，这是因为我的身世、遭际也是和落花一样。这里，词人凝聚了十年之人生的酸楚之泪，道出如落花一般结果的人生之不幸遭遇。虽有极想尽早用世之饱学之才，但“登临处，乔木老，大江流。书生报国无地，空白九分头”（宋・袁去华《水调歌头》），受尽打击和磨难，虚掷才华，功名遥遥无期，词人只能与花同命相怜啊！这样，就点明了词旨，收束全篇。

这首词最显著的特点：以花写已，寄寓身世之悲。词人触物生情，移情于物，叙事、咏物和抒情相结合，婉约和豪放之词风兼而有之，不仅表达了壮心“付与百川流”（宋・张元幹《水调歌头》）之身世之凄苦，还深刻地反映出更深层次上的时代之悲哀。

况 周 颐

况周颐（1859—1926），原名周仪，五十岁后因避宣统帝溥仪讳，改名周颐，字夔笙。号“蕙风”，别号“玉梅词人”。广西临桂（今桂林）人。原籍湖南宝庆（今邵阳）。清代词人。与王鹏运、郑文焯、朱孝臧合称“晚清四大（词）家”。清光绪五年（1879）举人。后官内阁中书。曾在武进龙城书院、南京师范学堂讲学。不久曾入两江总督张之洞、端方幕府。辛亥革命后居于上海，以卖文为生。其词以沉痛、真挚而见称，多有才情之笔。尤精词评，论词以重、拙、大为主。有《蕙风词》《蕙风词话》留世。

苏 武 慢①

寒夜闻角

愁入云遥②，寒禁霜重③，红烛泪深人倦④。情高转抑，思往难回，凄咽不成清变⑤。风际断时，迢递天街⑥，但闻更点⑦。枉教人回首，少年丝竹⑧，玉容歌管⑨。　凭作出，百绪凄凉，凄凉惟有，花冷月闲庭院。珠帘绣幕，可有人听？听也可曾肠断⑩？除却塞鸿，遮莫城乌，替人惊惯⑪。料南枝明日，应减红香一半⑫。

注　释

① 苏武慢：词牌名。又名“过秦楼”“选冠子”“惜余春慢”等。

② 愁入云遥：意即愁思如云般的遥深。

③ 寒禁霜重：意为寒气深重、霜重天寒。

④ “红烛”句：此处化用唐杜牧《赠别》诗：“蜡烛有心还惜别，替人垂泪到天明。”

⑤ 清变：古之音乐七音中有变宫、变徵，声情清越，故有此称。这里是说角声哀怨凄咽。

⑥ 迢（tiáo）递：即遥远。

⑦ 但闻更点：意为只听到更鼓的声点。更点，指报更报点，即以号角或钟鼓报时。

⑧ 丝竹：指管弦乐器。丝，弦乐器。竹，管乐器。

⑨ 玉容歌管：意即美女唱歌、吹奏乐器。管，指笛箫之类的乐器。

⑩ “珠帘”三句：这里翻用宋李清照《永遇乐》“不如向、帘儿底下，听人笑语”之意，可见词人凄苦之意。

⑪ “除却”三句：这里化用唐温庭筠《更漏子》词“惊塞雁，起城乌”之意。塞鸿，指边塞飞来的鸿雁。遮莫，当时的通俗用语，相当于“不论”“不问”“或是”“还是”等意。城乌，即宿于城上的乌鸦。

⑫ “料南枝”二句：意谓角声吹落梅花一半。相传庾岭之梅，南枝先开，北枝后开。红香，此代指花，指梅之色与味。这里暗切《梅花落》之曲名。

题　解

这首词是“晚清四大词人”之一的况周颐所作。作于清光绪十五年（1889）。词人正当而立之年，面对国家内忧外患迭起、民不聊生的社会现实，在寒夜闻角声而引发愁绪，写下此词。

此词情调抑郁，思绪凄凉。上片借角声之凄咽，喻示国势每况愈下之衰微现实；下片紧承上片意脉，再加表现对现实之深重忧虑。全词由情而景，缘景而忆，由忆而现实，万般哀婉缠绵之情愫尽纳词中。

赏 析

词之上片，重在写角声之凄凉感受，由景而忆。

词人开篇便以“愁”字领起：“愁入云遥，寒禁霜重，红烛泪深人倦。”直写寒夜之境况：愁情渗入那远天的云中，在这寒气深重、霜浓天寒的夜里，红烛长泪滴滴，我闷坐已久，浑身倦怠。这里，词人先给我们创设了一个“愁”“冷”、人“倦”的难眠之夜的场景，可见出词人悲愁之深重。首句言“愁”，与“庆湖遗老”之“愁随芳草，绿遍江南”（宋·贺铸《怨三三》）有异曲同工之妙，可见出词人心内愁之浓重。次句言“冷”，以“寒”“霜”二字，描写出一个“寒深包晚橘，风紧落垂杨”（唐·周瑀《潘司马别业》）的凄寒之夜。第三句言“倦”，巧妙化用“小杜”之“蜡烛有泪还惜别，替人垂泪到天明”（唐·杜牧《赠别》）之诗意，以此衬托出词人怠倦已极之情状。这样，就给全词笼罩上一种悲凄的氛围。

当词人正经受“愁”“冷”“倦”三重痛苦之时，耳际又传来那凄厉的角声：“情高转抑，思往难回，凄咽不成清变。”那角声由一种情绪高昂转入低沉，表达的思绪渐趋幽远而难以收回，终于凄楚幽咽而未把旋律奏完。这三句，看似写角声，实写词人悲伤、哀怨之情。“凄咽”二字，突出了词人凄楚难忍之苦况。

此时此刻，“风际断时，迢递天街，但闻更点。”那凄咽的角声在风里中断之时，只听见那遥远的都城街市，又传来更鼓的声点。这里，词人以角声与更声之相互接应，既点示了夜已深沉之时间，又进一步突现了夜之寒冷、孤寂与凄凉。

此情此景，令词人百感交集。“枉教人回首，少年丝竹，玉容歌管。”徒然地让人回首往事，少年时就特别喜欢音乐，常与那歌声、乐声和美女相伴。词人将年少之欢乐与眼前寒夜之凄冷相对比，以忆想的方式，声情并茂地刻画出“遥夜复遥夜，遥夜忧未歇”（南朝梁·宗夬《遥夜吟》）之深重的忧愁与凄苦。把词人对内忧外患并起、民不聊生的社会现实的深重忧虑寓于之中。

词之下片，重在写角声之触人愁绪，情入景中。

“凭作出，百绪凄凉，凄凉惟有，花冷月闲庭院。”过片四句，紧承上片，再写愁闷、凄凉之心绪及眼前之景：角声凄哀，让人顿然生出无数思绪，更加凄凉无比，最凄凉的是，眼前只有花冷月静的一个孤寂异常的庭院！这里，词人再写角声触愁之深重。先以“百绪凄凉”点出，再以顶针手法，引出更加令人凄伤的“花冷月闲”之景使词人倍增凄凉。这几句与词首三句相照应，进一步渲染、加深了环境之凄寒、人心之凄楚。

“珠帘绣幕，可有人听？听也可曾肠断？”词人推己及人，设想闺中之人夜闻角声之感受：在那珠帘绣幕的闺房里，可曾有人也把角声听到？听到之后亦可曾柔肠寸断？这里，词人运用设问、顶针的手法，翻用“易安居士”之“不如向、帘儿底下，听人笑语”（宋·李清照《永遇乐》）之词意，表达极其凄苦之心情。闺中少妇听到号角之声，定然极为思念远征之人，定然是离愁闺怨极为深重。这样，词人就把个人之凄苦推而广之，有了更加深远之意义，把个人之悲愁推及到社会之层面，使词旨更为深厚。

“除却塞鸿，遮莫城乌，替人惊惯。料南枝明日，应减红香一半。”词末这五句，是词人的再次推想：除了北方飞来的大雁，还有那栖宿在城头的乌鸦，被这寒夜的角声惊起，替人担惊受怕已习以为常之外，料想明天鸟儿栖息的南枝上，也会因这寒夜角声的折腾，那红花也应该减少一半。词人以大胆的想象，巧妙化用唐代词人温庭筠的“惊塞雁，起城乌”（《更漏子》）之词意，以拟人夸张的手法暗切《梅花落》之曲名，把词人心中极为深重的悲愁、凄苦和怨恨表达出来。

这首词机杼独出，含蓄蕴藉。全词点“愁”开篇，以设想之景收束，以“角声”贯串全篇，首尾呼应，形成了一个愁绪层层加深的圆合结构，创设了情语、景语皆为情之境界，把词人深挚的忧国忧民之情融入词中，词情“特婉至耳”（况周颐《惠风词话》卷二）。